生涯たのしむための十二章

源氏物語

柳 辰哉

Yanagi Tatsuya

論 創 社

扉絵

「紫式部図」江戸時代後期 伝 谷文晁筆（部分）

出典：ColBase (https://colbase.nich.go.jp)

図１　源氏物語図屏風

皇居三の丸尚蔵館に収蔵されている「源氏物語図屏風」です。16世紀、安土桃山時代の狩野永徳の作とされます。下の左隻には「若紫」の帖で源氏が幼い少女（後の紫の上）を見初める場面、上の右隻には「常夏」や「蜻蛉」などの場面を描いています。

（本文16, 107頁）

図３　中川のわたり

図２　紫式部像

紫式部は生没年や本名が不明です。右上は若い頃に越前守の父親に同行して暮らした福井県越前市にある紫式部像、左上は式部が住んでいたと見られる京都市左京区の「中川のわたり」で、物語で源氏が空蝉と出会った場所もこの近くです。（本文44, 188, 191頁）

図４　紫式部日記絵巻断簡

「紫式部日記絵巻断簡」鎌倉時代。中宮彰子が産んだ皇子を抱くのは彰子の母の倫子、向かいの後ろ姿が彰子、下の男性が藤原道長と見られます。（本文94, 96頁）

出典：ColBase (https://colbase.nich.go.jp)

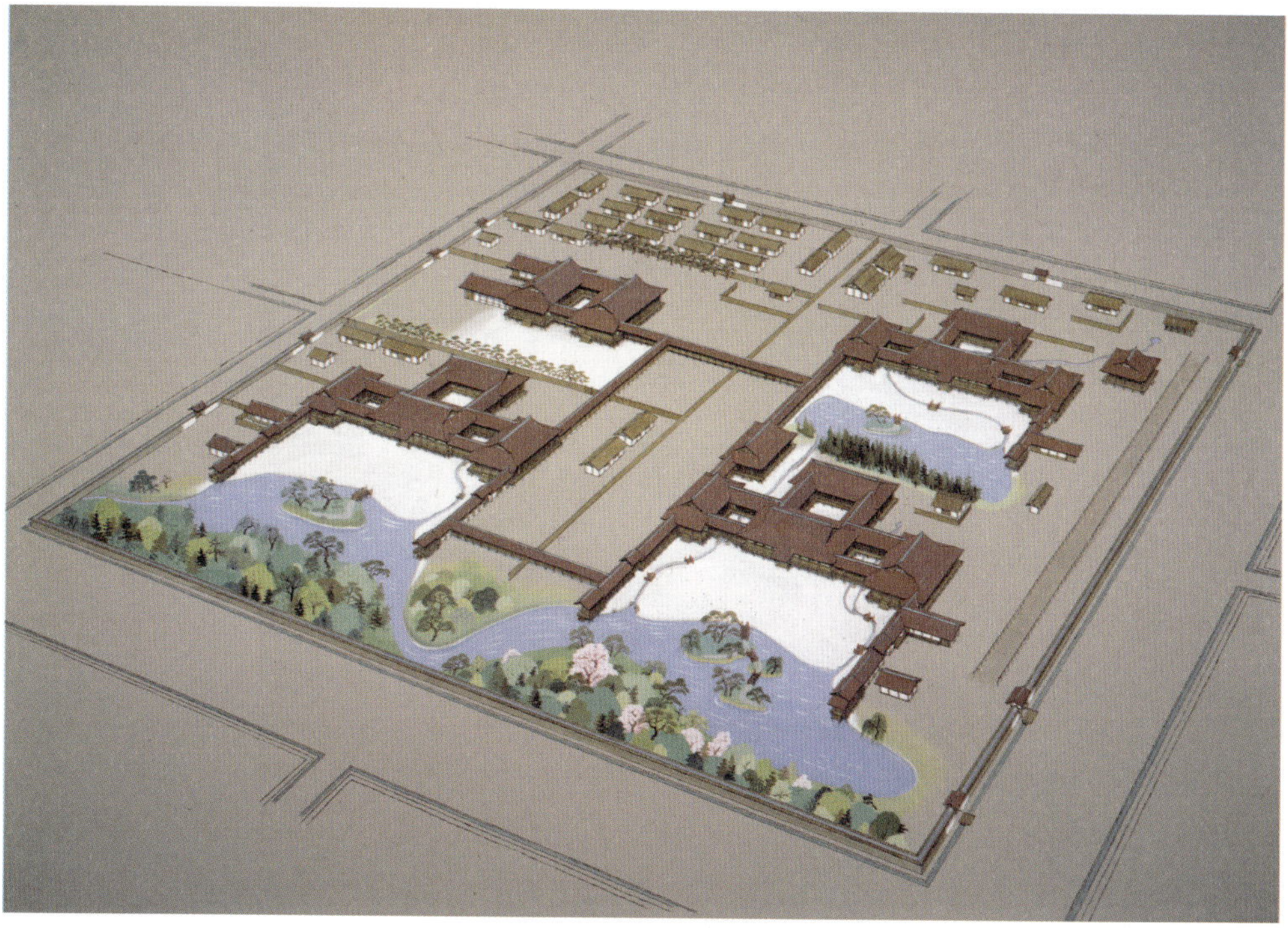

図5　六条院想定鳥瞰図

イラストは物語で源氏が35歳の時に造営した邸宅・六条院の想定鳥瞰図です（復元：大林組 画：穂積和夫）。イラスト内右下に描かれた建物で源氏や紫の上が暮らしました。

六条院の場所は京の六条京極付近と見られます。実在した源融の「河原院」が六条院のモデルとされた可能性があり、五条橋西詰の南には河原院跡の碑があります。（本文154-158, 190頁）

図6　河原院跡

図7　源氏物語絵色紙帖　玉鬘

「源氏物語絵色紙帖」玉鬘 土佐光吉作（重要文化財）
源氏が正月を前に、六条院に住む女君達に配る衣裳を選んでいる「玉鬘」の場面です。選ぶ衣裳を見て絵左上の紫の上は、女君の容姿や人柄を想像したと記されています。

（本文 163-164 頁）出典：ColBase (https://colbase.nich.go.jp)

上の絵の場面で、源氏が養女の玉鬘のために選んだ衣裳は「曇りなく赤きに、山吹の花の細長」と表現されています。右はその衣裳の色目です（『新版 かさねの色目 平安の配彩美』青幻舎 より転載)。この衣裳を着た玉鬘の美しさを見て源氏は満足しました。

（本文 164 頁）

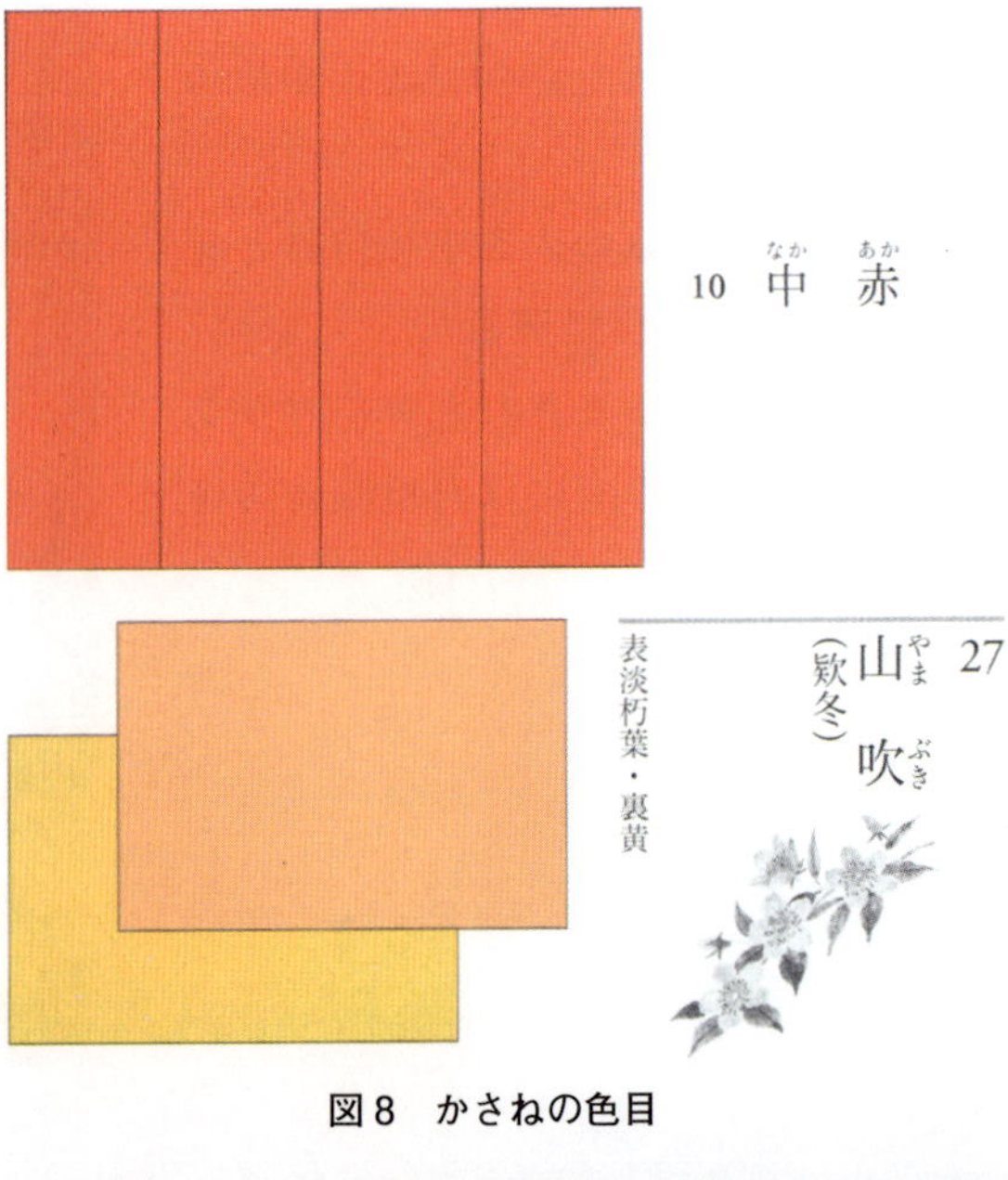

図8　かさねの色目

図 10　長谷寺　二本の杉

図 9　長谷寺　登廊

長谷寺は願いが叶う霊験で古くから信仰を集めていました。源氏物語でも玉鬘や浮舟の人生を変えたことが記されています。右上は本尊の十一面観音を参拝するための登廊、左上は人の縁をつなぐとされ境内に今も残る「二本の杉」で、物語にも描かれています。右は源氏物語を題材にした能「玉葛」の舞台写真です。

（© 公益社団法人能楽協会 シテ 熊谷眞知子）

（本文 125, 175. 192-195 頁）

図 11　能「玉葛」

図 12　国宝 源氏物語絵巻　柏木一

「国宝 源氏物語絵巻」柏木一（出典『源氏物語絵巻』徳川美術館 昭 11 NDL デジタルコレクション）女三の宮が父朱雀院に出家を願う場面。下は倉田実氏の解説です。（『源氏物語絵巻の世界 図鑑 モノから読み解く王朝絵巻 第一巻』花鳥社より転載）（本文 173 頁）

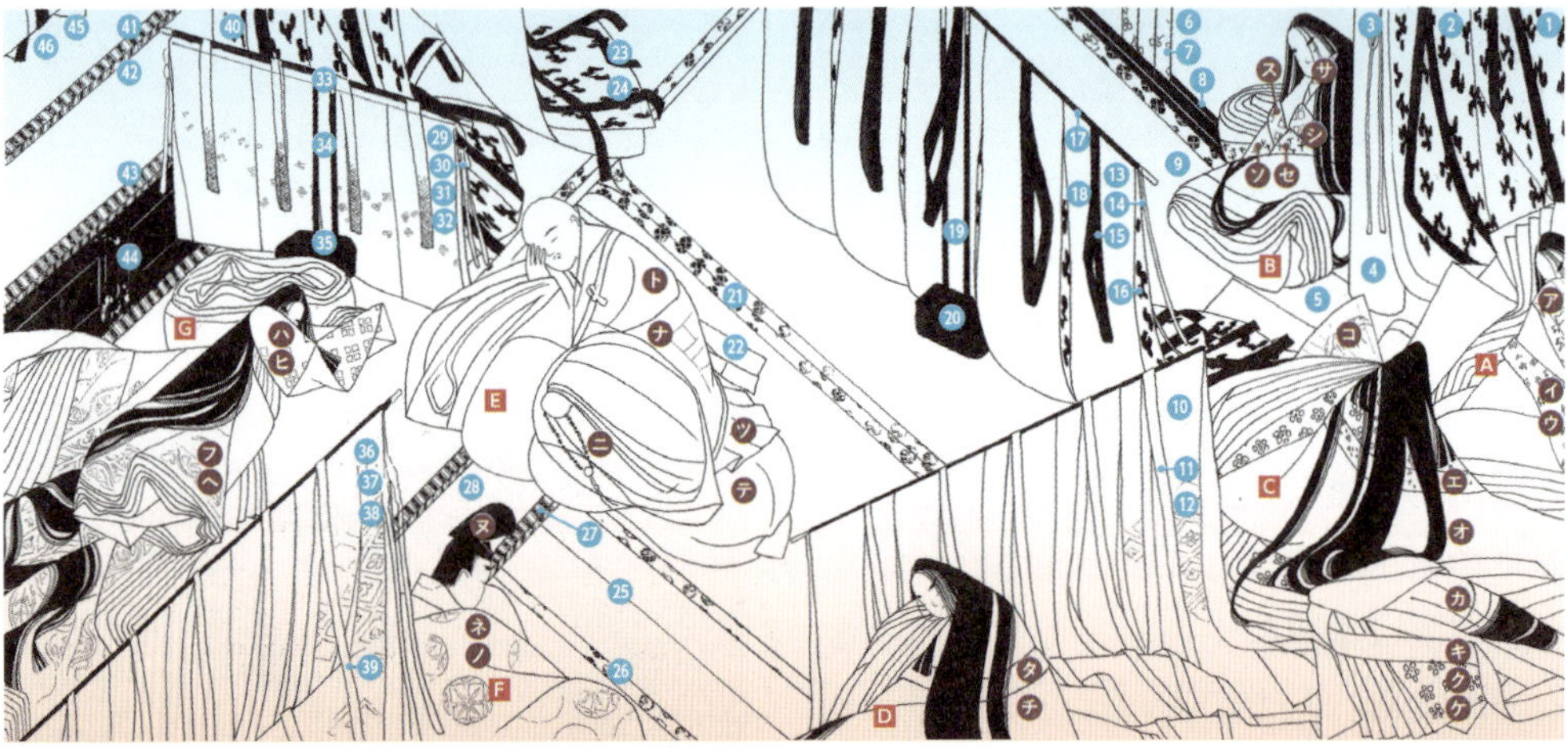

◉人物

A・B・C・D 裳《も》唐衣《からぎぬ》姿の女房

E 法衣《ほうい》姿の朱雀院《すざくいん》、51歳

F 立烏帽子《たてえぼし》直衣《のうし》姿の光源氏

G 袿《うちぎ》姿の女 三宮《おんなさんのみや》、22〜23歳

◉建築・調度

1・16・23 朽木形文様《くちきがたもんよう》　2・13・24 四尺几帳《よんしやくきちょう》

3・14・30・37 飾《かざ》り紐《ひも》の余《あま》り結《むす》び　4 柱《はしら》

5・25 板敷《いたじき》　6 廂《ひさし》　7 引《ひ》き違《ちが》い式障子《しきしょうじ》　8 敷居《しきい》

9 母屋《もや》　10・36 美麗四尺几帳《びれいよんしやくきちょう》

11・15・31・39・46 野筋《のすじ》　12・38 三重《みえ》襷花菱文様《だすきはなびしもんよう》

17・33 几帳《きちょう》の手《て》　18 几帳《きちょう》の綻《ほころ》び　19・34 几帳《きちょう》の足《あし》

20・35 土居《つちい》　21・26 高麗縁《こうらいべり》の畳《たたみ》　22 褥《しとね》

27・28・42・43 繧繝縁《うんげんべり》の畳《たたみ》　29 美麗三尺几帳《びれいさんじやくきちょう》

32 村濃《むらご》　40 御帳台隅《みちょうだいすみ》の帳《とばり》　41 御帳台《みちょうだい》　44 浜床《はまゆか》

45 御帳台側面《みちょうだいそくめん》の帳《とばり》

◉衣装・持物

ア・サ・ヒ 単衣《ひとえ》　イ・ク 梅鉢文様《うめばちもんよう》

ウ・オ・ソ・チ 唐衣《からぎぬ》　エ・シ・タ 唐衣《からぎぬ》の襟《えり》　カ 裳《も》

キ 引腰《ひきごし》　ケ 表着《うわぎ》　コ 檜扇《ひおうぎ》　ス・ハ 繁菱文様《しげびしもんよう》

セ 群千鳥文様《むらちどりもんよう》　ツ 僧裳《そうも》　テ 指貫《さしぬき》　ト 袍《ほう》　ナ 袈裟《けさ》

ニ 数珠《じゅず》　ヌ 立烏帽子《たてえぼし》　ネ 唐花丸文様《からはなまるもんよう》　ノ 直衣《のうし》

フ 雲立涌文様《くもたてわきもんよう》　ヘ 袿《うちぎ》

図 13　絵巻についての倉田実氏解説

図 14　風俗博物館展示

光源氏が生涯愛した紫の上が晩年自ら主催した「法華経千部供養」の様子が京都市の風俗博物館で再現されていました。（本文 168 頁）

紫の上はその 5 か月後、43 歳で世を去りました。右は亡くなる少し前に紫の上が、可愛がっていた明石中宮の三の宮（後の匂宮）に庭の紅梅を譲ると遺言した場面を描いた歌川国貞の「源氏香の図」御法です。（国立国会図書館デジタルコレクションより）（本文 183 頁）

図 15　歌川国貞 源氏香の図　御法

図 16　重要文化財 源氏物語手鑑 手習一

物語最後のヒロイン浮舟は三角関係の苦悩から宇治川入水を図りました。横川の僧都による発見・救出の場面が「源氏物語手鑑」手習一に描かれています。

（和泉市久保惣記念美術館蔵 安土桃山時代 土佐光吉作）

横川の僧都のモデルは『往生要集』を著した恵心僧都源信と見られます。

（本文 66, 160 頁）

図 17　宇治川

まえがき

数多くある源氏物語関連の本の中から本書を手に取ってくださり、ありがとうございます。この本の目的をお伝えするために、私自身が源氏物語に触れた経験を記します。

源氏物語に興味を持ったのは高校時代でした。古文の授業がとてもおもしろいと感じ、与謝野晶子の現代語訳で読んだのがきっかけです。

次に夢中になったのは四十代後半からの三、四年でした。瀬戸内寂聴さんの現代語訳を読んだほか、多くの関連書籍を読みふけりました。原文にも挑戦してみたくなり、岩波文庫の全六巻を買って現代語訳と古語辞典を使って不完全ながら一年近くかけて読みました。

その後は仕事の忙しさにかまけておろそかになりましたが、六十五歳を過ぎて再び多くの関連書籍を読み、人生三度目の熱中をしている最中です。読めば読むほど奥深く味わえることに驚き、以前は心に留まらなかった箇所に数多く感動しています。

この本を書くことにした意図は、一人でも多くのかたに源氏物語の魅力を知ってほしいことに尽きます。私のように素人の愛好家でもこんなに楽しめて人生が豊かになる喜び、何歳になっても新しい発見ができる奥深さを伝えたいと思いました。

本書は以下の要素が中心になっています。

第一章から九章までは、まるで実在するかのようにリアルに描かれた光源氏はじめ多くの登場人物の人間ドラマを紹介しました。数多く出ている現代語訳を選ぶ参考になる情報もできるだけ詳しく記しました。作者の紫式部の人物像や物語の謎、この作者ならではの読みどころについて多角的に記したつもりです。

第十章からは、源氏物語を読んでから次に拡がる楽しみを、自分の経験も交え幅広く紹介しました。影響を受けた他の文学や芸術、物語のゆかりの地も案内しています。

源氏物語をすでに読まれた読者だけでなく、これまで関心がなかった方々にも楽しむきっかけを提供したいと考えた結果、テーマや切り口が拡がりました。ご興味のある部分を自由にご活用ください。物語の名場面を数多く引用した結果、「ネタバレ」によって読者の皆さんの発見の楽しみを奪うことを少し心配しています。取り上げていない読みどころも無数にある作品なのはまちがいありませんが。

千年以上前に書かれた文学がなぜ今も色褪せることなく人間の真実を伝え、感動を与えてくれるのか。本書の各章を、源氏物語という広くて深い森に分け入るための入口としていただければ幸いです。

二〇二四年　晩秋

著　者

目次

凡　例

一　原文および現代語訳の出典と引用について

・源氏物語本文は、大半は『新潮日本古典集成　源氏物語』一〜八から引用しました。その場合は出典を「新潮」と略して帖の名称を付け、それ以外からの出典の場合は個別に記載しました。

・現代語訳は訳者の姓（谷崎、瀬戸内など）と帖名による略した記載にしました。

・引用部分の表記・様式は原典通りを原則としましたが、一部、振り仮名や改行について筆者の責任で手を加えました。抜粋による引用で省略した部分は「……」などで示しました。

二　引用した文献などの記載

・原文、現代語訳以外の引用箇所については、本文中は引用した文献を簡潔に記し、巻末の資料「文献ガイド」にあらためて列挙しました。

・引用していないが執筆の参考にした文献も「文献ガイド」に記載しました。

・文献の中には品切れで新刊が入手できないものが文庫や新書の本を含めてあります。品切れか入手可能かは今後も変動するため、これに関する現在の情報は記していません。同様に、電子書籍で読めるかどうかも記載していません。購入する場合は出版社などのホームページで最新情報を確認なさってください。

・本文中の訳者や研究者・作家などの名前は、原則として「氏」の敬称を付けましたが、かなり以前に故人となった著名人（与謝野晶子や谷崎潤一郎など）は敬称を付けていません。

三　その他

・古来五十四に分けられている源氏物語の各段については「巻」と呼ぶこともありますが、本書では「帖」としました。巻末の資料として系図のほか物語のできごとを主人公の年齢や帖ごとに時系列で整理した「年立《としだて》」と呼ばれる年表を作成してあります。ただし、登場人物の年齢は多くの書籍に倣って本居宣長の解釈を基本としました。年齢は「数え年」ですので、生まれた年が一歳で新年を迎えるたびに一歳ずつ年齢が増えることに注意が必要です。季節は、旧暦のため概ね一〜三月が春、四〜六月が夏、七〜九月が秋、十〜十二月が冬に当たります。毎月の日付は月の満ち欠けによるので、一日は月が無い新月、概ね十五日ごろに満月になります。

・作者については諸説がありますが、「宇治十帖」の終わりまで全て紫式部が書いたという前提で記しました。

・「結婚」や「夫・妻・夫婦」の表現については、正式な手続きを踏んだ婚姻かどうかを基準と考え、「正妻」ではない「妾《しょう》」の女性については「妻」や「夫婦」といった表現を使いませんでした。研究者でも見解が分かれている問題として第九章第一節を参照願います。

・源氏物語の時代の実在の人物、特に女性の下の名前の読み方は確定できない場合があります。振り仮名を付ける場合は「彰子《しょうし》」「定子《ていし》」のように音読みを原則にしました。

・源氏物語が書かれた時代を中心に平安時代中期の主な歴史を記した年表を巻末の資料として掲載しました。

序章　源氏物語はなぜ凄いか

源氏物語は恋愛小説なのか

皆さんは「源氏物語」についてどんなイメージをお持ちですか。貴公子の華麗な恋愛遍歴という印象が強いでしょうか。平安王朝時代の雅《みやび》な雰囲気を思い浮かべますか？

源氏物語にこれまで親しむ機会がなかった方の理由は様々だと思います。「長くてとっつきにくい」「ましてや原文は外国語より難解？」、それから「高校時代の授業がつまらなかった」「受験で仕方なく勉強して嫌いになった」という声もよく聞きます。もう一つ、男性にめだつのは「現実離れした万能の男による恋愛の成功話で感情移入ができなかった」「男が読んでおもしろい文学だとは思わなかった」という感想です。

これらの印象や感想は、当たっている面もあるかもしれません。でも、私の経験では、そうでない部分が源氏物語の本当の読みどころで、それを知らずにいるのはとてももったいないことだと感じます。

かく言う私も、若いころは源氏物語を恋愛ものとして読みました。古典文学が好きだったのでそれなりに楽しめましたが、四十代になって本当に源氏物語の虜になった理由は、すべてを得た主人公の光源氏が中高年になって何もかもうまくいかず、悩み苦しむストーリー、そして源氏死後の「宇治十帖」も含め人間の暗い面や孤独といった真実が容赦なく描かれているのを知ったためです。

もちろん、物語の前半部分も、恋愛や権力闘争、病気や死、親子の情愛といった人の世の真相がリアルに描かれていて十分におもしろいのですが、中盤の「若菜」という帖からは光源氏やその周りの人物の人生が加速度的に暗転します。源氏は、前半で何事もうまくいった人生のカードが次々に裏返るような目に遭い、周りの人まで不幸にしていきます。自ら招いた「因果応報」の不思議さや、男女のすれ違いといった人間の真実を、読者は自分のことのように読み進むことになります。

本書では、時代を超えて変わらない人間の行動や感情を実感できる数多くの名場面を様々な角度から紹介していきます。

フィクションとは思えないリアリティー

源氏物語は、日記や歴史書のような史実にもとづく記録ではなく、作り物語です。しかも、事実よりも過激で大胆なできごとが物語の最重要とも言えるテーマとして描かれています。その最たる事件は、帝の后が帝の子である主人公と密通して身ごもり、生まれた子どもが天皇として即位する、この筋書きが物語を貫く核心です。それ以外にも、主人公が一時愛してから心が離れてしまった相手の貴婦人が、生霊と化して主人公の正妻を死に追いやったり、二人の貴公子との三角関係に悩んだ田舎育ちの姫君が自殺を図ったりする山場もあります。これらの大胆なストーリーが、決して荒唐無稽に描かれるのではなく、いかにも実際に起きたかのような筆致で書かれていることに、私は何度読んでも驚かされています。

物語には、端役も含めて四百人を超える人物が登場します。それらのうちかなり多くの登場人物は、それぞれ一つの小説になりそうな、劇的な人生を送ります。これらの人物が体験する幸・不幸や、話す言葉、心の中の感情は、まるで実在したかのようなリアリティーで描かれています。

プロの作家としての比類なき才能

源氏物語の作者は、十一世紀初めに宮中に仕えた女房の紫式部だとされています。物語の一部は別人の作だという見方もありますが、本書では最後まで紫式部の作だという前提で紹介していきます。

紫式部は、第五章で詳しく書きますが、下級貴族の家に生まれ、一条天皇の后の藤原彰子《しょうし》に仕えました。本名や生没年もわかっていませんが、少女時代から和歌や漢詩など日本と中国の文学や歴史書に親しみました。宮中に出仕したことで同時代のできごとや人間関係、行事や衣裳・音楽・絵画に精通しました。それらの蓄積が、歴史的な傑作を書けた一因になったことはまちがいありませんが、ほかにも作家として多くの才能を発揮して源氏物語を書き上げました。たとえば、読者は何がおもしろいと感じるか、読者の心の中が見える眼力は、天才的だと感じます。

物語の時代設定は、百年近く過去に遡る十世紀前半から、執筆時に近い時期までのおよそ七十年余りの間だと見られています。フィクションですから歴史的事実そのものを描いたわけではありませんが、読者である当時の貴族社会の人たちの多くが知っていた実際の事件や人物を重ね合わせながらリアルに読めるような巧みな書き方をしています。『古今和歌集』をはじめとする良く知られた和歌や、『伊勢物語』などの先行文学を上手に取り入れて、情緒を深めています。

作者の紫式部の人生はわからないことが多くありますが、書き残した『紫式部日記』や歴史的事実から源氏物語の謎の解明を試みたり、逆に物語の内容から紫式部の人生観やメッセージを読み取ったりするのは興味深いものです。これについては第五章で記します。

時代と国境を超えた文学

源氏物語は、原文で四百字詰め原稿用紙で二千枚を超え、現代語訳では訳者によりますが三百頁前後の文庫本で十冊ぐらいにわたる長編です。これだけ大部の作品が、ほとんど完全な形で千年以上引き継がれて生き残っているのは、書かれた平安時代から鎌倉、室町、江戸時代へと、印刷・製本技術が無い中でも切れ目なく読まれ、書き写されてきたためだと考えられます。これものちに触れますが、日本国内のその後の文学に与えた影響は、和歌・俳句、小説、さらには能や絵画などの芸術・芸能も含め、計り知れない大きなものがあります。現代語訳は、明治時代に与謝野晶子が着手したのを嚆矢として、谷崎潤一郎、円地文子などによって手がけられ、読者の拡がりにつながりました。一九九八年に完成した瀬戸内寂聴訳は、これまでに様々な版を合わせると四百万部を超えるミリオンセラーとして読まれています。さらに、大和和紀氏による漫画『あさきゆめみし』もこれまでに千八百五十万部売れて、読者の拡大に貢献しています。

　海外への拡がりも目を見張るものがあります。およそ百年前、イギリスの東洋史学者アーサー・ウェイリーが初めての英訳をした『The Tale of Genji』は欧米の書評家から絶賛され、「人類の天才が生み出した世界の十二の名作のひとつに数えられることになろう」と言われました。源氏物語の翻訳について研究している伊藤鉄也氏によりますと、これまでに世界の四十三の外国語で訳されています。

　ウェイリーの英訳については、最近、俳人で評論家の毬矢《まりや》まりえ氏と妹で詩人・翻訳家の森山恵《めぐみ》氏が現代の日本語に訳し直したことが話題になっています。その中で源氏物語の冒頭の一文は次のように訳されています。

　いつの時代のことでしたか、あるエンペラーの宮廷での物語でございます。ワードローブのレディ《更衣》、ベッドチェンバーのレディ《女御》など、後宮にはそれは数多くの女性が仕えておりました。そのなかに一人、エンペラーのご寵愛《ちょうあい》を一身に集める女性がいました。

（『A・ウェイリー版 源氏物語』左右社より）

　ウェイリー訳を日本語に戻す作業によって見えてきた源氏物語の魅力などについては、毬矢氏姉妹が記した『レディ・ムラサキのティーパーティ　らせん訳「源氏物語」』（講談社）で味わうことができます。

これからの源氏物語

　一九九〇年代に源氏物語の全訳をした瀬戸内寂聴氏が、東京の外国人記者クラブで源氏物語について講演したときのエピソードを書き残しています。日本に駐在するある外国人ジャーナリストが「私たちは日本に赴任するときにかならず上司から『源氏物語を読んでおくように』と言われます。源氏物語を読まないと日本文化の本質も理解できないし、日本人のものの感じ方、考え方も分からないから、と言われるのです。……ところが日本に来てみると、ほとんどのインテリは源氏物語を読んでいないようなので驚いてしまいました。いったいなぜ日本人は、自国の誇りである傑作に興味を持たないのでしょう」と質問したそうです。瀬戸内氏はこの質問を恥ずかしく思ったと記し、あまり読まれない理由としては学校教育の教え方と、千年前に書かれた文章があまりに難しいということを挙げています。（『寂聴源氏塾』集英社インターナショナル）

確かに、学校教育の役割は大きいと思います。私は二〇二三年、三十代から七十代の七十人近い知人にアンケートをした結果、源氏物語を読んだことがない人が挙げたその理由は、「長くてとっつきにくい」「何を読んだらよいかわからない」が多く、「授業がおもしろくなかった」という回答もめだちました。学校教育の課題は古くから指摘され、明治から昭和初期にかけて活躍した小説家の田山花袋は、源氏物語について日本の文学の歴史上「一番大きく且つすぐれてゐる」と絶賛した上で、次のように記しています。

> ……学校などでは『桐壺』と『箒木《ははきぎ》』ぐらゐを読ませて、それで『源氏物語』を鵜呑にさせてゐる形であるが、それではとても駄目である。その筋だけわかれば好いといふ種類の著作もないではないが、『源氏物語』は決してさういふ種類のものではない。
>
> （『批評集成 源氏物語 第三巻』ゆまに書房より）

最近の高校の古文の教科書を見ると、源氏物語にはそれなりに力点が置かれ、様々な場面を掲載しています。熱意のある先生が時間をかけて工夫した授業をすると、源氏物語の奥深いおもしろさを知る生徒もいるということですが、限られた授業時間にそのすべてを教えるのは現場の先生にとって大変難しいようです。生徒の側にも、受験勉強に追われたり、そもそも読書量が減ったりしているという問題もあります。

源氏物語を読む楽しみを少しでも若い人たちに知ってもらうための方法としては、古文の授業だけでなく、文化の歴史に占める平安中期の摂関時代の意味合いを強調するとか、大学入学後の教養科目として様々な学部で源氏物語を知る機会を設けたり、大学内の図書館などを通じて源氏物語関連書籍を推奨したりする試みが、少しでも実現するとよいと思います。

読んでから拡がる楽しみ

源氏物語そのものを読むこと以外に、楽しみ方が数多くあります。

この物語が書かれた平安時代中期は、中国の影響も受けた日本文化が皇室や摂関家を中心にした貴族社会で一つの頂点に達した時代でした。紫式部だけでなく、清少納言・和泉式部など多くの女性作家や歌人が宮中での女房などの仕事をしながら物語・随筆・日記文学・和歌といった文学史に残る名作を残しました。当時、娘を入内させることを通じて権力の頂点に達した藤原道長をはじめとする上級貴族の動きや権力闘争も、これらの文学作品に大きな影響を与えました。二〇二四年に放送されたＮＨＫの大河ドラマ「光る君へ」でも描かれたような、この時代のダイナミックな歴史の動きについて、様々な歴史書や歴史小説で楽しむことができます。

また、源氏物語の筋書きや和歌などの表現に影響した先行文学、たとえば『伊勢物語』や『蜻蛉日記』、和歌集に親しんだり、逆に源氏物語から影響を受けた後世の文学作品を味わったりする楽しみも尽きません。さらには、源氏物語を題材にした能や歌舞伎、物語の見せ場を絵画化した大和絵などの美術作品も、物語の内容を知ることで一層深く鑑賞することができます。

物語に出てくるゆかりの地を旅する楽しみ方もお奨めです。書かれた当時すでに信仰を集めていた京都や奈良の寺社や、紫式部が受領《ずりょう》として赴任する父親に同行した越前など、魅力的なスポットが各地にあります。

本書では、こうした楽しみ方の拡がりについても、私が経験した範囲で紹介します。

源氏物語の関連書籍は毎年のように多数、出版されています。その中で三冊、私が繰り返し読んだ本を紹介します。

＊『光る源氏の物語 上・下』中公文庫。国語学者の大野晋氏と作家の丸谷才一氏が読み進みながら物語の魅力を縦横に語り合う対談本です。ときには物語のここは下手だと容赦ない批判をまじえているのも興味深いところです。

＊『源氏物語の世界』新潮選書。小説家で文芸評論家の中村真一郎氏が五十年以上前に書き残した鋭い分析は少しも色あせません。

＊『源氏物語 物語空間を読む』ちくま新書。国文学者の三田村雅子氏が、源氏による「六条院世界の構築」や「若菜」の帖の暗転などを多面的に論じており、参考になりました。

第一章　光源氏は万能？——試練の後半生が読みどころ

長編・源氏物語の主人公は光源氏です。光源氏の第一印象はどうしても王朝のプレイボーイとしての女性遍歴ですし、和歌・漢詩・管弦などあらゆる技芸に秀で、さらには仕事でも権力の頂点に達する人生が描かれています。それなのにこの章のタイトルに疑問符の「？」を付けたのは、光源氏は人生において万能ではなく、むしろ挫折や不如意の苦しみを味わったり、中年以降は女性にいやがられる言動がめだったり、ついには最愛の人を傷つけたりする面が描かれ、まさにその点に源氏物語の深いおもしろさと価値があると考えるからです。そうした主人公の人生の転変についてお伝えしたいと思います。

三つに分けられるストーリー

長大な作品である源氏物語は、五十四ある帖が今の順番で書かれたわけではないと見られています。作者は、宮中に女房として出仕していた紫式部だという見方が大勢です。別の人が書いた部分もあるという見解もありますが、私は最後まで紫式部の作だと考えて読んでいます。その理由についてはのちに記します。専門家の研究により、短編あるいは中編小説のように、完成した帖から順に貴族社会で読まれたり写本としてさらに流通したりし、その後次第に、今の順番で構成された長編の物語として後世に受け継がれたと考えられています。

この物語は大きく次の三つに分けるのが通例です。

第一部　冒頭の「桐壺」から三十三番目の「藤裏葉《ふじのうらば》」まで

第二部　「若菜上・下」から「幻」（あるいは題名だけの「雲隠《くもがくれ》」）まで

第三部　四十二番目の帖「匂宮《におうみや》」から最後の「夢浮橋《ゆめのうきはし》」まで

第二部の帖名の中で記した「雲隠」は主人公の光源氏が死んだことを表すため本文は何も書かないという作者または後世の独創的なアイデアです。（「若菜」の帖を上・下に分ける数え方と、中身のない「雲隠」も一つの帖と数える方法があり、どちらも合計で五十四帖となります）

三つのパートのごく簡単な内容は次の通りです。

第一部は、主人公の源氏が生まれてから三十九歳までのできごとが描かれます。公私にわたり頂点に達する成功物語です。

第二部は、源氏が初老の年代から死を前にした五十二歳までです。前半生で得た幸せを次々に失い、苦悩する姿が記されます。

第三部は源氏死後の、次世代の物語です。その中心となる「宇治十帖」は、源氏の子や孫の貴公子が三人の姫君との間で繰り広げる恋愛や別れが主なできごとです。（世間的には源氏の子である薫は実は正妻の女三の宮と柏木の子でした）
作者の紫式部については後で詳しく触れますが、物語の前半から中盤、そしてエンディングに向けて物語に込められた作者自身の人生観が変化していくように私には読めます。作者の人生と照らし合わせながら味わえることもこの文学作品の魅力だと感じます。

図１の１　「源氏物語絵色紙帖」桐壺　人相見の場面
出典：ColBase (https://colbase.nich.go.jp)

光源氏が人生の出発点から背負ったもの

物語は、最初の「桐壺」の帖で、ときの天皇・桐壺帝が偏愛した桐壺更衣《きりつぼのこうい》（※）が他の多くの妃《きさき》から執拗ないやがらせを受けるできごとから始まります。桐壺更衣は源氏を産んだあと源氏が三歳のときに病で亡くなります。源氏は育つにつれ才能と美貌が周囲を驚嘆させます。

※天皇の妃の地位は父親の身分が基準となりました。「更衣」は大納言以下の娘で、親王や大臣の娘が入内したときの「女御」よりも低い地位でした。

高麗《こま》の国から人相見が来日したとき、父親の桐壺帝が源氏の素姓を明かさずにその将来を読ませたところ、「国の親となり、帝王という最高の位にお就きになるはずの相をお持ちですが、しかしそのような方として見ると、世が乱れ人々が苦しむことがあるかもしれません。では朝廷の柱石となり、天下の政治を補佐する方、と見ようとしますと、そのような相ではございません」（角田光代訳「桐壺」）という判断がなされました。帝はこれも参考にして、源氏を後ろ盾のないまま皇室で親王にするよりも、臣籍（皇族ではない身分）に降下させることを決断します。「源氏」とは皇子から臣下になった貴族の姓ですので、それが物語のタイトルになり、光り輝くという形容句がついて主人公が「光る源氏」と呼ばれたのです。天皇になれなかった皇子のものがたり、ということになります。

愛する更衣を失った桐壺帝の深い喪失感を癒やしたのは、源氏が十一歳になったときに入内した藤壺女御《ふじつぼのにょうご》でした。源氏は父親が藤壺の所に通うのに同行して藤壺の姿を見る機会がありました。五歳上の藤壺に憧れる気持ちが次のように記されています。

> 君は、母親である桐壺のことは面影も覚えていないけれど、「本当によく似ていらっしゃいます」と典侍が言うのを聞いていると、幼心にも本当になつかしいような気持ちになり、いつもそばにいて、もっとずっと親しく近づいてその姿を見たいと思うのだった。
>
> （角田訳「桐壺」）

※典侍＝てんじ・ないしのすけ＝は後宮の次官を務める
高位の女官

源氏は十二歳で元服し、藤原一族という設定の左大臣家の姫君で四歳上の葵の上と結婚しますが、心の中で藤壺への思慕をつのらせるばかりでした。

光源氏の恋愛をどう読むか

物語の第一部で源氏が男女の関係を持った相手は、名前が付けられている女性だけで十人を超えます。次々に想いを果たしたかのように思われることがありますが、源氏の恋愛経験として最初に描かれる二つの恋はいずれも苦い思い出となる失敗譚でした。中流貴族の後妻の空蝉《うつせみ》からは、一度だけの強引な情事の後、拒まれ続けますし、謎めいた女性として源氏が惑溺した夕顔は、二人だけで過ごした廃墟の邸で急死します。

そして、源氏の生涯を通じての想い人となる藤壺とは二度の密かな逢瀬を持ち、藤壺は懐妊しました。生まれた男の子が実は源氏の子であることを父親の桐壺帝は知らないままだったと記され、源氏と藤壺は生涯、その罪の意識に苛まれます。ところがこのできごとこそ、源氏の将来の栄達の原動力になる、という大胆不敵な筋書きが、源氏物語の核心部分になっていきます。

生涯にわたり最愛の伴侶として源氏と生活を共にした紫の上は、源氏が十八歳のときにまだ十歳、病気療養先で偶然見つけ、藤壺に似た面影に惹かれて自邸に引き取った女性でした。その四年後、十四歳のときに源氏と男女の関係になりました。

源氏は、ハードルの高い危険な恋に情熱を燃やす癖がありました。高貴な相手の代表格は、源氏より七歳上の六条御息所《ろくじょうのみやすどころ》でした。六条御息所は前の東宮（皇太子）の妃でしたが、夫に先立たれ、娘（のちに源氏の養女として入内する秋好《あきこのむ》中宮）と住んでいました。若い源氏は夢中になりましたが、完璧すぎる人柄や物を思い詰める性格に疲れて源氏はほかの女性に心を移します。その上、御息所は賀茂の祭で源氏の行列を見ようとした際に正妻の葵の上一行の従者たちから侮辱を受けたことがきっかけで恨みをつのらせ、物の怪として葵の上を攻撃する様子を源氏は見てしまいます。この体験を源氏は老境まで引きずることになります。

源氏の前半生に訪れた最大の試練は、政治的な敵である右大臣家の姫君の朧月夜《おぼろづきよ》との密会が発覚してそのことなどをきっかけに官職を失い、自ら京《みやこ》を離れて須磨の地で寂しい退居生活を送ったことです。

隠棲した源氏は、須磨に近い播磨の国に住む明石の君と結ばれて、将来、天皇の后となりうる女の子が生まれました。すでに世を去っていた父親の桐壺帝の夢のお告げに助けられて、源氏は京に戻って復権します。

その後は順調にめざましい出世を遂げ、私的には「六条院」という巨大な邸宅を造営して、春夏秋冬に分けた四つの建物にそれぞれふさわしい女性を住まわせて、極楽浄土を模したような雅《みやび》の極みの生活をします。（六条院の想定配置図は156〜157頁、俯瞰図は冒頭口絵図５）

六条院が完成したのは源氏が三十五歳のときでした。現代と違って中年から初老に向かう年です。作者は恋愛でも年齢による変化を容赦なく描きます。その中心になった相手は、源氏が若き日に愛して短期間で喪った夕顔の娘の玉鬘《たまかずら》でした。源氏は地方暮らしをしていた玉鬘を六条院に引き取って世話をするうちに恋慕をつのらせます。「玉鬘十帖」と呼ばれる一連の帖の中で、セクハラと言うべき迫り方をしたり、蘊蓄を延々と語って説教したりする姿が描かれます。玉鬘が賢く源氏を躱《かわ》し、源氏にも若いときより自制心が働いたため男女の関係になる寸前でとどまりました。

源氏は三十九歳のとき、「准太上《だいじょう》天皇」に昇りつめます。上皇に準じる位、臣下としては通常ありえない最上位の待遇で、幼いときの高麗の国の人相見の見立てがここで実現した形です。「藤裏葉《ふじのうらば》」の帖で、源氏の六条院に天皇と上皇が一緒に行幸するという栄誉の場面が描かれ、第一部は幕を閉じます。

源氏が前半生で出会った女性たちへの対し方やその胸の内は、第一部のところどころで作者によって記されます。たとえば朧月夜と初めて偶然出会って口説く場面では源氏自ら「私は何をしてもだれにも咎められませんから、人を呼んでもなんにもなりません」と自信たっぷりに言い、この言葉によって朧月夜は「光君だとわかって女は少しばかり安堵した」という反応でした。また、これより先、末摘花《すえつむはな》と名付けられた深窓の女性と逢った後、その異様な容貌を見て愕然とした源氏は、心のうちで「私以外の男が、あのような姫君にとても我慢できるはずもない」と述懐します。（引用はいずれも角田訳。「花宴《はなのえん》」・「末摘花」より）

この末摘花や源氏に靡《なび》かなかった空蝉など、契りを結んだ女性たちは私邸の一室に住まわせて末長く生活面の支援をするという誠実な一面も作者はたびたび描いています。

なお、源氏に大きな影響を与えた女性たちについては、次の第二章と三章でそれぞれの人生をくわしくたどります。

暗転と死

物語第二部最初の「若菜上」と「若菜下」は、合わせると源氏物語全体のおよそ一割の長さを占めます。源氏の運命が激しく変わるできごとが次から次へと続発し、最大の山場を迎えます。折口信夫《しのぶ》をはじめ多くの識者が「源氏物語は若菜を読め」と推奨し、「若菜を最初に読んでもいい」と言う人もいます。物語はここから「幻」の帖まで、主人公の思うようにならない展開ばかりで、第一部での人生の成功はあたかも、老後の暗転に向けた仕掛けだったかのように感じられるほどです。

不穏な展開の引き金になったのは、前の天皇で源氏の兄の朱雀院から、愛娘である女《おんな》三の宮を妻にしてほしいと頼まれたことでした。女三の宮は当時まだ十四、五歳。老境の四十歳になっていた源氏はあれこれ考えた末、その降嫁を受け入れます。朱雀院の頼みを断りにくかったことに加え、女三の宮が皇女で、その若さと、かつて密通相手だった亡き藤壺中宮の姪にあたることに源氏が興味を持ったためだと読めるように書かれています。

内親王の降嫁ですから、最も影響を受けたのは源氏と長い間一緒に過ごしてきた紫の上でした。源氏はひと晩悩んだ末にこの件を「病気で気の毒な朱雀院の頼みを断れなかった」と告白します。噂には聞いていたもののまさかと思っていた紫の上は、上辺《うわべ》は平静を装いますが、はるかに格上の皇女が正妻として来ることで自分の立場が脇に追いやられると思い、単なる嫉妬とは次元の違う苦しみの日々が始まりました。

嫁いできた女三の宮は、精神的にも知的にも未熟で源氏にとって期待はずれの女性だったため、源氏は紫の上の完璧な魅力を再認識して愛情を深めますが、朱雀院への気遣いや世間体から正妻をないがしろにするわけにはいかず、紫の上と共に過ごす時間は減ります。老後を源氏と楽しく暮らす希望を失った紫の上は、表に出せない苦しみをつのらせて病に臥せる結果となり、一時は重い状態だったため、元の私邸の二条院へ、看病する源氏と共に移りました。

六条院が手薄になった隙に起きたのが、長い間ひそかに女三の宮を慕い続けていた、源氏の旧友、かつての頭中将《とうのちゅうじょう》の嫡男・柏木衛門《えもん》の督《かみ》による求愛でした。源氏が紫の上への愛を優先させているという世間の噂が恋心を一層かきたてました。女房の手引きにより、ついに柏木は女三の宮の閨《ねや》に押し入って一夜を過ごし、懐妊に至ります。源氏は紫の上の看病でずっと逢っていなかった女三の宮の懐妊を腑に落ちずにいるうちに柏木からの手紙を見つけてしまい、真相を知りました。しかし、世間体からこの事件を隠し、紫の上にすら明かしませんでした。自分だけで苦い思いをかみしめると同時に、自分の若き日の藤壺との過ちを思い合わせて、因果応報の怖ろしさに打ち震えます。

亡くなった桐壺院も、こうしてお心では何もかもご存じでいながら、知らん顔をしてくださっていたのだろうか、思えばあのことは真実おそろしく、あってはならぬあやまちだった。

（角田訳「若菜下」）

当事者の二人に対し源氏は、老いた権力者らしく遠回しに言葉や視線で陰湿な攻撃をします。それを恐れるあまり体調を崩した柏木（督《かん》の君）に対し、源氏は宴席で次のように言ってにらみつけ、酒を無理強いします。

「年をとると、酔って涙もろくなるのをとめられなくなってしまうものですね。督の君がめざとく見つけて笑っているのだから、まったく恥ずかしくなります。けれどもそれも今のうちだけのこと。逆さまには流れないのが年月というもの。だれしも老いから逃れられないのだ」と督の君をじっと見据える。

（同）

源氏が四十八歳になった年に女三の宮は男児（薫）を出産します。女三の宮は父親の朱雀院の力を借りて出家し、一方病が悪化した柏木は三十過ぎの若さで死亡します。自分の子でない若君を抱いた後、源氏は尼姿の女三の宮に小声で次のように辛辣な和歌を詠みかけます。

「誰《た》が世にか種《たね》はまきしと人問はばいかが岩根《いはね》の松はこたへむ

（いったいだれが種をまいたのかと人に訊かれたら、岩の上に生まれ育った松――若君はなんと答えるだろう）

かわいそうに」

（角田訳「柏木」）

紫の上の病は回復せず、源氏との平穏な幸せが戻らないまま三年後、四十三歳で臨終のときを迎えます。第二部最後の「幻」の帖では、最愛の伴侶を喪った源氏の哀傷の一年が季節の巡りと共に記され、源氏が出家に向けた準備をするくだりで終わっています。

源氏はその直後に出家して京都・嵯峨の寺で二、三年修行した後、没したことが、第三部の「宿木《やどりぎ》」の帖に短く記されています。

続編は源氏亡き後の鈍色《にびいろ》の世界

物語の第三部は、本編と続編をつなぐ意味合いの「匂宮（または匂兵部卿）」「紅梅」「竹河」に続いて、宇治を舞台にした新たな物語である「宇治十帖」で構成されます。このうち、つなぎの三帖は古来、別人の作という見方もあって、個人的には、源氏物語の五十四帖の中では読み飛ばしても支障がない部分だと感じます。

宇治十帖は、明石の君の娘の明石中宮と帝の第三皇子で源氏の孫に当たる匂宮、世間では源氏と女三の宮の子とされた薫、そして女性は皇族出身で宇治に隠遁していた八の宮の娘の姫君三人が中心になります。

物語前半のような政治的な権力争いや恋の幸せな成就は描かれず、宇治十帖は三角関係や恋の不完全燃焼、男女の心のどうしようもないすれ違いが繰り返し描かれます。二人の貴公子は本編での源氏のような人間的な美質を持たないだけでなく、女性への差別意識や不実な言動が強調され、それを記す作者の筆致は厳しくなっています。このように暗い色調に彩られた宇治十帖ですが、人物の心理描写は精緻を極めていて、宇治十帖こそ読みごたえがあるという評価も読み手によっては聞かれます。

第二章　源氏の人生を変えた六人

源氏物語には、主人公の光源氏の一生に大きな影響を与える数多くの人物が登場します。それらの人物は源氏と出会ったことで様々な幸福や苦悩を経験し、あるいは出家したり死んでいったりします。これらの個性的な登場人物の人生が一つ一つの文学作品に値するほどです。あまりにリアルに描かれているため、これらの人物が実在したかのように思えることがあります。この章と次の第三章では、人物ごとに物語の中での生き方をたどってみます。

第一節　紫の上——最愛の伴侶は幸せだったのか

源氏物語で一番に挙げるべきヒロインは誰でしょうか。読者によって意見が分かれるかもしれません。源氏の人生で最大のできごとは、父親の桐壺帝の后の藤壺の宮と密通をして、秘密の子どもが生まれたことだと言えます。その男の子はのちに冷泉帝として即位し、そのことは源氏が政治家として頂点に昇りつめる後押しになります。藤壺は三十代の若さで世を去りますが、亡くなった後も含めて源氏の一番の想い人だったと思います。

一方、源氏の人生で一番長く、最も身近にいて愛した女性は紫の上でした。作者は終始、その美しさや知性、人柄の理想的な素晴らしさを強調します。彼女に対する源氏の愛がいかにかけがえのないものだったのかは、紫の上が源氏よりも数年先に亡くなった後の源氏の哀しみの深さによって十分伝わってきます。しかも、紫の上の病につながった苦しみや、互いに最愛の相手であるはずの源氏と気持ちがすれ違い、二人とも不幸になっていく経緯は、作者の紫式部が最も書きたかったことだと私は考えています。こうしたことから、登場人物の最初に取り上げるのが紫の上の人生です。

紫の上と光源氏の出会いは、高校の古文の教科書にもしばしば取り上げられるので知っている方も多いかもしれませんが、五番目の「若紫」という帖です。瘧（わらわやみ・マラリア）の治療のため京都の北山を訪れた源氏が小柴垣《こしばがき》からのぞき見て美しい少女を見出したのが出会いの始まりでした。そのとき紫の上は十歳。源氏は住んでいた二条院に引き取って理想的な女性に育てるため自ら教育します。年の差は八歳、紫の上が十四歳になったときに二人は男女として結ばれます。そのときの、まだ幼い紫の上の衝撃と、ショックの余りしばらく口をきかなかった様子を、作者は遠回しな表現で記します。原文と、瀬戸内寂聴氏の現代語訳で引用します。

……人のけぢめ見たてまつりわくべき御仲にもあらぬに、男君《おとこぎみ》はとく起きたまひて、女君はさらに起きたまはぬ朝あり。（新潮「葵」）

もともと幼い時から、いつも御一緒に寝《やす》まれていて、まわりの者の目にも、いつからそうなったとも、はっきりお見分け出来るようなお仲でもありませんでしたが、男君が早くお起きになりまして、女君が一向にお起きにならない朝がございました。

（瀬戸内訳「葵」）

図２の１　「源氏物語絵色紙帖」若紫　源氏が少女（紫の上）を発見した場面
出典：ColBase (https://colbase.nich.go.jp)

紫の上は源氏の正妻ではなく、正式な結婚をしたとは言えません。正妻ではない紫の上を源氏は最も愛しました。生涯、同じ邸《やしき》で生活し、幸福と不幸の両方を源氏と共にすることになります。

それから四年、二十六歳になっていた源氏は政敵である右大臣家の姫君の朧月夜との密通の発覚などがきっかけで官職を失い、自ら摂津の国の須磨に退居します。そのとき紫の上は十八歳、須磨へは同行できず、初めて孤独を味わいます。それだけでなく、旅先の源氏が転居した先で明石の君と結ばれたことを源氏自らの手紙で知り、初めての嫉妬を経験します。そのときのやりとりを引用します。まず、風の便りなどで先に知られる前に打ち明けようと考えた源氏の言い訳からです。

「そういえば、ほんとうに我ながら心にもないつまらない浮気をしては、あなたに嫌われた時々のことを思い出すだけでも、胸が痛むのに、またしても不思議なはかない夢を見てしまいました。でもこんなふうに訊かれもしないのに、正直に告白するわたしの包み隠しをしない気持をどうかお察し下さい。あなたと誓ったことは忘れません」

（瀬戸内訳「明石」）

これに対し紫の上は和歌を詠んで怨みの思いを伝えます。

うらなくも思ひけるかな契りしを
　　松より波は越えじものぞと

正直に信じきっていたことよ
末の松山を波は越えないように
決して心変わりはしないと
誓ってくれたあなたを信じ
浮気をするなどつゆ思わずに　（同）

紫の上は、皇族の式部卿宮の娘ですので、中流の家で地方暮らしをしていた明石の君に対しては身分的な優越感を抱いていました。そうした中、源氏と明石の君の間に女の子が生まれ、母子を明石から京都の郊外に移らせることになりました。源氏はあれこれ言い訳をしながら明石の君のもとに通い、そのたびに紫の上は、嫉妬の怨情を源氏に訴えます。

ただ、姫君を将来、入内させるために引き取るので紫の上に養母として育ててもらえないか、という源氏の提案に対しては、子ども好きな紫の上は快諾しました。のちにこの姫君が東宮に入内し、生まれた男の子が天皇として即位することになります。このため紫の上は、将来の「国母《こくも》」の育ての親という立場を得る結果になりました。

三十二歳になった源氏の色好みの行動は収まりません。特に、前の斎院の朝顔の君にたびたび懸想の文を贈っていることを紫の上は噂で知ります。明石の君とは違って、朝顔の君は源氏の正妻になりうる高貴な家柄です。紫の上は、自分の立場が侵されると考えて、深刻に悩みます。その心の内が次のように描かれます。

「……源氏の君のお心がそちらへお移りになったら、このわたしはどんなにみじめな目にあうだろう。これまで長い年月、肩を並べる人もないほど愛されてきたのに、今更、人に圧《お》し除《の》けられるようになるとは」……などと、あれやこれやと思い乱れていらっしゃいます。源氏の君の浮気がたいしたことでもない場合は、わざと恨み言を言ってすねたり、憎らしくない程度に可愛らしく嫉《や》いて責めたりなさるのに、今度は真実ひどいと恨んでいらっしゃるので、かえって顔色にもお出しになりません。　（瀬戸内訳「朝顔」）

朝顔が源氏を拒み続けたため紫の上の地位は守られましたが、この浮気沙汰は、八年後に女三の宮の降嫁によって紫の上が決定的な打撃を受ける事件の前哨戦だったと言えます。

蜜月から暗転する日々

物語の第一部は、源氏の栄華が頂点に達し、女性たちを集めた邸宅の六条院も完成、紫の上が育てた明石の姫君は東宮に入内するなど、源氏一家の目標がいずれも最上の形で終わりました。続く第二部の「若菜上」の帖から、紫の上の幸福が崩れ始めます。

源氏の兄の朱雀院から頼まれて、愛娘の女三の宮の降嫁を源氏が受け入れることが決まりました。内親王との結婚ですので、紫の上とは格が違い、正妻としての立場です。源氏はこのできごとについて紫の上に、「院からの頼みを辞退できなかった」と、本心とはニュアンスの違う説明をしますが、女三の宮のお輿入れによって紫の上は暮らす部屋まで変わり、六条院の寝殿から脇の「東の対」に移りました。

当時の結婚のしきたりで、最初の三晩は必ず男が新妻のもとに通うことになっていました。その最後の夜を前に源氏は次のように紫の上をなだめます。

「今夜だけは仕方のない義理の最後の夜だからと許して下さるでしょうね。この後、もしあなたを独りにするようなる夜があるなら、我ながら愛想《あいそ》が尽きることでしょう。かといって、そうして女三の宮を疎遠《そえん》にすれば、また朱雀院のお耳に入るだろうしね」(瀬戸内訳「若菜上」)

送り出す紫の上は物思いにふけりながら心の中で悩みを深めます。

長い年月には、こんなことになるのではないかと思ったこともいろいろあったけれど、今更とばかり、この頃では全く浮気沙汰から遠のいてこられたので、もう大丈夫と、すっかり安心しきっていたあげくの果てに、こんな世間の噂にも恥ずかしいようなみっともないことが起こってきたとは。安心していいような夫婦仲でもなかったのだから、これから先もどんな不安なことが起こるかわからないと思うようになられました。(同)

しかし「今夜だけ」という約束は叶えられませんでした。源氏は、女三の宮が幼いばかりで人間的魅力に乏しいのを物足りなく感じ、紫の上の素晴らしさを再認識しますが、朱雀院への気遣いや世間体から軽視できない女三の宮と過ごす夜が次第に増えます。

今までとは次元の違う孤独感に紫の上が苛まれる中で、源氏は焼けぼっくいに火がついたとも形容すべき朧月夜との十五年ぶりの浮気に走り、紫の上もそれを知って二人の心はさらに遠ざかります。

女三の宮降嫁後の紫の上の苦悩を増した大きな原因は、皇室から迎えた正妻を夫にないがしろにさせていると周囲から言われたくない、つまり体面を気にして不満やつらさを自分の心の中だけに押し込めたことだと思います。

不安定な境遇が続いて将来にも望みを失った紫の上は、三十七歳の厄年も理由に、源氏に対し以前から願い出ていた「出家したい」という希望を再度、伝えますが、源氏は許そうとしません。源氏は逆に、あなたほど恵まれた人はいないなどと、紫の上の心情とはかけ離れた話をします。

「あなたは、あの一件で別離の時の苦労以外は、後にも先にも、物思いで悩んだり苦しんだりすることもなかっただろうと思います。お后でも、ましてそれより以下の地位の人なら当然、たとえ高貴の身分の方であったとしても、誰でも皆、必ず心の安まらない、苦しい悩みがつきまとうものなのです。……あなたは、親の家で深窓《しんそう》に育《はぐく》まれてこられたようなもので、こんな苦労知らずの気楽さはありません。その点では、人よりはるかに幸運な星の下に生れたということが、自分でわかっていらっしゃいますか。思いもかけず、女三の宮がこうして御降《ごこう》嫁《か》になられたことは、何となくお辛いだろうけれど、そのことのために、かえって加わったわたしの愛情が、ますます深くなったことを、あなたは御自身のことだけに、あるいは気がついていらっしゃらないかもしれませんね。それでも、あなたは物事の情理をよくわきまえていられるようだから、わかってくれていると、安心しているのですよ」

（瀬戸内訳「若菜下」）

確かに、源氏の紫の上への愛は年がたつにつれてさらに増していたと言えます。でも、引用した源氏の言葉からもわかるように、紫の上の本当の苦しさの理由を夫として理解できてはいませんでした。源氏は女三の宮につきっきりで琴の演奏を指導し、上達した女三の宮のもとに泊まり込んだ夜、紫の上はついに発病して寝込みます。源氏は度を失い、紫の上を六条院から元の二条院に移してつきっきりで看病をしました。

それにより六条院が手薄になった隙に起きたのが柏木事件でした。長年、女三の宮を一方的に思慕していた柏木が、女房の手引きで女三の宮の寝所に押し入り、思いを遂げたのです。不幸にして女三の宮は懐妊し、男児（のちの薫）を産みます。世間体から、源氏は実は自分の子ではないということを、紫の上にすら秘密にします。夫の様子がおかしいと思っても打ち明けてもらえないことで、二人の距離感はさらに増します。出家という唯一の逃げ道を断たれた紫の上は、絶望により病が回復せず、死を待つだけの日々になりました。もしかしたら、苦しみながら生きるよりも、死が最後に残された救いだと観念したのかもしれません。ほかの女性の人生に託す形で、紫の上は次のような述懐を心の中でもらします。

女ほど身の処し方が窮屈で、哀れなものはない。もののの情趣も、折にふれての楽しい風流な遊びも、まるでわからないように、遠慮して引き籠ってばかりで暮すのだったら、一体何によってこの世に生きる喜びを感じ、無常のこの世の淋しさも慰めることが出来ようか。……わたし自身としても、中庸《ちゅうよう》を保ってほどよく身を処していくには、どうしたらいいのだろう。

（瀬戸内訳「夕霧」）

紫の上のこの心内は、作者の紫式部の人生観でもあると私は感じます。この考え方が、物語の後半から終盤にかけて次第に強く打ち出されているように思えるのです。

瀬戸内寂聴氏は、五十一歳のときに自身が出家したことにより、源氏物語の読み方が変わったと記しています。それまでは登場人物の中で紫の上が一番幸せだと思っていたのが、最も不幸だと思うようになったそうです。不幸の度合いを比べるのは簡単ではありませんが、私もそれに近い捉え方をしています。

「御法」の帖で、先が短いことを悟った紫の上は長年書かせた法華経を納める法会《ほうえ》を主催したり（口絵図14）、周囲の人たちとの別れを心の中で惜しんだりした後、四十三歳でこの世を去ります。源氏と、母親代わりで育てた明石中宮が看守《みまも》るなか、最期の言葉を林望氏の訳で引用します。

「どうぞ……もう……あちらへ……お帰りくださいませ。ああ……気分がひどく悪くなってしまいました。もう……なにを申し上げる甲斐もないほど……弱ってしまいましたこととは申せ、まことに……ご無礼をいたします」

（林訳「御法」）

明石中宮とは哀切な心の通い合いがありましたが、取り乱す源氏との間は、心が離れたままのように読める書き方がされています。

なぜ紫の上は、こうした淋しい最期を迎えなければならなかったのでしょうか。もちろん背景には、当時の貴族社会の男性優位の結婚制度や、出自がものを言う階級社会の構造があったと言えます。しかし、源氏から愛されたにもかかわらず彼女が病や死に追いやられたのは、源氏の愛情が真に紫の上を思いやって幸せにするためのものになりえなかったためだと思います。本当に彼女の気持ちを理解して寄り添うならば、朱雀院の降嫁の依頼を何とか断る理由を考えることができたと思われるのに、源氏はやはり若い内親王を正妻にしたかったのだと思いますし、紫の上の出家を許さなかったのは手元から彼女を失って自分が孤独になるのを避けたかったためでした。そもそも、紫の上に源氏が惹かれた最大の理由は、源氏にとっての永遠の想い人・藤壺の「代わり」とされたことでした。（そのことまで紫の上が勘付いていたかどうかは物語に描かれていませんが、聡明な紫の上は夫の心に藤壺への想いが消えないことは何となく察していたかもしれません）

　紫式部が描いた紫の上の人生は、男女の間に相手のためだけを思う真に無償の愛情が成り立ちうるのか、という究極の問題を、私たちに問うているような気がします。

第二節　藤壺――永遠の想い人

　光源氏の人生に一番大きな影響を与えた女性を挙げるとしたら、それは天皇の后だった藤壺の宮だと思います。終始、完全には満たされない想いを捧げ続けたという精神的な意味と、藤壺との間に秘密の子どもができた不義の事件が社会的な栄進＝権力掌握につながったことがその理由です。吉本隆明氏は「いわば『源氏物語』は潜在的には〈藤壺物語〉であるといっていいほどだ」と『源氏物語論』（大和書房）で記しています。

　藤壺は、源氏の父・桐壺《きりつぼの》帝が愛していた源氏の母・桐壺更衣《こうい》が亡くなった八年後、帝《みかど》の喪失感を癒やす女性として入内しました。源氏は元服するまでは父親の帝と共に藤壺の部屋に出入りすることができました。最初の帖の「桐壺」には、源氏と藤壺の二人が容貌の美しさから「光君」「輝く日の宮」と並び称されたと記されています。

　三歳で死別した母恋の空白を埋めるかのように、源氏は長ずるにつれて五歳上の藤壺への憧れの想いをつのらせていきます。そして十八歳のとき、藤壺の側近の女房の手引きで源氏が藤壺と契ったことが「若紫」の帖に記されます。作者の紫式部はその場面を、夢の中のできごとのようにぼかして書いていますが、円地文子訳では大幅に描写を増やして逢瀬を遂げた源氏の気持ちと藤壺の様子を記しています。

　常日頃耐えに耐え、忍びに忍びつづけてきた恋しさ慕わしさが一ときに雪崩《なだ》れ落ちて、現《うつ》し身《み》も泡沫《うたかた》のようなはかなさに消え失せるかと思えば、また、翼をひらいて上もなく空に舞いのぼるような喜びに、わが身がわが身とさえ思われず、月日を隔てて近くに眺める宮の御顔、手にふれる御肌えさえ現《うつつ》のものとも思えぬやるせなさに、源氏の君の心はあやしく昏《く》れ惑うのであった。

宮も浅ましいことであったと悔いていらっしゃるいつぞやの夜を、思い出で給うだけでも、絶えせぬお嘆きの種なので、せめてはあの時だけのこととして、あとはうち絶えて決して逢うまいと堅くお心に決めていらしったのに、またこうした仕儀になったのが、まことに悲しく、耐えがたい御気色《みけしき》でいらっしゃるものの、そのうちにも、源氏の君に対して情のこもったやさしいお心遣いはつゆほども忘れておいでにならず、さればといって、軽々しくうち解けもなさらない。まことにこちらがうら恥ずかしくなるような至り深いおもてなしの、ほかの人に似ても似つかぬけだかさを見るにつけても、どうして、少しは不足に思われる節でも交っていて下さらないのかと、恨めしくさえお思いになるのであった。

（円地訳「若紫」）

二人の逢瀬が初めてではなかったことがわかりますが、初回についての記述は物語のどこにもありません。これは藤壺をめぐる第一の謎と言えます。作者が敢えて書かなかったという見解のほか、最初の情事を描いた「輝く日の宮」という別の帖があったが失われたという説もあります。

物語に書かれた密通の結果、藤壺は源氏の子を宿し、源氏とそっくりの男児を出産します。真相を知らない桐壺帝は大喜びします。父帝を裏切ったおそろしさに源氏は震え、藤壺はそれ以上に苦悩を深めるのでした。二人の罪の意識は生涯消えることなく続くことになります。

作者が藤壺の心の中を抑え目にしか書いていないため、二人が相思相愛だったのか、それとも源氏の一方的な想いだったのかは、研究者や訳者で読み方が分かれています。これは第二の謎だと思います。たとえば懐妊がわかった後、帝が源氏をお側《そば》に呼んで琴や笛の演奏をさせたときの源氏の心情と、それを聴く藤壺の気持ちについて原文に以下の表現があります。

いみじうつつみたまへど、忍びがたきけしきの漏《も》り出づるをりをり、宮も、さすがなる事どもを多くおぼし続けけり。

（新潮「若紫」）

このくだりの円地訳は以下の通りです。

心ひとつに深く忍んではいられるものの、そういう折節、耐えかねる思いの、楽の音色に通う折々もあるのを、御簾《みす》の内でお聞きになる宮も、さすがに忘れがたいあわれの数々を御胸を責めて思いつづけられるのであった。

（円地訳「若紫」）

図２の２　「源氏五十四帖」紅葉賀（尾形月耕作）源氏らが「青海波」を舞う場面
出典：国立国会図書館 NDL イメージバンク

あるいは「紅葉賀《もみじのが》」の冒頭には、舞楽の「青海波《せいがいは》」を舞う源氏を藤壺が複雑な思いで観る場面があります。さらに「花宴《はなのえん》」では、帝が催した桜の宴で源氏が漢詩や舞を披露し、列席していた藤壺が自分の心の中だけで詠んだ和歌が記されます。原文と訳です。

おほかたに花の姿を見ましかば
　つゆも心の置かれましやは
（何ごともなくてこの美しい姿を見るのであったならば、さぞ楽しいであろうに）

（円地訳「花宴」）

源氏が二十三歳のとき桐壺帝は崩御し、権力は反対勢力の右大臣家に移ります。藤壺は中宮（皇后）になっていて、源氏の恋慕から逃れようとしていたにもかかわらず、ある晩再び源氏は、藤壺の寝所に忍び入ってしまいました。その場面が生々しく記されています。

君は、筆に尽せないような言葉の数々をかき口説きつづけられるけれども、宮はまったく思い離れた態度をお崩しにならないで、心の底から湧《わ》き出る君へのいとしさの思いを耐えぬいていられた。眼の前に、悩みもだえて愛情を求めているひとの、世にも美しく、あわれ深い姿を御覧になると、じっと耐えていらっしゃる犯しがたいけだかさの内側には氷のひび割れるように厳しい切なさがつのってきて、ついには、お胸がひどく痛んでくるのだった。

（円地訳「賢木」）

近くにいた女房たちが藤壺を解放する中で源氏は外に出ら

れず、塗籠《ぬりごめ》という密室にこもったまま翌朝を迎えました。藤壺はもういないと思った源氏に再び迫られ、小袿《こうちき》という衣裳を脱ぎ捨てていざって逃れようとしたものの、源氏に髪まで握られてしまいました。いつまでもかき口説く源氏に対する藤壺の心情について、円地訳はやはり原文にない記述をしています。

宮にしてもお心の内にはさすがに胸せまる思いでお聞きになる節々《ふしぶし》も交っているに相違ない。……また前のようなことになってはと、宮はいかにも残念に思召されるので、やさしく親しみ深くはあるものの、大そう婉曲《えんきょく》に言い逃れて、ともかく今宵も何事もなく明けはなれていった。

（同）

次の天皇になる予定の東宮（皇太子）が実は藤壺と源氏の子であること、それは永久に知られてはならない秘事でした。これ以上源氏が近づいて来ると秘密が露見すると考えた藤壺は、発覚のリスクを防ぐ唯一の方策として突然、出家を断行し、源氏をはじめとする周囲を驚かせました。二十九歳のときのことです。

源氏が須磨に退居する場面や現地で孤独な自粛生活をしていた間も、二人の間には抑えめながら心のこもった手紙のやりとりがありました。

変貌する藤壺

二年が過ぎて源氏は京に戻り、東宮が冷泉帝として十一歳で即位しました。この時代の上級貴族にとって、娘を帝のもとに入内させ、その后が将来の天皇になる男子を産むことが権力掌握の最短距離でした。復権して権勢への階段を上り始めた源氏が考えた策は、かつての愛人で亡くなった六条御息所《ろくじょうのみやすどころ》の娘で養女にしていた前の斎宮を冷泉帝の后にすることでした。そのための難題は、退位した朱雀院がこの姫君に惹かれ、自分のもとに迎えたいと望んでいたことでしたが、源氏の相談を受けた藤壺は取るべき一手を即断し、次のように源氏に助言します。

「それはよいところへお気がつかれました。院の思召しに背くことはまことに畏れ多く、おいたわしくもありましょうけれども、その母君の御遺言にかこつけて、気づかぬ顔で前斎宮を入内おさせ申すがよろしいでしょう。院は唯今では、そうしたことにはさして御執心にはならず、お勤行《つとめ》がちでいらっしゃるとのことですから、こうこうになりましたと申上げても深くはお咎めになりますまいと思われます」

（円地訳「澪標」）

源氏と緊密に協力しながら秘密を守り、わが子である帝と源氏の繁栄のため果敢に政治力を発揮するようになった藤壺中宮の強さ、その変貌ぶりが印象的です。
しかし、罪の意識と心労を重ねた藤壺は、その三年後、病で三十七年の生涯を閉じました。死の間際の彼女について、またも原文には書かれていない胸の内が記されています。

あの若い日に、藤壺《ふじつぼ》の御簾《みす》や几帳《きちょう》に紛れながら何ごころもなく自分にまつわって来た世にも麗《うるわ》しい皇子《みこ》……天つ空から仮に降《ふ》り下って来た天童のように光り満ち、匂い満ちて清浄無垢《むく》に輝いていたあの少年は、いつか物思いのおびただしすぎる若人の姿に変って、ある時は枝を露に撓《たわ》められた桜の花群《はなむら》のような悩ましさに頸《うなじ》を重らせ、ある時は精悍《せいかん》な隼《はやぶさ》のようにまっしぐらにねらい撃つ勁《つよ》さ烈しさの悲しみに怯《おび》えて、羽ぶるいながら自分を捕え、揺すぶり、二つを一つにして見知らぬ境に連れ去って行った、……私はいつも何かを楯《たて》にしてあの人を避け、とうとう避けとおして命を終る日まで来てしまった。

（円地訳「薄雲」）

四十九日が明けた頃、冷泉帝は、長年藤壺などに仕えていた老僧から自分の誕生の秘密を聞かされてしまい、狼狽します。当時、京に天変が相次いでいたのもこのことに起因するのではないかと冷泉帝はおそれ、実の父とわかった源氏に譲位したい考えをほのめかしますが、源氏は固辞しました。
帝自身が源氏を実の父だと知ったことも、源氏のめざましい出世につながる結果になります。一方、亡くなった藤壺は、半年余り経って源氏の夢に現れ、自分について紫の上と話題にしたことに恨みを訴えました。

「あのことは、決して人には漏らさぬと仰せでしたが、さきほどあなたはわたくしのことを平気で口にされましたね。それがために、浮《うわ》ついた悪名《あくみょう》がもうすっかり知れ渡って、いまはもはや恥ずかしさに堪えがたく、この冥界《めいかい》では苦患《くげん》に沈んでおります。それが辛くてなりません」

（林訳「朝顔」）

このように藤壺は、源氏にとって一番の想い人であり続けました。源氏が最も大切にした紫の上は藤壺に似た少女だったため迎えた女性でしたし、のちに初老の源氏が女三の宮の降嫁を受け入れた一因も彼女が藤壺の姪だったことでした。女性関係だけでなく、源氏が最高位に昇った政治的背景に、藤壺への思慕とその結果としての冷泉帝の存在がありました。こうした過激な筋書きを当時、一条天皇や中宮彰子、藤原道長がどういう気持ちで読んだのかは歴史の謎です。十分なリアリティーを持たせてこれを描いた作者の筆力には驚くほかありません。また、彰子は中宮を退いた後も最高権力者の父・道長に政治案件で意見したとされますが、源氏物語を読んだことで藤壺の強さからどんな影響を受けたのかも興味深い点です。

藤壺をめぐる謎については以下の書籍によって別の角度から楽しめます。

＊『輝く日の宮』（講談社文庫）は、丸谷才一氏が国文学の女性研究者を主人公に創作した現代小説です。氏の源氏物語の読み方が色濃く反映し、紫式部と道長との関係についても興味深く記されています。

＊『藤壺』（講談社文庫）は瀬戸内寂聴氏が、源氏物語に描かれていない源氏と藤壺の最初の逢瀬の場面を創作した小説です。同じ内容を瀬戸内氏が古語にした文章も付いています。

＊不義の子が天皇になる物語がなぜ当時の天皇などに受け入れられたのか、については、研究者の今西祐一郎氏の「物語と歴史の間　不義の子冷泉帝のこと」が岩波文庫『源氏物語（三）』（柳井滋《しげし》ほか校注）の解説として掲載されています。その興味深い内容は本書の第六章で紹介します。

第三節　六条御息所――死後も癒やされぬ情念

源氏物語は能の演目にもなりました。その中でもよく知られる「葵上《あおいのうえ》」は、嫉妬や恨みから生霊となる六条御息所《ろくじょうのみやすどころ》がシテで、特に後場では般若の面を付けた鬼女となって激昂する場面が見せ場です。

六条御息所は前の東宮（皇太子）の妃でしたが夫に先立たれ、源氏より七歳上です。出自・品格・趣味のいずれも高貴で洗練された女性として若い源氏を夢中にさせましたが、完璧すぎる相手に疲れた源氏はほかの女性たちに心を移します。「夕顔」の帖に、源氏の心変わりを語り手が批評する文章があります。

なかなかなびこうとはなさらなかった六条あたりの御《み》息所《やすどころ》にしましても、ようやく、思いどおりに手に入れておしまいになってから後は、打って変わって、熱のさめた冷たいお扱いというのでは、あまりにもお気の毒なことでした。

（瀬戸内訳「夕顔」）

こうした二人の関係の変化は世間にも知られ、源氏は父・

桐壺帝からも御息所を軽々しく疎略に扱ってはいけないと注意されました。

そんな六条御息所に追い打ちをかけたのが、賀茂の祭の街頭で起きた「車争い」事件でした。一条大路を通る源氏を六条御息所が見物しようと待ち受けていると、源氏の正妻の葵の上一行の従者たちから侮辱の言葉をかけられて牛車を壊されます。後ろの方に追いやられた自分に源氏が気づきもしないで通り過ぎたみじめさに、御息所はうちひしがれました。

図２の３　「源氏物語絵色紙帖」葵　車争いの場面
出典：ColBase (https://colbase.nich.go.jp)

しかも葵の上には源氏との子どもが生まれることを知った御息所は、愛の落差の苦しみを詠んだ和歌を源氏に贈りました。

袖ぬるる恋路《こひぢ》とかつは知りながら
　おりたつ田子《たご》のみづからぞ憂き

涙で袖を濡らすばかりの
辛い恋路と知りながら
泥《こひじ》に踏み込む農夫のように
われから恋の闇路に踏み迷う
この身の愚かさ情けなさ

（瀬戸内訳「葵」）

こうした屈辱の恨みを晴らすかのように、御息所は葵の上の出産の場に生霊となって現れます。御息所自身がその兆候を感じ取って不安になる気持ちが記されています。

……あの御禊《ごけい》の日のつまらない車争いの時、あの人から侮辱され、ないがしろに扱われたと思って以来、そのことばかりを一途《いちず》に考えつづけ、口惜《くや》しさのあまり理性を失い浮き漂うような心を、どう鎮《しず》めようもなかった。少しでもうつらうつら、うたた寝をすると、夢の中にあの葵の上と思われる人が、たいそう美しい姿でいらっしゃるところへ自分が出かけて行って、その人の髪を摑《つか》んであちらこちらに引きずり回したり、正気の時には思いもよらないほどの、烈《はげ》しく猛々《たけだけ》しいひたむきな激情が、猛《もう》然《ぜん》と湧きあがってきて止めようもなく、その人を荒々しく打ち叩《たた》いたりするのを、ありありと見ることが幾度となくあった。（同）

加持祈祷に全力を挙げて物の怪の退散を念じる最中、苦しんでいる葵の上の表情が突然、御息所の顔や声に変わったことに源氏は驚愕します。物の怪は葵の上の口から次のような言葉を源氏にかけました。

「わたしの身がたまらなく苦しいので、少し調伏《ちょうぶく》をゆるめて楽にしていただきたくて、それをお願いしたくてお呼びしたのです。こちらへこうして迷って来ようなどとは、さらさら思ってもおりませんのに、物を思いつめる人の魂は、ほんとうに、こんなふうにわが身からさまよい出るものなのですね」（同）

出産では男の子が無事に生まれましたが、物の怪に取りつかれた葵の上は回復せず、二十六歳の若さで命を落としました。御息所は、体がその場に行ったわけではないのに着物に加持祈祷で焚かれた芥子《けし》の臭いがついて着替えても消えません。自分が夢に見たことは本当だったのかと狼狽し、自分自身を疎ましく思います。一方源氏は、予想もしなかったできごとに衝撃を受け、御息所に会いたくない気持ちが一層増します。葵の上の逝去を悼む手紙を御息所から受け取った源氏は、「よくもしらじらしく」と受け止め、返信では「お恨みがございましても、どうかつとめてそれをお捨てになって下さい」（同）と、物の怪の件をほのめかしました。（145頁参照）

物の怪は死霊が一般的だった時代の物語に生霊を出現させ、しかも六条御息所自身が夢で生霊と化す自分を感じ取るという作者の着想と、斬新でありながら真に迫った筆力に驚かされました。

悲しい別れ

六条御息所は、源氏の気持ちが戻らず、葵の上の後の正妻に自分がなるという期待も潰《つい》えたと考え、関係修復をあきらめることにしました。御息所が、斎宮として伊勢神宮に仕えることになった娘と共に京を離れて伊勢に向かうことを源氏は知り、嵯峨野へ別れの訪問をして最後の夜を共にします。「野宮《ののみや》の別れ」と言われる名場面で、やはり能の演目になりました。（その夜の二人のやりとりの一部を、第四章で各現

図2の4　「源氏物語絵色紙帖」賢木　野宮の別れの場面　出典：ColBase (https://colbase.nich.go.jp)

代語訳を比較する箇所として引用しています）

それから六年の月日が過ぎ、娘と京に戻った六条御息所は病に倒れて出家します。病状が急に悪化するなか、見舞いに訪ねた源氏に対し、遺言として娘の後見《うしろみ》を頼みましたが、合わせて、娘を恋愛の対象にはしないよう、次のようにくぎを刺します。

「……お世話下さるあなたから、もし、御寵愛をお受けしている女君たちのようなお扱いを受けましたら、ほかの女君たちに嫉妬されたり憎まれたりして、その人たちから除《の》け者《もの》にされるようなことも起こりかねません。いやな取り越し苦労のようですけれど、どうか決してそのような色めいた相手には、この宮をお考え下さいませんように。」

（瀬戸内訳「澪標《みおつくし》」）

七、八日後に御息所は逝去。三十六歳でした。

源氏は遺言に従って一人娘の前斎宮を養女として迎え、藤壺との密通による子である冷泉帝に入内させます。御息所が心配した通り、秋好《あきこのむ》中宮と呼ばれるこの姫君に対し中年になった源氏は下心を抱き、恋しい気持ちを直接訴えることもありましたが、遺言を思い出して自制しました。

不幸な一生を終えた六条御息所。作者は、没後十八年も経って今度は死霊として四十七歳の源氏の前に出現させます。病の床にあった紫の上に取りついて、一時危篤にさせたのです。死霊は源氏に対し次のように語り掛けます。かなり長い死霊の言葉の核心部分を引用します。

「……この世で生きていた時、わたしをほかの女たちよりもお見下げになり、捨てておしまいになったことよりも、愛するお方との睦言《むつごと》のついでに、わたしのことをひねくれていて厭《いや》な女だったと、お話しなさったことが、ひどく恨めしいのです。今はもう死んでしまった者だからと大目に見て下さって、ほかの人がわたしを悪しざまに言う場合でも、それを打ち消してかばって下さればいいのにと、恨めしく思ったばかりに、魔界に堕《お》ち、こんな恐ろしい身に成り果ててしまいましたので、こうした厄介なことになったのです。」（瀬戸内訳「若菜下」）

さらにその翌年、源氏の正妻の女三の宮が出産して衰弱するなかで出家を遂げた後、三度《みたび》、六条御息所と見られる物の怪が源氏の目の前に現れ、次のように述べました。

「それ見たことか。全くうまく取り返したと、前の一人についてはは思っておいでになったのが、たいそう口惜しくて妬《ねた》ましかったので、今度はこのお方のお側に、何食わぬ顔でこの間から取り憑いていたのですよ。さあ、もう帰ることにしましょう」（瀬戸内訳「柏木」）

源氏は死霊の出現をひた隠しにしましたが、御息所の娘の秋好中宮は世間の噂で知りました。源氏に対し、「亡き母があの世では、罪障《ざいしょう》が深くて苦しんでいると、かすかに噂に聞いているのですが、そんな証拠がはっきりあるわけでなくても、娘のわたくしとしては当然、それに気づかねばならないことでしたのに、母に先立たれた哀しさばかりが忘れられなくて、母の後世《ごせ》の苦しみにまで思いやることが出来ず冥福《めいふく》を祈らなかったわたくしの浅はかさが悔やまれてなりません」（瀬戸内訳「鈴虫」）と源氏に訴え、出家の望みを伝えました。しかし源氏から出家は許されなかったため、在俗のまま母親に対する追善供養に努め、その後は死霊が現れることはありませんでした。

再三物の怪と化した理由

能の「葵上」では、鬼女と化した御息所は最後には僧侶の祈禱によって怨念を断ち成仏しますが、源氏物語では彼女の霊が安らぎの境地に達したという記述はありません。

六条御息所がこれほどまでに恨みを残し、成仏できなかったのはなぜなのでしょうか。一つは、夫が早世しなければ天皇妃になっていた自分は軽んじられるべきではない、というプライドが強くあったと思います。もともと源氏との七歳の年の差から世間体を気にしていた上に、源氏の心離れが巷の噂になったことで傷つき、単なる嫉妬を超えた屈辱の想いが最期まで癒やされなかったことは確かでしょう。恋愛の破綻は世の常かもしれませんが、源氏は終始、御息所の立場に立って心底からその苦しみを理解することはなかったような気がします。作者が、長い年月を経ても死霊として再三祟るという異様な筋書きにしたのは、こうした源氏の責任や罪悪感を問い続ける意図だったのかもしれません。特に死霊としての二回の出現は、源氏の晩年での、最愛の紫の上の死や正妻の女三の宮の出家にからんでおり、六条御息所が物語でいかに重要な人物として描かれたかがわかります。

なお、『六条御息所 源氏がたり』という翻案小説があります。林真理子氏が、源氏物語の主な場面を六条御息所が語るという斬新な方法で再構成しています。

第四節　明石の君——忍従でつかんだ一族の夢の実現

光源氏の妾《しょう》の一人となった明石の君の生涯をたどります。

紫式部は、この物語のどの登場人物にも独自の個性と多かれ少なかれ波乱のある人生を設定していますが、明石の君についてはとりわけ、作者として周到に構想した劇的な一生を描き出しているように思えます。明石の君の人生には、当時の貴族社会で女性が生きる際に直面した、階級の壁と上昇のチャンス、性と政治が不可分に結びついた結婚制度、母子の絆、嫉妬、京《みやこ》と田舎の格差といった重要テーマがすべて盛り込まれています。紫式部は、明石の君について書いているときは筆に一層力がこもり、執筆に熱中したのではないかと推測します。

図2の5　「源氏物語絵色紙帖」明石　源氏と明石入道のやりとりの場面
出典：ColBase (https://colbase.nich.go.jp)

明石の君の父親は明石の入道と称し、その父が大臣の家柄でしたが、受領《ずりょう》を務めた播磨《はりま》の国に住みつき、娘を貴人に娶《めあわ》せる夢に老後の全てを賭けていました。光源氏が朧月夜《おぼろづきよ》尚侍《ないしのかみ》との密通などにより須磨の地に隠遁していたのを知った入道は、源氏を招いて娘の明石の君に引き合わせることにしました。

二人の和歌のやりとりが始まりましたが、明石の君は自分の身のほどの低さから、源氏と結ばれても捨てられるのは明らかだと思ってためらいます。卑下と矜持が同居する心の内は次のように記されています。明石の君については、古典エッセイストで『嫉妬と階級の「源氏物語」』などの著書のある大塚ひかり氏の現代語訳で引用します。

「取るに足りない身分の田舎者ならば、一時的に下って来た人の、その場限りの甘い言葉にだまされて、そんなふうに軽はずみに男と寝るようなこともあるだろう。でも私は、自分を人の数にも入れてくれない人のために、悲しい思いをしたくない。……」（大塚訳「明石」）

一方源氏は明石の君への関心を高めますが、「心細きひとり寝のなぐさめにも」（原文）と言ったのが本音でした。つまり、対等の相手ではなく下に見ていて、女の方から逢いに来るべきだと考えていました。しばらく意地の張り合いのような状態が続きましたが、結局入道の手引きで源氏が明石の君を訪ね、二人は結ばれました。源氏は次第に、六条御息所の面影もある明石の君に惹かれますが、京に残した紫の上の嫉妬を気にして逢瀬は間遠な時期もありました。このまま見捨てられるのではないかという不安を明石の君に残したまま、源氏は勅命により二十八歳の秋、京へ戻りました。

翌年、明石の君に女の子が生まれたことを源氏は知ります。源氏にとって唯一の女児のため、いずれ后妃になりうる娘として母子を京に迎えようとしました。明石の君は身分の低さを考えて一旦は拒んだ後、京の中心部から離れた嵐山の大堰《おおい》に自分の一族が持っていた山荘に移りました。源氏は、娘を身分の低い母親のもとに置いておくと将来の入内に差し障ると判断し、幼い姫君だけを引き取って紫の上に養育させるという策を決断します。源氏は子ども好きの紫の上の同意も取りつけ、明石の君も煩悶の末、娘の将来のため別離を受け入れます。「薄雲」の帖に、三歳の娘との哀切極まる別れが描かれます。迎えに来た源氏が姫君を連れて行く場面を、原文で引用します。丸カッコ内は原文に付された傍訳または注釈です。

姫君は、何心もなく（ただ無邪気に）、御車に乗らむことを急ぎたまふ。（車を）寄せたる所に、母君みづから抱《いだ》きて出でたまへり。片言《かたこと》の、声はいとうつくしうて（かわいらしくて）、袖《そで》をとらへて、「乗りたまへ」と引くも、いみじうおぼえて（たまらず悲しみがこみあげて）、

末遠き二葉《ふたば》の松に引き別れ
いつか木《こ》高きかげを見るべき

図2の6　「源氏物語手鑑」薄雲一　明石の君が娘と別れる場面
（和泉市久保惣記念美術館蔵 同美術館デジタルミュージアムより引用）

（生い先遠いこの姫君に今別れて、一体いつ、立派に生い育った姿を見ることができるのでしょう）

（新潮「薄雲」）

娘と別れた四年後、明石の君は新しくできた源氏の邸宅の六条院に移りますが、紫の上が姫君を養育する所とは別の建物に住み、母子は結局、八年もの間、全く会えないままでした。姫君の入内を成功させるために、身分の低い実の母親の存在を隠し通す源氏は、自らと一族の栄華のために、気の毒だとは思いながら温情に流されない処遇を徹底したのです。

源氏の念願通り、姫君は十一歳になって東宮妃として入内します。その前の女児の成人式に当たる裳着《もぎ》の儀式ですら娘と会えなかった明石の君は、入内の際には後見役を務め、ようやく娘との再会を果たしました。育てた紫の上とも初めて対面し、話をします。紫の上は「なるほどこれほどの人だからこそ」と感じて目を見張り、一方の明石の君は「たくさんの女君たちの中でもとくに大臣に愛されて、並ぶ者のない地位に収まっているのも、まったく無理もない」と感じます（いずれも大塚訳「藤裏葉《ふじのうらば》」）。互いのわだかまりはそれ以降消えてゆきます。娘の幸せを目の当たりにした明石の君の喜びは、次のように記されます。

長年、何かにつけて嘆き沈み、あらゆる面で辛い我が身と悲観していた自分の命も延ばしたいほど、晴れやかな気持ちになります。

（大塚訳「藤裏葉」）

物語は第二部に入り、十三歳になった明石の女御は皇子を出産します。「若菜上」では、かつて明石の入道が見た夢のお告げに始まったこれまでの長い経緯《いきさつ》を明石の女御が初めて知るくだりが、さながら「明石一族物語」のように詳しく語られ、源氏は脇役に回ったような印象です。その後、源氏が四十六歳になった年に、女御が嫁いだ東宮が天皇に即位し、源氏と明石の君の孫にあたる皇子が次の東宮に立ちました。藤原道長などが栄華の礎《いしずえ》とした「外戚」の立場を源氏は確保したことになります。

明石の君は、源氏や紫の上が亡くなった後、孫の皇子や皇女の世話をしながら老後を送った様子が、「匂宮」の帖に記されています。

明石の君の幸せは、身分をわきまえて長年続けた忍従と、母子の別離の大きな苦しみの果てにようやく得られたものでした。階級社会の現実を身をもって認識していた紫式部ならではの冷徹なリアリズムと言えます。その一方で、明石一族のできごとは、当時なかなかありえなかった受領階級から中宮や東宮を出すという上昇・成功物語であり、紫式部のような受領階級にとっては夢の実現という見方もあります。明石の君が作者の自画像とか理想像とは単純に言い切れないかもしれませんが、その人物像に紫式部自身の性格や処世訓が部分的に投影されているように感じます。

第五節　朱雀院――兄のゆるやかな復讐

朱雀院は桐壺帝の長男で、光源氏の腹違いの兄です。年齢は三歳上でした。母親は若い頃の源氏の政敵に当たる右大臣家の弘徽殿大后《こきでんのおおきさき》と呼ばれる女性でした。弘徽殿大后は、桐壺帝が源氏の母親の桐壺更衣と源氏を溺愛していたため、息子の朱雀院が天皇を継げなくなるのではないかと心配しましたが、桐壺帝は源氏を臣籍に降下させたので、朱雀院が七歳で東宮になり、その後桐壺帝が譲位して二十四歳で天皇に即位しました。

朱雀帝は容姿も能力も人間力も、弟の源氏にかなわない存在として描かれています。しかし、源氏に敵対的だった母親の弘徽殿大后とは違って柔和な性格だったため源氏と競い合うことをせず、終始、源氏に親愛の情を抱いて接しました。

源氏は若き日の危険な恋として、右大臣家の姫君で朱雀帝にとっては叔母に当たる朧月夜の君と密かに逢瀬を繰り返し、その発覚などがきっかけになって自ら須磨へ退居しました。朧月夜は女官の尚侍《ないしのかみ》として朱雀帝の寵愛を受けていました。

源氏が流謫生活をしているとき、朱雀帝の夢に父親の桐壺院が現れ、源氏の待遇を非難するかのようににらみました。朱雀帝は眼の病気を患い、弱気になって源氏を京に呼び戻す決定をします。返り咲いた源氏は再び順調な昇進をしていきますが、朱雀帝はその翌年に譲位し、源氏と藤壺の秘密の子である冷泉帝が即位しました。

朱雀帝は、寵愛していた朧月夜尚侍が自分以上に源氏を愛していたことを知っていました。源氏が須磨にいるときに、朱雀帝は源氏がいないのが淋しいと言い、そのとき朧月夜が涙を見せると誰のための涙なのかと彼女を困らせることもありました。源氏が復権した後も、譲位の前の二人のやりとりで、帝は朧月夜に次のように話します。

「昔から、あなたはあのお方より私を軽く見ているけれど、私のほうはだれにも負けない思いを持ち続けていて、ただただあなたのことをいとしく思っているのだ。私より勝るあのお方が、もし望み通りあなたの世話をすることになっても、私が本気であなたを思う気持ちにはかなうはずもない。」

（角田訳「澪標《みおつくし》」）

朧月夜も、自分を源氏よりも大切にしてくれる帝の愛情を自覚し、退位した朱雀院がのちに出家するまでは源氏との恋に走ることはありませんでした。

朱雀院は、源氏が養女として育てていた六条御息所の娘（のちの秋好《あきこのむ》中宮）にも執心し、妻に迎えたいと望んでいましたが、源氏は藤壺と画策して、朱雀院の気持ちを知らぬふりして彼女を冷泉帝に入内させました。朱雀院は残念に思いましたが、源氏を恨むことはありませんでした。

源氏の後半生に最大の影響を与えた人物

朱雀院は、物語第二部で源氏の運命が暗転し、次々に思いがけないできごとが起きるきっかけを作ります。最愛の娘の女三の宮を源氏に託し、降嫁させたことです。

これも決して、朱雀院が源氏を困らせようとしたわけではなく、娘の嫁ぎ先としていろいろな貴公子を考えた末に、最も安心して面倒見を任せられると考えて源氏に話を持ちかけたのでした。最大の心配事が落着したことにほっとして、朱雀院は四十二歳で出家しました。

源氏が、期待に反した女三の宮の幼さに失望したことはこれまでも記しましたが、正妻として皇女を迎えた世間体と、朱雀院への忖度から、源氏は女三の宮をないがしろにすることができず、そのことが不安定な立場に置かれた紫の上を苦しめ、発病につながります。それぱかりか、容態が悪化した紫の上を源氏が六条院から元の私邸の二条院に移し、つきっきりで看病しているときに、手薄になった六条院で女三の宮に一方的に懸想していた柏木が女三の宮の寝所に押し入って一夜を過ごし、子どもまでできてしまいます。

出家後は山の寺での勤行生活をしていた朱雀院ですが、その後も娘の女三の宮のことが常に気にかかり、源氏が紫の上をより大事にしていることを世間の噂で知っていました。柏木事件は源氏が厳重に秘密にしていましたが、朱雀院は源氏の訪れがその後もめったにないことや、女三の宮の体調がすぐれないことを知り、何か困ったことが起きたのではないかと不安をつのらせます。

……何か不都合なことでも起きたのだろうか……。姫宮自身では知らぬことでも、分別のないお世話役の女房たちの考えで、何かあったのだろうか。

（角田訳「若菜下」）

そして娘への手紙では「夫婦仲がさみしく心外なことがあっても、ぐっと辛抱してお過ごしなさい」（同）と助言するのでした。

女三の宮は何とか無事に出産しましたが、その後も体調が回復しないことを心配した朱雀院は、自ら娘のもとに訪ねてきました。そして、あれこれ迷った末に娘の求めに応じることを決意し、その場で出家をさせました（口絵図12、13）。山の寺に帰る際に朱雀院は源氏に次のように、出家後も女三の宮の面倒を見てほしいと懇願し、源氏を恐縮させました。

「……ほかに面倒をみる人もなく姫宮が途方にくれることになるのかと、それがかわいそうで死ぬに死ねない気持ちでした。あなたはご本意ではなかったのでしょうが、このようにお願いして、今まではずっと安心していました。……尼の身となってもどうぞお見捨てなさいませんよう」

（角田訳「柏木」）

物語第二部の一連の事件はそれぞれが単発ではなくまるで因果の連鎖でつながったかのように続発しますが、最も重要な役割を果たした人物は朱雀院だったと言えます。朱雀院は意図的に源氏を陥れようとしたわけではありませんが、結果から見ると前半生に弟の源氏にやられっ放しだった朱雀院があたかも意図せざる復讐をしたかのようにも読めます。人生ではまれに、こういう展開も起きるのだということを読者に迫真的に思わせる作者の筆力にまたまた驚かされました。

第六節　女三の宮——雛人形のようだった皇女の変貌

女三の宮は朱雀院の第三皇女の内親王で、物語第二部の冒頭「若菜上」の帖で突然、登場します。老境に達した源氏の正妻として降嫁しました。そのときまだ十四、五歳。源氏は四十歳でした。源氏が朱雀院から娘の面倒を妻として見てほしいと依頼され、引き受けたのは、女三の宮が藤壺の姪というゆかりの女性で、しかも若き皇女だったことに関心を持ったためですが、実際に逢った源氏はその幼さと人間性の未熟さに期待外れの気持ちを抱きました。しかし、女三の宮はこれまでも記した通り、妻としての安定した地位を損なわれた紫の上の、死に至る苦しみを招いたばかりでなく、源氏に嫁いだ七年後には一方的に迫られた柏木の子を産み、源氏に対し若き日の罪の因果応報とも言える体験をさせる結果になりました。これによって、源氏が長年紫の上と共に理想郷として きた邸宅「六条院」の秩序も崩壊していきます。

女三の宮は、「柏木事件」が起きる前は終始、ただただ幼く、感情を表に出さず、まるで飾られた雛人形のような姫君として描かれます。柏木事件より前に記された女三の宮の和歌は、新婚五日目に源氏とやりとりした次の一首だけでした。

はかなくて上《うは》の空にぞ消えぬべき
　かぜにただよふ春のあは雪

（あなたがお越しにならないので、はかない私の身は、風にただよう春の淡雪が空の中途で消えるように、取りとめもなく死んでしまいそうでございます）

（谷崎訳「若菜上」）

筆跡も「げにいと若くをさなげなり」と記され、この和歌は本人が詠んだのではなく周りの乳母たちの代作だという見方があります。歌人の俵万智氏も、ひたすら幼いとされる女三の宮にしてはうますぎる、おっとりした姫君本人の作ならこんなに恨んだ内容にはならないのではないか、という理由から代作説に賛成しています（俵万智『愛する源氏物語』文藝春秋）。そうした読者の反応まで考えて紫式部が書いたのだとしたら、作家として凄いことだと思いました。

一方、女三の宮と初めて対面した紫の上も、幼い様子に母親のような気持ちで接し、その後親しく文のやりとりをするなど、表面上は平穏な日々が続きました。

柏木は六条院での蹴鞠の催しのときに、女三の宮が飼っていた猫が走り回った拍子に御簾がめくれ上がり、奥にいた女三の宮の姿を垣間見てしまいました（図2の7）。恋慕の情を

図2の7　「源氏物語絵色紙帖」若菜上　蹴鞠の最中に柏木が女三の宮を垣間見た場面
出典：ColBase (https://colbase.nich.go.jp)

つのらせた柏木は、このできごとから六年後、賀茂の祭の直前で人が少なくなった隙に女房の手引きで女三の宮の寝所に侵入し、無理やり思いを遂げます。女三の宮はこれから先源氏にどう対すればよいかと子どものように泣くばかりでした。

罪の意識に苛まれながらも、柏木はその後も忍んできて女三の宮は拒めませんでした。

懐妊が明らかになり、源氏は思い当たらず不審でしたが、源氏が彼女のもとに泊まり込んだ翌朝、茵《しとね》の下に隠された柏木からの手紙を発見し、一切を知りました。前日に源氏が訪れたときに女三の宮が隠したまま忘れていたものでした。

その後は、幼かった彼女が精神的に成長し、作者の描く人物像に変化が生じているのが読みどころです。

柏木との一件を知られた女三の宮は、源氏からたびたび、遠回しな表現で陰湿に責められ、悩みを深めます。たとえば源氏は、女三の宮の父親である朱雀院の心配を引き合いに出して彼女の行動を諫めました。

「……院の御寿命もそうお長くはいらっしゃいますまい。次第に御病気が重らせ給うて、心細そうになすっておいでなのですから、いまさら妙な噂などをお耳に入れて、御心労をおさせなさいますな。……」

（谷崎訳「若菜下」）

命が長くないと悟った柏木は、気の毒だとだけでも言ってほしいと手紙を送ったのに対し、女三の宮は返事で次の和歌を送りました。

立ちそひて消えやしなまし憂き事を
　おもひみだるる煙くらべに

（私もいろいろと心配事のために思い乱れていますので、どちらが一層苦しんでいるかを比べるうちに、あなたの煙に立ち添うて自分も消えてしまうかも知れません）

（谷崎訳「柏木」）

作家の丸谷才一氏は、「源氏物語」最高の和歌はこの歌だと絶賛しています（『光る源氏の物語 下』中央公論社）。こうした和歌を詠めるようになったのも、衝撃の体験を重ねたためだと読めます。

女三の宮は、男児を出産しました。後の薫です。柏木とのことを知った源氏とこれまで通りの夫婦生活を送ることが耐えられず、父朱雀院に頼んで出家しました。弱冠二十二、三歳での出家でした。源氏の反対を押し切った姿は、以前の幼いばかりで自己主張のない女三の宮ではありませんでした。

出家に際して別人のように強くなった女三の宮について、

瀬戸内寂聴氏は次のように記しています。

女三宮はすでに、源氏の上べの言葉など信じてはいない。山にこもった朱雀院が、女三宮の産後の病の噂を聞き、見舞いに来た機を捕えて、出家させてくれと一途にせがむ。もはやこの時の女三宮は源氏の思惑など眼中にはない。源氏が今更のように、取りすがらんばかりにして、出家を思い止らせようと、あれこれかきくどくのを、「きこえ給へど、かしら振りて、『いと、つらうの給ふ』と、おぼしたり」と相手にもしない。この思いつめたきっぱりした態度に、はじめて源氏は、女三宮が、これまでの源氏の冷淡さや底意地の悪い態度のすべてを理解し、恨めしく思っていたのかと気づくのだ。

（瀬戸内晴美「源氏物語の女たちの出離」より。『批評集成 源氏物語 第三巻』ゆまに書房所収）

出家についても知った柏木は、回復しないまま三十二、三歳で生涯を閉じました。

源氏物語に描かれた女三の宮の人生について、私は二つの疑問を抱き、考えてみました。

一つは、女三の宮の側に柏木に対する愛の気持ちがあったのかどうかです。確かに逢瀬は一度だけで済みませんでした。しかし、女房を通じて知らされる柏木からの再三の手紙に対し女三の宮は、常にわずらわしく感じていることが記されています。訃報を知ったときはさすがに涙しましたが、やはり最後まで柏木の一方的な恋だったのだというのが私の読み方です。このため「密通」とか「不義・不倫」という、双方に責任があるかのような表現を使うのはためらわれました。

もう一つ謎だと思ったことは、作者の紫式部がどうして女三の宮を物語第二部の最重要人物としてこのように造形したのか、という点です。女三の宮の降嫁が紫の上の発病と死の引き金となり、そのことが源氏の晩年の最大の哀しみを引き起こしました。それだけでなく、柏木事件が起きて源氏に因果応報の試練を与え、女三の宮の出家で源氏は取り残される結果にもなりました。さらに、第二部を書く時点で続編の構想があったのかどうかは不明ですが、女三の宮と柏木の間に生まれた薫は第三部の「宇治十帖」の男性の主役になります。そこまでは納得がいくのですが、女三の宮が幼く未熟なだけで紫式部にしては人柄がうまく書けていないようにずっと感じていました。しかし、最近もう一度読み直した結果、世の中には存在感の薄い人物が意外にも周囲を大きく動かすことがある例として、このような人物像を作り上げたのかもしれないと思うようになりました。女三の宮の人間的な変化がよく描けている点も、むしろ紫式部ならではのリアリティーの技なのかもしれません。

源氏が生涯を閉じたあとも、女三の宮は父親の朱雀院から譲り受けた三条の宮の邸で若々しく変わらずおっとりした尼姿で仏道修行に励む様子が、物語の第三部でたびたび描かれます。薫は自分の出生の秘密を古参の女房から聞かされましたが、そのことを母親には訊けませんでした。女三の宮自身が自分の過去をどう振り返ったかは不明なままで、外面的には悩むこともなく息子の薫に愛情を注いだかのように記されています。

第三章　実在する人物のように描かれたそれぞれの人生

第一節　空蟬——苦い夜を体験させた誇り高き人妻

源氏物語の五十四帖で最初に描かれる秘めごとは、源氏が十七歳のときの、空蟬《うつせみ》と呼ばれる人妻との一夜です。

「桐壺」に続く二番目の帖「帚木《ははきぎ》」ではまず、源氏や親友だった頭中将《とうのちゅうじょう》ら四人の男が好みの女性や過去の恋の経験について話し合う場面があります。「雨夜の品定め」と呼ばれるここがおもしろいかは感じ方が分かれ、私はあまり興味を引かれませんが、ともあれ、「中流の出身に魅力的な女性がいる」という話に源氏が興味を持ったことが、若き彼の恋のきっかけになります。

空蟬はもともとは上級貴族である上達部《かんだちめ》の家に生まれ、父親が入内させたいと考えていましたが、父に先立たれてから実家が零落し、地方官の受領《ずりょう》だった伊予介《いよのすけ》の、年の離れた後妻になっていました。源氏は、忌むべき方角を避ける「方《かた》違《たが》え」のため伊予介の先妻の息子・紀伊守《きいのかみ》の邸宅を訪れ、空蟬もたまたまその邸に泊まっていました。中川という川のほとりで、今の京都市上京区、作者の紫式部が住んでいた所のすぐそばです（口絵図3）。

源氏は紀伊守に対し、催馬楽《さいばら》という歌謡の卑猥な一節を引いて、女性との出逢いの要求をほのめかします。そしてその晩、空蟬の寝所に忍び込み、「長年慕い続けていた」とか「前世の因縁です」という意味の常套句でいきなり口説き、あわてるお付きの女房に対しては「朝になってから迎えに来い」と宣して二人だけになります。空蟬は自分の身のほどを考えて冷たい態度で拒もうとし、源氏に次のように訴えました。原文と円地文子氏の現代語訳で引用します。

「数ならぬ身ながらも、おぼしくたしける御心ばへのほども、いかが浅くは思うたまへざらむ。いとかやうなる際《きは》は、際《きは》とこそはべなれ」（新潮「帚木」）

「いかに数ならぬ私のようなものだと申して、これほど見下げ果てたお扱いをうけて、どうして深いお心のお方と思うことが出来ましょう。このような身分の者には、また、それとしての恥も外聞もあるものなのでございますのに」（円地訳「帚木」）

拒み切れなかった空蟬は、悲しみの思いを源氏に次のように訴えました。

「まだ、こんなふうに人の妻と定まらぬ昔のままの身で、こうしたお情けにあずかることもございましたらば、はじめはともかく、後々には見直して下さることもあろうかと、身のほども知らずあなたさまお一人にすがって空頼みしてもいられましょうが、ほんとうに水鳥の浮寝のようなこの仮初《かりそめ》の一夜を思いますと、どうにも忍びきれないほど悲しく思い乱れるのでございます。せめて今となっては、何事もなかったとだけでもお思いになって……」
（同）

源氏は抵抗にあったことでなおさら再び逢いたい気持ちがつのり、空蝉の実弟を通じて再会を試みます。空蝉は、源氏との逢瀬が忘れられず、複雑な心の内について、円地氏は原文に無い記述を書き足しています。

　私は、私にあのような花渦の中の眩暈をみせて下さったあの方を明らかに恋しはじめている。……恋しているからこそ、あの方のおっしゃるようにやすやすとは振舞えないのではないか。
（同）

図３の１　「源氏物語絵色紙帖」関屋　逢坂の関で空蝉が源氏と遭遇した場面
出典：ColBase (https://colbase.nich.go.jp)

　しかし、現在の自分のどうにもならない身のほどを考えた空蝉は「何としても今はこういう宿世とあきらめて、情のこわい、嫌われ者になって通そう」（同）と心を決め、その後二度と夜を共にしない意志を貫きました。「空蝉」というこの女性の呼び名は、源氏から再び迫られそうになったときに夏の衣一枚だけを寝屋に脱ぎ捨てて逃げたことから付けられました。その衣を次の冬になって源氏から返された空蝉は、別れの和歌を源氏に送り、老いた夫の赴任地である伊予に旅立ちました。（163頁）

　それから十二年が過ぎ、石山寺に参詣する途中だった二十九歳の源氏と、夫の赴任地の常陸の国から京に戻る途中の空蝉が逢坂の関ですれ違い、その後和歌をやりとりします。高齢の夫はその後亡くなり、残された空蝉は歳の近い義理の息子から言い寄られたことを苦にして出家しました。これらのくだりは「関屋」という十頁に満たない短い帖で味わい深く語られます。

その後、空蝉が源氏の別邸の二条東院に迎えられて仏道に勤しんでいることが「玉鬘《たまかずら》」と「初音《はつね》」の帖に簡潔に記されます。かつてプライドを貫いた空蝉が、のちに源氏の庇護を受けるという展開に、当初私は違和感を覚えました。しかし、後ろ盾の無い女性が生きていくためには誰かの経済的援助が必要だったのが当時の現実で、この後日譚は紫式部ならではのリアリズムなのだと思います。女性へのフォローを怠らない流儀も、源氏らしい気配りとして描かれています。空蝉は若き日の記憶を胸に秘め、静穏な老後を過ごしたのだと読めるくだりです。

空蝉という、きわめて個性的な女性を物語の重要な登場人物としたことについて、与謝野晶子は「私は源氏物語の中の空蝉に、作者の面影を認める」と記しています。「平凡な空蝉の心理描写のあれほど精細に書きつくされてあるのは、作者の体験にほかならないからであろうと私は思う」とも指摘しています。（いずれも与謝野晶子「紫式部　日本女性列伝」より。『与謝野晶子選集 第４』春秋社所収）

紫式部の恋愛経験は謎に包まれていますが、確かに自分の家が零落したことや、年齢の離れた受領階級の男性（藤原宣孝）と結ばれたことは空蝉と重なる面があり、作者の境遇も思い合わせながらこの人物の人生をたどるのも味わい深いと思います。

第二節　夕顔――源氏を虜にして頓死した謎の女性

夕顔は、光源氏が十七歳の若き日に逢って夢中になったもののごく短い間で死別した女性です。空蝉との恋愛の次に記されます。物の怪が現れる劇的な展開や、夕顔自身が謎めいた女性であることから、独立して読める帖として人気があります。さらに、夕顔が遺した娘の玉鬘が二十年近く先になって物語で重要な役割を果たすという意味でも、作者の伏線を味わう楽しみがあります。

夕顔は、庶民が多く住む京の五条の陋巷《ろうこう》に住んでいました。源氏の乳母《めのと》の家の隣だったため、ひっそりと住む中流女性に興味を抱いていた源氏はたまたま出会い、男女の関係になりました。源氏は当時、高貴な年上の愛人だった六条御息所に対し、窮屈さを感じて心が離れていました。源氏と夕顔は、互いに素姓を隠したまま逢瀬を持ちました。夕顔は六条御息所とは対照的に、おっとりとしてやさしい癒やし系の性格に描かれていますが、自己主張がなく従順な様子の裏に、男性に対するしたたかな面が隠れているという見方もあります。円地文子氏はその形容として、「源氏はこの呆《あき》れるほどやわらかな、何処もここも花びらで出来ているような女の巧まない娼婦性の虜《とりこ》になっ」たと形容しています。（円地文子『源氏物語私見』新潮文庫より）

源氏は、誰にも知られずに二人だけの時間を過ごすために、夕顔を人の住まない近くの廃院に連れ出しますが、夜に物の怪が現れ、それに取りつかれた夕顔は急死します。まだ十九歳の若さでした。物の怪が現れるのは源氏が、六条御息所への訪問が間遠になっていることをうしろめたく思い出した直後のため、御息所の生霊かのようにも読めそうですが、夕顔の帖を終わりまで読むと、源氏はもともと廃院に棲みついていた物の怪が取りついたできごととして振り返っています。

源氏は、世間体を気にしてこの事件が絶対に表沙汰にならないように、亡骸《なきがら》を埋葬し、哀しみの余り病の床につきました。

源氏が若き日に熱中した相手となった夕顔は、実は親友の頭中将がかつてひそかな愛人として通い、子どもまでできた女性で、頭中将の正妻から脅されて身を隠した女性だったことを、源氏はその死後に知りました。

このように夕顔とのできごとは、源氏に深い喪失感を残しました。物語の初めに、空蝉・夕顔と恋の失敗譚を二つ重ねたのは、作者としてどのような意図だったのでしょうか。その謎を考える一つの手がかりになりそうなのが、空蝉との出会いの前、「帚木」の帖の冒頭と、「夕顔」の帖の最後の二か所に記された「草子地《そうしじ》」と呼ばれる語り手の談話です。現代語訳の際に草子地は「です・ます調」の文体にした角田光代氏の訳で紹介します。

> 光源氏、というその名前だけは華々しいけれど、その名にも似ず、輝かしい行いばかりではなかったそうです。それに加えて、これからお話しするような色恋沙汰まで後々の世まで伝わり、軽薄な男と浮き名を流すのではないかと気にして、本人が秘密にしていた話も、こうして語り伝えた人の、なんと性質《たち》の悪いこと……。
>
> （角田訳「帚木」）
>
> やはりこういう秘めた恋はつらいものだと、光君も身に染みてわかったに違いありません。このようなくどくどした話は、一生懸命隠している光君も気の毒なことであるし、みな書き記すのを差し控えていたのだけれど、帝《みかど》の御子《みこ》だからといって、欠点を知っている人までが完全無欠のように褒め称《たた》えてばかりいたら、作り話に違いないと決めつける人もいるでしょう。だからあえて書

いたのです。　（角田訳「夕顔」）

このように、主人公の行動について冷静に辛口の批評をすることで、光源氏は万能ではなく、欠点も持っていることが印象づけられ、物語の内容のリアリティーを自然に高めていると思います。現実離れした作り話ではなく、人間の真実を伝えるのだという紫式部の意気込みとも言えそうです。

第三節　葵の上――深窓の正妻の短い人生

多くの女性と関係を持った光源氏の人生で、正妻となったのは二人だけです。そのうちの一人、源氏が十二歳で元服したその日に結婚したのが葵《あおい》の上でした。葵の上は藤原氏として設定された左大臣家の姫君で、母親は桐壺帝の妹の大宮という、貴族としてこれ以上ない高貴な家柄です。のちに天皇（朱雀帝）になる東宮サイドからも入内を求める希望がありましたが、父親の左大臣は桐壺帝とも相談した結果、将来性も見込んで源氏の妻にしました。典型的な政略結婚と言えます。葵の上は源氏より四歳上で、このように皇室出身の男子が元服した夜に側《そば》に臥して妻になる公卿などの姫を「添臥《そいぶし》」と呼びました。葵の上は年の差を気にして、源氏がとても若いので「似げなくはづかし」（釣り合わずに恥ずかしい）と感じたことが記されています。一方の源氏も、父親の后の藤壺に強く憧れていたため、葵の上を妻として愛する気持ちになれませんでした。結婚した源氏の本心が次のように記されています。

光君は胸の内では、たったひとりのすばらしい人、ひたすら藤壺《ふじつぼ》を慕っている。このような人を妻にしたいけれど、少しでも似たところのある人などいるはずがないとも思う。左大臣家の姫君は、たいせつに育てられたいかにもうつくしい人だが、どこか性に合わないようなところがある。　（角田訳「桐壺」）

心が温かく通わない夫婦関係はその後も変わることがありませんでした。結婚から六年後のある日、源氏は久しぶりに左大臣家に葵の上を訪ねました。いつものように堅苦しく打ち解けない様子でいる葵の上に、「たまには人並みの妻らしいところを見てみたいものですね」（角田訳「若紫」）と声をかけたのに対し、葵の上は次のように短く切り返しました。

「では『問はぬはつらき』という古歌の心があなたもおわかりになって？」　（同）

この部分は解釈が分かれています。「問はぬはつらき」という表現は古い和歌の一節を引いたという解釈のほか、和歌の引用ではなく慣用表現だという説もあります。私は「問はぬ」は「訪はぬ」、つまり訪ねてこないという意味で次の古い和歌の一節を引用した、という解釈に惹かれます。（歌の現代語訳は私の解釈です）

君をいかで思はむ人に忘らせてとはぬはつらきものと知らせむ

（私に冷たいあなた自身が愛する女性に、あなたを忘れさせることによって、訪ねてくれない立場がどんなに悲しいものかという私の気持ちを、あなたに身をもって体験させたい）

この返答は、教養を駆使して相手をやりこめたのだと普通に解釈すれば、冷たい関係をさらに凍りつかせるものだったかもしれません。現に源氏は、葵の上のこの発言に次のように不快を露わにします。

「たまに何か言ってくれるかと思うと、とんでもないことを言いますね。『問はぬはつらき』などという間柄は、れっきとした夫婦である私たちにはあてはまりませんよ。情けないことだ。……」（同）

私の読み方はかなり少数派だと思いますが、逆に葵の上が精一杯、妻としての淋しさをいつになく訴えたと解釈する余地はないでしょうか。高貴な貴族のお嬢様で相手に合わせるコミュニケーション力も、空気を読む感受性も育っていなかったため、せっかくの真情を表現したつもりなのに源氏には通じず、夫婦の溝を一層深くしてしまったのだと思いたいのです。

葵の上はその後、源氏が病気療養で訪れた京都の北山で見つけた少女（紫の上）を私邸に引き取ったことを知り、不愉快に思ったことが記されます。夫婦の不和は続きました。

六条御息所を取り上げた際に記した通り、葵の上は初めての出産に際し、御息所の生霊に取りつかれます。無事に男の子（夕霧）を出産しましたが、体調は回復せず、ほどなくして二十六歳の若さで命を落としました。亡くなる前の病床で、束の間ですがいつになく源氏と心が通う場面があります。そのときの源氏の声かけと、葵の上の様子を引用します。

……ひと筋として乱れることなく、はらりと枕を覆う髪は、この世に類を見ないほどのうつくしさに思え、この人を妻に娶《めと》って十年もの歳月、この人のいったいどこに不足があると思っていたのだろうと、不思議な気持ちで光君は葵の上を見つめる。

「院の御所に参りますが、すぐ退出してきます。こんなふうに、ずっと近くにいられたらうれしいのだけれど、……。だから少しずつ元気を取り戻して、いつもの部屋に移っておくれ。……」

そんなふうに言って、見目麗しく装束を着た光君が出ていくのを、葵の上は、いつもとは異なり、臥せったまま じっと見つめて見送っている。（角田訳「葵」）

考えてみれば葵の上の人生は哀切です。政略結婚をさせられた上に、夫婦の接点が少なかったのは他の女性に次々に熱中した源氏のせいですし、物の怪事件の発端となった賀茂祭での「車争い」も従者たちが起こしたものでした。生きる幸せを十分に経験できないまま早世した不幸を思うと、源氏物語を知る現代の女性に人気がある登場人物だというのもうなづける感じがします。

第四節　朧月夜――いつも男性の人気No.1

源氏物語には、嘆きの涙や煩悶の表情を見せる人物が頻繁に登場しますが、朧月夜と呼ばれる女性は華やかな陽性のイメージで人気があります。林望氏は現代語訳で次のように形容しています。

……たしかに美形で、女としての生々しく若々しい魅力があり、かれこれ男好きのする風姿の君であることはたしかであった。（林訳「賢木」）

源氏は障壁やリスクのある恋愛を追い求める性癖でしたから、二十歳の春、政治的な宿敵の右大臣家の令嬢だった朧月夜の君と大胆にも宮中で契ります。朧月夜が天皇に仕える女官の尚侍《ないしのかみ》になった後も二人は密会を重ねました。朧月夜の性格や生き方は、源氏物語の多くの登場人物に比べて、自分の気持ちを抑えないで積極的に行動する面が強調されています。そしてついにその現場を父親の右大臣に発見されてしまいました。この場面などスリリングな事件が相次ぐ「賢木」は物語前半の山場です。この情事発覚などがきっかけとなって、源氏は自ら須磨に都落ちして流謫の日々を過ごします。別れの際に朧月夜は次のような和歌を贈り、離れた間も二人は手紙を交わし合いました。

涙河《なみだがは》うかぶ水泡《みなわ》も消えぬべし

流れてのちの瀬をも待たずて
（この袖に流れる涙の河に浮かぶ水の泡のように、はかなく消えてしまう私の命でございましょう。この河が流れ流れての末の逢瀬をも待つことができずに……）
（林訳「須磨」）

朧月夜を寵愛する朱雀帝も彼女が源氏を愛していることは知っていて、たとえば朧月夜が泣いているときは誰のための涙かと皮肉を口にするものの、厳しく責めることはありませんでした（36頁）。そういう不思議な三角関係が続きました。その後源氏は復権し、朧月夜は京に戻った源氏の誘いに乗ることはありませんでしたが、二人の関係は源氏が四十歳の老境にさしかかり十五年ぶりに復活します。

図3の2　「源氏物語絵色紙帖」花宴　源氏が初めて朧月夜と出会った場面
出典：ColBase (https://colbase.nich.go.jp)

「若菜上」にその場面が描かれています。源氏は、皇女の女三の宮を正妻に迎えて長年の伴侶の紫の上への気遣いに神経をすり減らしていた時期で、ストレスの逃げ場のような浮気として朧月夜と久しぶりの密会を試み、拒もうとする朧月夜に昔の話をして迫ります。物語の中でもとりわけ情感あふれる場面です。田辺聖子氏はさらに原文に無い濃艶な表現を加えて訳しています。

……言葉では拒みながら、心も涙も言葉を裏切って、はかなく弱く、聞き分けなく、うなだれ、力を失ってゆく。自分との向う見ずな恋のために、源氏は都を追われ、辛《から》い目に会った。……なんという罪ふかい身であろうか。人の心を傷つけ、裏切り、それでも源氏と別れることができなかった、無分別な若い日の恋。……朧月夜は気強くふりすてることはできなかった。彼女は震える手で、掛金をはずしたのである。

初めは拒もうとした朧月夜も、生来の靡《なび》きやすい性格と、昔のことに思いを致し、求めに応じました。

……「いまはじめて逢う気がする……」

それは背徳の匂い濃い、成人《おとな》の恋である。世間を憚らねばならぬ故に、いっそう愛執の強い、ひめやかな恋である。

愛の動作は言葉なく、声は音もない接吻《くちづけ》に封じられて、妖しい、淫《みだ》らな静けさだけがある。朧月夜は、深い悔恨にしたたか鞭《むち》打たれて涙ぐんでいる。

その姿は、源氏には愛らしい。

昔の、若かったときのこの女《ひと》より、いまの陰影ふかい中年のこの女《ひと》のほうが、ずっと美しく、愛らしい。……

（いずれも田辺訳「君がため若菜つむ恋の悲しみの巻」）

さらに七年の月日が経ち、朧月夜は源氏には言わずに出家を遂げました。驚いた源氏は心残りから、毎日の回向では私を第一に祈ってほしいと手紙で伝えましたが、朧月夜は、回向は広く衆生のためにするものであり、あなたはそのうちの一人だとクールに返します。格好いいですね。出家は色恋の妄執を断ち切る手段でもあったことがわかります。（145頁）

第五節　花散里――源氏を支えた穏やかな人生

花散里と呼ばれる女性が物語に初めて登場するのは、源氏と朧月夜との密通が発覚する「賢木」の帖と、源氏が中央政界から退いて寂しい流謫生活を送る「須磨」の帖の間に置かれた、ごく短い「花散里」です。この帖では、かつて故・桐壺帝の女御の妹である花散里と源氏が宮中あたりで逢瀬を交わしたことが簡単に記された後、源氏が久しぶりに訪ね、花散里はめったに逢えない恨めしさも忘れてしまっただろうと記されています。緊迫した事件が次々に語られる合間のほっとするような挿話として描かれているように、花散里はその後も源氏を穏やかに癒やす女性という役割を果たします。

須磨の源氏のもとには、京で淋しく暮らす花散里からも手紙が届きました。そのときの花散里の和歌を引用します。

荒れまさる軒のしのぶをながめつつしげくも露のかかる袖かな

（荒れていく軒の忍ぶ草を眺めて昔を偲んでおりますと、涙がしきりに袖を濡らします）

（角田訳「須磨」）

源氏は花散里の、ほかに頼る人のいない生活を気遣い、家を修理するよう指示しました。

その後源氏は復権して京に戻りますが、身分が高い上に昇進によって忙しくなり、しばらくは花散里を訪問することができませんでした。久しぶりに訪ねて行ったとき、「なつかしい感じでやさしく恨み言を言う」花散里に対する源氏の気持ちは、「ずっと長いあいだ自分を待っていてくれたその気持ちを、光君はけっしておろそかには思っていない」と記されています。おっとりした性格を愛らしく感じ、花散里を慰めました。（いずれも角田訳「澪標」）

源氏はその後も花散里を大切に処遇し、豪華な六条院を造営すると四つの区画のうち東北に位置する夏の町を与えました。源氏が訪れても別々に寝る関係になりましたが、花散里は源氏の息子の夕霧の養育係を務めたほか、源氏の養女になった玉鬘の教育も任されます。裁縫や染色に秀でた家庭的能力を発揮し、紫の上を助けながら六条院の安定した運営に貢献しました。

穏やかでおっとりした性格が特徴の花散里ですが、源氏を冷静に観察して的確に評する一面もありました。物語第二部終盤、夕霧とのやりとりでの花散里の言葉を引用します。

「それにしてもおもしろいのは、院（光君）は、ご自分の浮気癖はだれも知らないかのように棚に上げて、あなたが少しでも色気づいたことをなさると大騒ぎなさって、ご忠告したり、陰口までおっしゃいます。利口ぶった人が、自分のことは何も気づかないようなものです」（角田訳「夕霧」）

花散里は、源氏が最愛の紫の上を喪った失意の日々にも衣更えの衣裳を準備して渡すなど身の回りを助け、源氏の死後は以前住んでいた二条東院を相続したことが記されています。

源氏物語で花散里が登場する主な場面は以上の通りです。控え目な脇役的存在として描かれた花散里ですが、実は源氏物語の続編としてマルグリット・ユルスナールというフランスの作家が一九三八年に創作した小説では何と主役になっています。『源氏の君の最後の恋』と訳されるこの小品では、視力を失った源氏を花散里が身分を明かさずに訪ねて共に暮らし、最期を看取ったものの、源氏は花散里のことだけは思い出すことなく死んでいったため、花散里は自分を忘れられたことが悲しく泣き叫んだ、という哀切なストーリーです。源氏物語の続編の試みはいくつもありますが、私はこの短編が一番好きです。

白水Uブックス69『東方綺譚』に収録されています。

第六節　玉鬘——源氏父子に愛された聡明な姫君

夕顔頓死の事件から十八年、三十五歳になっていた源氏は夕顔のことが忘れられませんでしたが、偶然の出会いからその娘の玉鬘を発見します。玉鬘は母親の夕顔が死んだ後、育てた乳母《めのと》らと共に九州の筑紫で暮らしていましたが、現地の武士に強引に求婚されたため、それを逃れて京都に戻っていました。そして、奈良の長谷寺に詣でる途中の椿市《つばいち》という所にある宿で、元の夕顔の女房でその死後は源氏に仕えていた右近もたまたま来ていて再会したのです。右近の報告でこれを知った源氏は、夕顔の娘が美しく育っているならと考え、完成したばかりの邸「六条院」に玉鬘を養女として引き取りました。実の父親の頭中将は内大臣になっていましたが、源氏は彼には内緒で事を進めました。

二十一歳になっていた玉鬘は、京の多くの貴公子から求婚される対象になりました。源氏は親代わりに結婚相手を探すのを楽しみながら、自らも美しく育った玉鬘に強く惹かれていきます。

源氏の三十五歳というのは、当時では中年から初老に差しかかる年齢です。源氏は玉鬘の部屋にたびたび通いながら、ときには蘊蓄を傾けたりくどくどと説教をしたりしながら、他方では男として近づいて手を取ったり添い寝をしたりします。男女の睦み合いの経験のなかった玉鬘は体調をくずすほど深刻に悩みますので、今なら明らかにセクハラに該当する行動です。源氏はついにははっきりと恋情を訴えました。

「……もともと、あの心から愛していた母君の形見として、そなたにも決して浅からぬ思いを抱いていたのだが、今はもうそれだけではない。こうして新たな思い人としての恋心が重なっているのだから、もう世にたぐいもない恋しさだという心地がする。……」

（林訳「胡蝶」）

これに対する玉鬘の困惑と苦悩は次のように描かれています。

玉鬘は、もうひたすら辛《つら》いばかり、〈こんなことを女房たちが知ったら、なんと思うだろう、さぞかし常軌を逸したことだと思うにちがいない〉と、痛切に悲しくなった。

（同）

一方、源氏も若いころとは違う立場などを考えてか、ぎりぎりのところで自制心を持ちます。その心理を記した原文と、現代語訳です。

わが御心ながらも、ゆくりかにあはつけきこととおぼし知らるれば、いとよくおぼしかへしつつ、人もあやしと思ふべければ、いたう夜もふかさで出でたまひぬ。

（新潮「胡蝶」）

〈しかし、唐突といえば唐突、軽薄といえば軽薄なことであった……〉と、さすがに源氏も、そこはよく分かっているので、ここでよくよく自省自重、この先、朝近くまでこの閨に留まったのでは女房たちもさぞかし怪しむことであろうと思って、さまで夜も更けぬうちに引き上げることにした。

（林訳「胡蝶」）

別の日に源氏は玉鬘に物語談義を持ち掛け、冗談めかして次のように言いながらじりじりと迫ります。

「……いっそ私たちの仲をそういう類例なく珍しい物語にでも作って、世に語り伝えさせようかな」

（林訳「蛍」）

これに対し玉鬘は憂いを深めながらも精一杯言い返します。

「わざわざ物語にして語り伝えなどおさせにならずとも、こんな世にたぐいもないことは、いずれ世間の語りぐさになりはせぬかと見えますけれど……」

（同）

源氏は親代わりの自分の恋情に応えないのは親不孝だという無茶な言い方までしましたが、玉鬘は古い物語を探しても娘を口説こうとする親心はどこにもないという意味の和歌を返します。このように玉鬘は辛うじて源氏をいなす機知と強さを持っていました。（145頁）

源氏は、女房たちの目も気にしてぎりぎり一線を越えずに踏みとどまり、琴を教えるという名目で引き続き近づきますが、玉鬘の気持ちは「初めのうちこそ源氏が恐ろしく、疎ましく思っていたけれど、これほどまでに穏やかな態度で接するのに馴れてみると、〈怪しい野心などはなかったのかもしれない……〉と、段々に馴れ親しんで、そうそう疎ましく思わぬようになった」（林訳「常夏」）という方向へ変わっていきます。そうするとまた源氏は他の男と結婚させたくない、と思ったり、結婚させたうえで自邸に置けば自分も通えるかもしれないと欲をふくらませたりして悶々とした熱中が続きます。

「玉鬘十帖」と呼ばれる物語第一部の終盤では、こうした通俗小説的な展開が延々と語られ、果たして誰が玉鬘を得るのだろうという読者の関心を掻き立てます。その末に、「真木柱」の帖の冒頭で突然、ダークホースとも言うべき存在だった、髭黒《ひげくろ》と呼ばれる実直で無骨な実力者が玉鬘との結婚を果たしたという結末が明らかにされます。肝腎なその場面は描かれず、これも紫式部ならではの省略の妙と思われます。この空白を埋めるかのように、田辺聖子氏は髭黒と玉鬘が結ばれた前後のできごとを「私訳」として創作しています。第七章第五節で引用しましたのでご一読願います。

　有頂天になる髭黒、一方の源氏は大きな未練を残しながらも玉鬘の存在や引き取った経緯を実の父親である内大臣（元の親友・頭中将）に伝え、結婚などの儀式を全面支援しました。当の玉鬘は、髭黒によって強引に結婚させられた運命を嘆き、あらためて源氏の見た目や人柄の魅力を実感しました。そうした複雑な気持ちを次のような和歌に詠みました。

みつせ川わたらぬさきにいかでなほ
涙のみをの泡と消えなむ

（他の男の背（せ）に負われて三途の川の瀬（せ）を渡るなんて嫌です。そんなことなら、渡る前になんとかして、涙の川の水脈《みお》（流れ）のなかに、泡のように消えてしまいたい）

（林訳「真木柱」）

当時の俗信で、女性は初めて結ばれた男に背負われて、冥土への三途の川を渡ると言われていたことを引いて自分の源氏への気持ちを詠んだ歌でした。

　これを聞いた源氏は、自分が一線を越えずに自制したことをあらためて恩着せがましく語ったり、これまで何度も玉鬘の髪や体に触れたことを心の中で振り返って甘美な気持ちにひたったりしました。

　玉鬘が源氏とめぐりあってからの一連の経緯を描いた部分は相当なボリュームを占めます。作者の紫式部は、なぜこのような新たなヒロインを造形したのでしょうか。

　私の印象として最も強いのは、玉鬘との応酬が中年になった源氏の「オヤジ化」と言える変化を読者に印象づけようとしたのではないかということです。いやらしく迫るだけでなく、何かにつけて上から目線で人生を指南しようとする様子も、時代を超えて目にする中高年の男性の言動だと感じる読者が多いと思います。

　もう一つ、玉鬘の独自の長所として描かれているのは、源氏の接近を巧みに躱す聡明な処世術です。源氏を強く拒絶したり、恨んだり、出家によって離れたりするほかの登場人物の女性にはない一面です。母親との別れや地方暮らしでの苦労を経験した後は、上手な生き方で周囲に好かれながら幸せな後半生を生きた人物として、登場させたのではないかと思います。源氏自身も、のちに「若菜下」で玉鬘の身の処し方をみごとだったと次のように述懐しています。

〈そういえば、あの髭黒の右大臣の北の方（玉鬘）などは、取り立てての後ろ楯などもなく、幼い頃から、当てにもならぬ世にさまようような暮らしをしながら人となったのだけれど、ひとかどの才覚もあり、事に処するに巧みで、私も、一応は親のような立場ではあったものの、といってけしからず色めいた心がまったくなかったというわけにもいかなかった。……が、玉鬘《あれ》は、いつだってうまく角を立てぬように受け流していたものだった。〉（林訳「若菜下」）

玉鬘に対しては、源氏の実の子である冷泉院も男としての関心を抱いていました。その意向により女官として仕える尚侍《ないしのかみ》にも就任しましたが、冷泉院の妃にはなりませんでした。さらに二十年以上の月日が流れた源氏や髭黒の死後、玉鬘は自分の長女を冷泉院のもとに入内させます。そのときもなお、冷泉院が玉鬘に想いを抱いていることが記されています。玉鬘は、冷泉院のその気持ちを推し量って少し申し訳なく思いながらもまた上手に対処しました。

結局、源氏は夕顔と玉鬘の母子を愛し、源氏と冷泉院の父子はそれぞれに玉鬘に想いを抱き、玉鬘はその両者とうまくやりとりする稀有の女性だったということになります。

後日談としては、源氏死後の帖「竹河」に、源氏が遺書の中で、遺産相続では玉鬘を実の子の明石中宮の次の順位にする旨を書き残したと記されています。源氏の人生で、夕顔・玉鬘の存在がいかに大きかったかがわかります。

第七節　落葉の宮——二人の男の侮辱に耐えた皇女

朱雀院の娘の第二皇女（女二の宮）はその妹である女三の宮のように、物語のメインの筋を動かす重要な役割は果たさず、めだたない登場人物です。女三の宮に長い間一方的な思いを寄せていた柏木によって、女三の宮の代わりのように妻に迎えられました。結婚当初から柏木は、女二の宮は母親が身分の低い更衣だったので軽く見る気持ちがあったと作者は記します。

「落葉の宮」と名付けられたのも、柏木のこうした身勝手で失礼な気持ちが原因です。女三の宮と強引に契ったあとの柏木の心情と、自分の手元で書いた侮蔑的な和歌を引用します。

「どうせ同じことなら、あちらの女三の宮をいただきたかったのに、今ひとつ自分の運が足りなかったのだ」と、まだ悔やんでいらっしゃいます。

もろかづら落葉を何にひろひけむ
　名はむつましきかざしなれども

桂と葵の両鬘《もろかずら》の挿頭《かざし》のように
仲よく並んだ姉妹の中から
どうして見栄えのしない
落葉のような方《かた》を
拾ってしまったのだろう

（瀬戸内訳「若菜下」）

柏木は罪の意識などから病が重くなり世を去りました。老いた母親と共に残された落葉の宮を、源氏の息子の夕霧が弔問にたびたび訪れるうちに、恋心が芽生え、直接恋情を訴えるようになりましたが、落葉の宮は知らぬふりをしていました。夕霧は、落葉の宮の母親の病気見舞いにかこつけて彼女に迫ろうとして、一度は同じ部屋に泊まり込んだものの男女の関係にまでは至りませんでした。その夜の落葉の宮の心中と、二人の和歌のやりとりを落葉の宮、夕霧の順に引用します。

男女の性愛の経験のある女だから、気軽に口説《くど》きやすいと言わんばかりに、夕霧の大将が時折言葉の端にほのめかすのも不愉快で、どうして自分はこんなに限りなく不幸な身の上なのだろうと悩みつづけられるうちに、このまま死んでしまいたいようなお気持にもなられて、思いつめられるのでした。……

われのみや憂《う》き世を知れるためしにて
　濡《ぬ》れそふ袖の名をくたすべき

わたしひとり辛い憂き世の
苦労を身ひとつに背負い
夫の死別に泣かされて
なおまたあなたの邪恋《じゃれん》に
噂にされこうも泣かされる

……

おほかたはわれ濡《ぬ》れ衣《ぎぬ》を着せずとも
　朽《く》ちにし袖の名やは隠るる

あらぬ噂をわたしが立てて

あなたに濡れ衣を着せないでも
亡き人に降嫁されたことで
一度立てられた噂は
大方消えもしないのに

（瀬戸内訳「夕霧」）

あなたの評判はすでに落ちているのだから気にしないで、という和歌。相手をいじめるためではなく、真顔で詠んでいる感じがします。夕霧の父親の源氏も女性をいろいろ傷つける人生でしたが、この種の無神経さはありませんでした。物語の終盤に向かうにつれ、男性の登場人物の言葉や行動についての作者の辛辣な書きぶりがめだつようになるのが、源氏物語の特徴だと感じます。

図3の3　「源氏物語絵色紙帖」夕霧
出典：ColBase (https://colbase.nich.go.jp)

この晩は最後まで思いを遂げなかった夕霧は、その後もあきらめませんでした。落葉の宮は老いた母親が世を去ったあと、出家したいと考えましたが、父親の朱雀院に許されませんでした。結局、落葉の宮は邸の塗籠《ぬりごめ》という密室にこもっていたときに、夕霧に加担した一人の女房の手引きによって無理やり、関係を結ばされました。

夕霧をめぐっては、こうした一連の動きと並行して、初恋以来の相手として長年連れ添ってきた雲居雁《くもいのかり》（柏木の異母妹）とのまるでホームドラマのような夫婦のいさかいも描かれます。滑稽な後日譚として、夕霧は雲居雁・落葉の宮という二人の女性のもとへ月に十五日ずつ律儀に通ったと第三部の「匂宮」の帖に記されています。

落葉の宮はその後、夕霧と雲居雁の子である姫君を養女にして面倒を見ましたが、自身の人生をどのように振り返ったのかは記されていません。

第八節　宇治十帖——浮舟と、すれ違う四人の男女

源氏物語で光源氏が去った後、第三部の中心となる「宇治十帖」は、京を離れた宇治の山里を舞台に新たな登場人物の出会いや別れが描かれます。第一部・第二部の優雅で華麗な雰囲気とは対照的に、色調の暗い寂しげな物語が動き出します。そこには皇室や中央政界の動きはほとんど記されません。恋の達成や栄華は影を潜め、男女の心のすれ違いが繰り返され、うまくいかない恋の空しさが終始、浮き彫りになります。読み手の印象は、宇治十帖こそおもしろいという意見と源氏物語はやはり本編に値打ちがあるという感想とに分かれるようです。私自身、宇治十帖の読み方、捉え方がまだ完全に定まったわけではありませんが、あらすじと感想を記したいと思います。

宇治十帖の男の主役は、源氏の正妻・女三の宮が産んだ薫（実は柏木の子）と、源氏の孫で皇子の匂宮《におうみや》です。彼らが宇治で出会うのが、八の宮という世の中から忘れられた親王の姫君たちです。八の宮は源氏の弟にあたり、一時は源氏の政敵だった右大臣家が皇位を継ぐ東宮としてかつぐ案がありましたが、冷泉帝が即位して源氏が権勢を握ったため、一転して不遇の人生を歩みました。正妻の病死や京都の自宅の焼失も重なり、大君《おおいぎみ》・中の君という二人の娘を連れて宇治に隠れ住んで仏道修行をしながら静かに過ごしていました。

罪の子薫と結ばれない大君の死

宇治十帖が始まる「橋姫」の帖で、薫は二十歳。社会的には源氏の正妻腹の嫡子ですから、異例の昇進をしていました。源氏の秘密の子の冷泉帝も、薫の出生の秘密は知りませんので、亡くなった実父への孝心から薫に目をかけていました。しかし薫は母親の女三の宮が若いのに尼姿でいることへの不審や、秘密めいたひそひそ話をする周囲の様子から、自分が源氏の子ではないかもしれないという疑念を消せずにいました。社会的な栄達や恋の冒険には興味を抱かず、仏道に心が向いていたことから、隠れた聖のように暮らしていた八の宮の存在をたまたま聞いて、会いに行ったのが宇治に通うきっかけでした。姫君たちのお世話をしていた老いた女房は死んだ柏木の乳母の子だったため、薫は自分の出生の秘密をこの女房から聞き、柏木の遺書や母親の残した手紙まで読んですべてを知りました。薫は八の宮の山荘で娘の二人の弾く琴を聞いたり、姿を垣間見たりしたのがきっかけで姉の大君に恋心を抱き、次第に意中を訴える手紙を贈るようになります。大君は薫より二歳上でした。思慮深く物静かな性格で、母親代わりに妹の幸せを願う気持ちが強く、自らは恋愛に興

味がなく結婚も望まない考え方でした。このため薫の求めには応じませんでした。

一方の匂宮は薫の一つ年上です。源氏の娘の明石中宮と今《きん》上《じょう》帝《てい》の間の第三皇子で、行末は東宮になって天皇に即位する可能性もある身分ですが、祖父の源氏譲りの色好みから恋愛では大胆な行動をするタイプとして設定されています。宇治の姫君についても薫から話を聞いて強い関心を抱き、匂宮も直接、手紙を贈るようになりました。

図3の4　「源氏物語絵色紙帖」橋姫　薫が大君・中の君を垣間見る場面
出典：ColBase (https://colbase.nich.go.jp)

六十歳前後になった八の宮は、薫に後事を託すとともに姫君たちが将来守るべき訓戒を言い残して山に籠り、亡くなりました。遺言は以下の内容でした。


「……決して軽はずみな料簡《りょうけん》を起こしてはなりませんよ。よほどしっかりと頼りになる人でなければ甘言《かんげん》にそそのかされて、この山荘をうかうかと出てはなりません。ただこうした世間の人とは異なった星の下に生れついた運命なのだと覚悟して、この山荘で、生涯を終えようと決心なさい。……」

（瀬戸内訳「椎本」）


父親を喪った大君はますます、自分は最後まで独身を通し、妹の幸せを後押ししようと決意します。薫の求愛には応じず、一方の匂宮から手紙が来ると中の君の代わりに返事を代筆することもありました。

薫は、大君と結婚するために中の君と匂宮を縁付かせようと考えますが、大君は薫が妹と結婚してほしいと望みます。ある晩、薫は大君の寝所まで入り、直接恋情を訴えましたが、添い寝をした以上の振舞いは自制しました。

大君の拒否の姿勢が徹底していたため、薫は次の一手として匂宮のために手引きをし、匂宮と中の君が結ばれます。それを知った大君は驚きますが、妹のために尽くしました。ところが、匂宮は身軽にたびたび宇治を訪れることのできる身分ではないため、結ばれて早々訪れが途絶え、男性不信を深めた大君はやはり自分は結婚をするまいと、あらためて強く決意しました。そして絶望と心労のあまり病の床につき、自分を責めて死にたいとまで考えることもありました。

大君は薫のことを嫌っていたわけではなく、重病の病床では薫に対し「このごろお訪ね下さらなかったので、気がかりなまま死んでしまうのかと、心残りでした」(瀬戸内訳「総角《あげまき》」)と言って、心を通わせるやりとりもありました。その胸の内は、次のように記されています。

……こうまで親しくなる前世からの深い縁があったのだろうとお考えになって、この上もない穏やかで何の心配もない薫の君のお人柄を、あのもう一人のお方に比べますと、その誠実さがしみじみとなつかしく思えるのでした。死んでしまった後々の思い出にも、強情で、人のやさしさのわからなかった女と思われたくないとお気遣いなさって、素っ気なくしりぞけてきまりの悪い思いをさせることはとてもお出来になりません。(同)

しかし、生きる希望を失った大君は回復せず、自分と同じように妹を大事に思ってほしいと言い残し、薫に看取られながら二十六年の短い人生を終えました。

中の君を中心に繰り返されるすれ違い

匂宮は、中の君を京都の邸に引き取りました。これまでのように訪問が途絶えることはなくなりましたが、夕霧の娘の六の君と結婚したため、そのことが中の君の新たな心配の種になりました。一方薫は、今上帝から娘の内親王(女二の宮)の婿になってほしいと求められ、気乗りがしないまま結婚することにしましたが、忘れられない大君の代わりとして今度は中の君を想う気持ちが増します。匂宮を中の君と結びつけたことを後悔しながら、匂宮の不在のときにたびたび中の君を訪ねて想いを伝え、中の君を悩ませました。あるときは中の君の御簾《みす》の中にまで入って夜を共にしようとしたものの、中の君が匂宮の子を身ごもっていることを身につけた腹《はら》帯《おび》で知って思いとどまりました。その結果、中の君の体に残った薫独特の移り香に気づいた匂宮が、二人は男女の関係になったのではないかと疑い、一方の中の君は匂宮が六の君との結婚により再び訪れが減ったことで淋しい思いが増しました。

その後中の君は無事、男の子を出産し、その地位も安定することになります。一方、薫は中の君に未練を残しながらも、結婚した女二の宮を私邸の三条の宮に迎えました。

薄倖なラストヒロインの登場

中の君は、薫からたびたび色めいた言動をされたことに悩み、その思いをそらすために最近自分を訪ねて来た腹違いの妹のことを薫に話しました。薫はさらに、その女性が二十歳ぐらいで美しく育っていると八の宮家に仕えていた尼から聞き、大君に似ているなら是非会いたいと頼みます。源氏物語最後のヒロインとなる、浮舟の登場です。

浮舟は、八の宮が二十年ほど前にお付きの女性に産ませ、認知せずに見捨てた姫君でした。母親がその後受領と結婚したため、浮舟は義父の赴任先である東国の常陸《ひたち》で成人し、京に戻っていました。作者は、出自が低く田舎育ちという二重の弱さを持った女性を物語最後の中心人物にしたことになります。この浮舟と、薫・匂宮との三角関係とその破綻が、物語第三部の最大の山場です。

先に浮舟と関係しようとしたのは匂宮でした。中の君のもとへ来ていた浮舟をたまたま匂宮が見つけ、誰だかわからないままいきなり添い寝をして迫りましたが、一緒にいた浮舟の乳母が必死で守り、事なきを得ました。一方薫は、大君や中の君への思慕ではいつも優柔不断でためらいがちだったのとは対照的に、浮舟に対しては身分の低さゆえにか打って変わって行動的でした。匂宮に襲われそうになった浮舟がかくまわれていた京都の隠れ家に、今度は薫が忍んでゆき、浮舟に直接「思いがけない物の隙間から、宇治であなたのお姿を偶然見て以来、わけもなく無性にあなたが恋しくなったのは、当然、そういう前世《ぜんせ》からの因縁《いんねん》なのでしょうか。不思議なくらいあなたが恋しくてならないのです」（瀬戸内訳「東屋」）と言って口説き、浮舟も受け入れました。薫はそのまま翌朝、牛車に浮舟を乗せて宇治に連れて行き、京都の邸に迎えると世間の風評上よくないなどと考えてしばらく宇治に隠しておくことにしました。

物語の終わりが近づく五十一番目の帖「浮舟」には、二人の男の間でなすすべもなく激しく揺れる浮舟の運命の激変が息もつかせぬ緊迫した筆で記されます。

想いを果たせなかった匂宮は浮舟を忘れられず、腹心の部下にさぐらせて居場所を突き止め、隠れ場所の宇治の山荘へ薫がいない日に訪れます。そして薫の声をまねてなりすまし、女房たちをだまして侵入して思いを遂げます。匂宮は翌日も帰らず、浮舟は今度は匂宮の魅力に取りつかれてしまいました。

一方、何も知らない薫は浮舟が会わない間に女らしくなり、魅力を増したと感じますが、浮舟は心の中で「……夢中になってわたしを熱愛して下さる匂宮を、慕わしくなつかしく思うのも、それは決してあってはならない軽はずみなことなのだ。この薫の君に嫌な女だと思われて、忘れ去られてし

図3の5　「源氏五十四帖」浮舟（尾形月耕作）
浮舟と匂宮が宇治川対岸に向かう場面
出典：国立国会図書館 NDL イメージバンク

まわれたら、どんなに心細いことだろうか」と思い乱れます。（瀬戸内訳「浮舟」）

続いて今度は匂宮が、雪の中再び宇治を訪れ、浮舟を宇治川対岸の隠れ家に舟で連れて行って、二日間、遊び戯れる耽溺の時を過ごします。浮舟は、愛される喜びを深く感じながらも、自分の不安定な身の上と、これから先の不吉な予感を和歌に詠みます。

橘の小島の色はかはらじを
　この浮舟ぞゆくへ知られぬ

橘の小島の木々の緑は
永久に変わらないものを
波に漂う浮舟のような
はかないわたしの身の末は
どこへ流れてゆくのやら

降りみだれみぎはに凍《こほ》る雪よりも
　中空《なかぞら》にてぞわれは消《け》ぬべき

雪は降り乱れても
汀に落ちて凍るけれど
その雪よりもはかなく
わたしは中空に迷いながら
死んでゆくでしょう　（同）

浮舟は、心と体で惹かれる匂宮と、理性で頼りになる薫の狭間で苦悩を深めました。二人の男がそれぞれに浮舟を引き取る家を用意したり、両方の手紙がほぼ同時に送られてきたりして、浮舟は逃げ場のない状況に追い込まれていきます。

眼の前の宇治川の急流に流されて死ぬ人が相次いでいること

や、かつて女性が二人の男に愛された挙句、男同士の殺人につながった事件まで周囲から知らされ、追い詰められます。頼りにする母親に救いを求めることもできず、ついに次のように考えて宇治川への入水を決意しました。

「このまま生き永らえていれば、必ず、辛い目を見るにちがいない。わたしの死ぬのが、何の、惜しいことがあろう。……これ以上生き永らえたところで、身を持ち崩し、人の笑い物になって落ちぶれさすらうなら、死ぬよりもっと情けない嘆きをみることだろう」（同）

図3の6　宇治川（京都府宇治市）

京にいる母親からは、昨夜と今日の昼寝であいついで不吉な夢をみたという手紙が届きましたが、浮舟は母親との別れの和歌を記して返事としました。

のちにまたあひ見むことを思はなむ
　この世の夢に心まどはで

夢のようなはかないこの世で
見た夢などに惑わされず
来世でふたたび必ず
お逢いすることを
楽しみにしてほしい　（同）

自殺を心に決めたところで「浮舟」の帖が終わり、次の「蜻蛉」の冒頭では、行方不明になった浮舟を探す動きや、亡くなったと判断して早々に葬儀を行う展開が記されています。実際には浮舟は死にきれず、失踪中に意識を失っているところを発見・救出されたのでした。しかし男たちは、浮舟の訃報に驚き哀しみながらも、早々と別の女性に心を移していき、作者はそうした行動を冷静に描いています。

匂宮はどうしようもないほど恋の炎が燃えさかっていたさ中に、突然、相手に死なれてしまったので、実に堪えがたくお辛くていらっしゃるけれど、もともと浮気な御性分なので、この悲しみがまぎれるかもしれないと、次第にほかの女との情事を試されることも、多くなるのでした。

（瀬戸内訳「蜻蛉」）

一方の薫の方は、匂宮の姉の女一の宮に仕えている女房と以前から人目を忍んで逢っていましたが、この女房から気配りあふれる弔問の手紙を受け取って嬉しく思い、宮仕えをさせるよりも「自分の愛人として囲っておきたい」と考えるのでした。

結局浮舟を自殺未遂に追いやった男たちは、終始彼女を対等の恋の相手とは見ていなかったことが明らかにされます。浮舟に対する薫の本音は次のように記されています。

正妻という重々しい扱いではなく、気がねのいらない気楽な可愛い愛人として置いておくには、ほんとうにふさわしい可憐な人だったのにと、いろいろ思いつづけますと、もう匂宮も恨むまい、あの女もうとましいと憎むまい、すべてはただ、自分の態度が世情にうといために起こった間違いなのだから、などと考えこみ、沈みがちになっていらっしゃいます。

（同）

匂宮も、浮舟を夢中にさせた宇治川の隠れ家での逢瀬の最中ですら、相手について妻としてではなく女房として通うという処遇を考えていました。

「この人を姉君の女一の宮に、女房としてさし上げたら、どんなに大事になさるだろう。あちらの女房は身分の高い家柄の者は多いけれど、これほどの美人はいないだろう」

（瀬戸内訳「浮舟」）

匂宮と薫の階級意識や女性に対する考え方は、この作者の徹底したリアリズムによって描かれていて、読者はそれに振り回された浮舟の不幸をより切実に実感できるわけです。

浮舟を救出したのは、横川《よかわ》の僧都と呼ばれる高徳の聖でした。この登場人物は、ちょうど源氏物語が書かれた同じ時代に活躍していた恵心《えしん》僧都《そうず》源信《げんしん》と年齢などが合致しており、当時の読者は源信を思い浮かべながら浮舟の救出から物語の終

結までを読んだ可能性があります。（口絵図16）

浮舟は救出された直後にはまだ「死なせてほしい」と言っていましたが、その後比叡山麓の小野の里で介抱されて次第に健康を取り戻します。二人の男性との恋愛の末に自殺を図ったことを自らの罪として懺悔し、阿弥陀仏を念じる勤行生活に打ち込みます。母親にだけは会いたいと考えますが、男女の縁はすべて断ち切るため、横川の僧都に強く望んで二十《はたち》歳過ぎの若さで出家を遂げました。

最後の帖「夢浮橋《ゆめのうきはし》」では、横川の僧都が、浮舟は薫の愛人だったことを知って驚き、出家させたことを後悔して書いた手紙が浮舟に届きます。手紙には次のように書かれていました。

「……今更いたしかたもございません。昔のおふたりの御縁を間違いのないように取り戻して、大将殿の愛執《あいしゅう》の罪を晴らしてさし上げて下さい。一日でも出家すれば、その功徳《くどく》は計り知れないものがありますから、そうなってもやはり今までのように仏を信じお頼りなさるのがよいと存じます。……」

（瀬戸内訳「夢浮橋」）

しかし結局、浮舟は薫と会おうとはしませんでした。薫が使者にした少年（浮舟の弟）が訪ねてきますが、浮舟は訪問を拒絶しました。その報告を受けた薫は、かつての自分と同じように誰か男が浮舟を山の中に隠しているのではないかと考えたと記され、長大な源氏物語は終わっています。

なぜ尻切れトンボのような終わり方にしたのかは、源氏物語の謎の一つとして、いろいろな見方があります。田辺聖子氏は原文にない浮舟の思いを書き加えており、一つの解釈として参考になります。

やっと心がきまったわ。……いいえ、これから先もまだまだ、悩みや迷いが多いかもしれないけれど、でもやがてはみんな、なつかしくいとしいものに思えるような日がくるかもしれないわ……。

（田辺訳「ふみまよう夢の浮橋の巻」）

また、「夢浮橋」のエンディングの続編としてアメリカの作家ライザ・ダルビーが創作した「稲妻（「源氏物語」の失われた終章）」という小説があります。『紫式部物語　その恋と生涯　上・下』（光文社文庫）と題する伝記的小説の最後の章になっています。紫式部が「夢浮橋」の続きを書いた原稿が見つかり、それを式部の娘が我が娘《こ》に伝えた、という筋書きです。

身分違いの男たちから人形のように翻弄された浮舟が、不器用ながら初めて自分の足で歩き始めた、ということでしょうか。浮舟の出家は単に恋愛に苦しむ人生から逃れるだけでなく、本気で仏道修行をする様子が描かれています。薫と再び会うことをしなかった点でも、これからの生き方を自分で主体的に判断する意志が窺われる終わり方だと思います。

宇治十帖で少しわかりにくいと感じたのは、八の宮の次女の中の君の生き方に作者が何を込めたのか、という点です。大君は薫の想いを受けたものの結婚拒否や男性不信から不幸な死に方をし、浮舟は三角関係の苦しみの果てに俗世の交流自体と縁を切りました。これに対し中の君は、匂宮の浮気性に悩んだり、亡き姉の代わりに薫からの懸想を受けたりしますが、何とか京での新たな暮らしを生きてゆきます。匂宮の第一子を懐妊して無事、出産したため、生まれた男子が将来、天皇になる可能性、中の君は后になる可能性まで生じました。こうした中の君の人生をどう考えればよいのか、将来の運命も含めて読者の判断に委ねたのかもしれないと思います。あるいはひょっとしたら、当初作者は中の君を第三部のヒロインにする可能性もあったものの、浮舟を主役にストーリーを展開させていくことにしたのかもしれません。

いずれにしても宇治十帖では男女のすれ違いが繰り返され、恋愛や結婚への不信が強調されています。正編とのトーンの違いから作者は別だという見方もありますが、私は紫式部が長い物語を書きつないだ末の到達点として読んでいます。

第四章　どう読む？　源氏物語——現代語訳と原文

源氏物語は、日本の古典文学作品のなかでもとりわけ文章が難解です。現在は使われない言葉を古語辞典で調べているとなかなか読み進めません。文法も現代文と違いますし、何よりわかりにくい原因は、主語の省略が多いことです。敬語の使い分けや前後の文脈などによって主語が誰なのかがわかるように書かれているのかもしれませんが、私たち一般の読者にはそれを読み取るのは無理な課題です。

国文学の研究者などには、源氏物語の本当のすばらしさは原文を読んでこそ味わえる、という考え方の人が少なからずいますが、仕事などで忙しい読者にとって、ていねいな注釈付きであっても原文で読破するのはとてもハードルが高いと感じます。そのことによって、源氏物語の底知れぬ魅力を味わえないのであればあまりにもったいないことですので、私は、現代語訳をまず読むこと、そして長い物語の最初から最後まで読む時間がなければ一部だけ読むなど、自由な読み方をお奨めしています。

数ある現代語訳の特徴や選び方についての私の考えを記します。

第一節　現代語訳は選び放題――それぞれの特徴

明治時代から現代に至る、主な九つの現代語訳について、訳者自身のコメントや特徴を記します。主観はあくまで私個人のもので、読者によって受け止め方は違うと思います。選ぶための参考に、物語の共通の二か所を例に、それぞれの現代語訳を引用することにしました。作者による地の文と登場人物の会話を一か所ずつにしました。

最初に、引用する箇所の原文を新潮日本古典集成版の『源氏物語』から引用します。

（一）「賢木」　源氏が六条御息所に別れを告げるため二人で最後の一夜を過ごす場面です。

月も入りぬるにや、あはれなる空をながめつつ、怨みきこえたまふに、ここら思ひ集めたまへるつらさも消えぬべし。やうやう今はと思ひ離れたまへるに、さればよと、なかなか心動きておぼし乱る。

（二）「若菜下」　女三の宮の降嫁で悩みを深めた紫の上が、出家したいという希望を初めて打ち明け、源氏がそれを許さなかったやりとりです。

「今は、かうおほぞうの住《すま》ひならで、のどやかに行ひをもとなむ思ふ。この世はかばかりと、見果てつるここちする齢《よはひ》にもなりにけり。さりぬべきさまにおぼしゆるしてよ」と、まめやかに聞こえたまふをりをりあるを、「あるまじくつらき御ことなり。みづから深き本意《ほい》あることなれど、とまりてさうざうしくおぼえたまひ、ある世に変らむ御ありさまの、うしろめたさによりこそながらふれ。つひにそのこととげなむのちに、ともかくもおぼしなれ」などのみ、さまたげきこえたまふ。

与謝野晶子

明治時代までは、源氏物語を読みたい人は十七世紀に世に出た注釈書『湖月抄』（北村季吟）などを入手して原文で読んでいました。現代語訳の先鞭をつけたのは歌人の与謝野晶子でした。平成・令和に至る源氏物語現代語訳の先駆けとして、その功績は大です。

晶子の現代語訳は明治の末期に始められ、初回は全訳ではなく部分的にあらすじのような訳でした。明治四十五年から刊行されました。これとは別に、源氏物語を講義するための膨大な草稿を大正時代に作りましたが、関東大震災による火災でほとんどすべてを失いました。その後で、評論・歌集の刊行や多くの子を抱えた生活のかたわら全訳を成し遂げた忍耐力は、敬服に値します。その『新新訳源氏物語』が昭和十三から十四（一九三八～三九）年に刊行され、私たちはこれを今、読むことができます。私も高校時代に初めて読んだ源氏物語が、晶子による角川文庫版の分厚い三冊でした。現在は角川文庫版の全五巻の新装版が読めます。

晶子の現代語訳の最大の特徴は意訳であることと、一番古いにもかかわらず文章が非常に近代的で歯切れがよいことです。その点、次の谷崎潤一郎訳とは対照的です。

昭和四十（一九六五）年の瀬戸内寂聴（当時は晴美）氏らとの対談で三島由紀夫は、次のように晶子訳を褒めています。

「……与謝野さんのは、これはぼくはたいへん好きで、というのは、とてもハイカラでね。女の人で、明治のブルー・ストッキングですからね。漢語をとても自由に駆使して、その漢語を使うことになにも抵抗がない。……与謝野訳のある意味の明治ハイカラ的要素で、とてもすぐれていますね。じつに入りやすく、のみならず、漢語からくるエレガンスがあるので……。」

（『批評集成 源氏物語 第三巻』ゆまに書房より抜粋）

歌人であり古語を普通に使いこなす人だったためか、源氏物語の中の和歌は一切、現代語訳をしておらず、この点は現代の読者にとっては和歌の飛ばし読みにつながりかねず、もったいないと思います。その一方で、帖ごとに一首ずつ、その帖の内容・情緒を凝縮した和歌を創作して掲載しており、晶子ファンならずともこれを味わう楽しみがあります。

最も権威のある注釈書の一つである『湖月抄』の解釈を批判している点に、自分の古典力への自信が窺えます。その後の国文学の研究成果などから見ると、晶子の訳には誤りもあると言われることがありますが、それを考慮に入れても、「自由訳」とも呼ばれる晶子訳の値打ちは今も大きいと思います。

また、晶子は紫式部が書いたのは第一部（三十三番目の帖「藤裏葉」まで）で、第二部の「若菜」以降は娘の大弐三位《だいにのさんみ》によると考えていました。

また、晶子の全訳はネット上の「青空文庫」で帖ごとに公開されていて自由に読めます。

以下、原文の二つの共通部分の晶子訳を引用します。

（一）　もう月が落ちたのか、寂しい色に変わっている空をながめながら、自身の真実の認められないことで歎《なげ》く源氏を見ては、御息所の積もり積もった恨めしさも消えていくことであろうと見えた。ようやくあきらめができた今になって、また動揺することになってはならない危険な会見を避けていたのであるが、予感したとおりに御息所の心はかき乱されてしまった。

（二）「もう私はこうした出入りの多い住居《すまい》から退きまして、静かな信仰生活がしたいと思います。人生とはこんなものということも経験してしまったような年齢《とし》にもなっているのですもの、もう尼になることを許してくださいませんか」
と、時々まじめに院へお話しするのであるが、

「もってのほかですよ。そんな恨めしいことをあなたは思うのですか。それは私自身が実行したいことなのだが、あなたがあとに残って寂しく思ったり、私といっしょにいる時と違った世間の態度を悲しく感じたりすることになってはという気がかりがあるために現状のままでいるだけなのですよ。それでもいつか私の実行の日が来るでしょう、あなたはそのあとのことになさい」

などとばかり院はお言いになって、夫人の志を妨げておいでになった。

谷崎潤一郎

文豪・谷崎は生涯に三度、源氏物語を現代語に訳しました。最初のものは日中戦争から太平洋戦争開戦にかけての昭和十年代に発表されました。そういう時代だったため、谷崎

は、時局を意識して源氏と藤壺の密通の場面や、その子である冷泉帝が即位したことなどを自主的にカットしました。谷崎は当時「筋の根幹を成すものではなく、その悉くを抹殺し去つても、全体の物語の発展には殆ど影響がないと云つてよく……」と弁じていましたが、その言葉通りではないことは明らかだと思います。

戦後、カットした部分を復活させて昭和二十六から二十八（一九五一～五三）年に刊行したのが『潤一郎新訳源氏物語』です。さらに、全体に改訂し、新仮名遣いなどにした『潤一郎新々訳源氏物語』が現在文庫などで読めるもので、谷崎の死亡直後の昭和四十（一九六五）年に全巻そろいました。現在の中公文庫版各巻の裏表紙に載っている推薦文で、川端康成は「彫琢三十年、推敲に推敲を重ねた完璧な現代語訳といえよう」と絶賛し、小説家で詩人の福永武彦も「『源氏物語』に関する限りほとんど決定的な名訳だと思う」と記しています。

谷崎訳の特徴については、最初に訳したときの本人の補足説明を二か所引用します。

……原文に盛られてある文学的香気をそつくりそのまま、とは行かない迄も、出来るだけ毀損しないで現代文に書き直さうと試みたものであつて、そのためには、原文の持つ含蓄と云ふか、余情と云ふか、十のものを七分ぐらゐにしか云はない表現法を、なるべく踏襲するやうにした。……

……此の書はそれ自身独立した作品として味はふべきもので、原文と対照して読むためのものではないのだけれども、しかしそのことは、原文と懸け離れた自由奔放な意訳がしてあるとか、原作者の主観を無視して私のものにしてしまつてあるとか云ふやうな意味では、決してない。……

（『批評集成 源氏物語 第五巻』ゆまに書房より）

この特徴は、「新々訳」まで概ね受け継がれています。訳文自体は現代文ですが、主語の省略はそのままで敬語や場面の状況で主体を表現していますし、嫋々たる長い文章も短くしていません。その点でやはり一気読みするには適していないかもしれません。ただ、本人の説明の通り、原文の纏綿たる情緒を活かし、書かれた当時を偲ばせる香り高い文章です。別の現代語訳を読んだあと二度目に選ぶのもよいかと思います。

谷崎訳の源氏物語は現在、中公文庫の五冊で読めます。比べるための共通箇所の引用は以下の通りです。

（一）　月もはいったのでしょうか。物哀れな空を眺めつつかき口説《くど》き給うので、長い年月の間、取り集めて怺《こら》えていらしった怨《うら》めしさも消えたことでしょう。ようようのことで、もうこれ限りとあきらめていらっしゃいましたものを、さればこそ逢《あ》わない方がよかったのだと、かえって心がぐらついていろいろにお迷いになるのです。

(二)「今はこういうざわざわした暮しを止《や》めて、心静かに行いをしたいと思います。この世はこれだけのものだということが、分ったような心地のする年にもなりました。どうかもっともだと思し召して許して下さいまし」と、本気で仰せになるおりおりもありますのを、「そんな情《つれ》ないおっしゃりようがありましょうか。私にしても深い出家の志はありながら、後であなたがお寂しくはないであろうか、今までとは打って変った境涯《きょうがい》になられはしないかと、その心配に引かされればこそこうしているのです。私が本懐を遂げるのを待って、どのようにでもなさるのがいい」などとばかり仰せなされて、お止めになっていらっしゃいます。

円地文子

作家の円地文子が源氏物語の現代語訳に取り組んだのは昭和四十二(一九六七)年からで、六年がかりで完成させました。その間、体調を崩して二、三回入院したほか、網膜剥離で右眼を失明しかけて三か月以上中断したことを自ら現代語訳の序文で記しています。

円地源氏の特色はいくつかあります。本人は序文で次のように述べています。

> 今度の訳には、和歌の極く簡単な意訳を頁の端に入れただけで、頭注を一切施さなかった。古典という重苦しい衣裳《いしょう》を取り捨てて、並みの小説を読むような気持で、読者にこの本のページを繰ってほしかったのである。
>
> (円地文子訳『源氏物語 巻一』新潮文庫より)

このほか、作者の原文ではぼかしている登場人物の男女の山場の心情を書き足した箇所があることも特徴で、自ら次のように明かしています。

> 桐壺の更衣、光源氏、藤壺の宮、六条の御息所《みやすどころ》、空《うつ》蝉《せみ》などの内部に立ち入って、本文では美しい紗膜《さまく》のうちに朧《おぼ》ろに霧りかすんでいる部分に照明を与えているのは、私自身が『源氏』を読んでいるうちに自然にそこまでふくらんでいかなければならなかった止《や》むを得ない膨張なのであって、こうした加筆を古典に対する礼を失し

た態度と見る読者もあるかも知れない。しかし、私は、奇を衒《てら》ったり、原作を歪曲《わいきょく》したりするためにこの加筆を行なったのではない。『源氏』を読んでいる間に、それらの部分に来ると、いつも憑《つ》かれたように自分のうちに湧《わ》き立ち、溢《あふ》れたぎり、やがて静かに原文の中に吸収されてゆく情感をそのまま言葉に移して溶かし入れなければいられないままにそうしたのである。（同）

こうした訳し方について瀬戸内寂聴氏は「紫式部があえて書かなかったベッドシーンも事細《ことこま》かに描写を加えているのですが、それが原文の中に実に上手に織り込《こ》まれており、知らない人が読めば、最初から紫式部が書いているのかとも思えるほど面白いのです」と評価しています。（『寂聴源氏塾』集英社インターナショナルより）

また円地氏は、全訳によって得た独自の視点から源氏物語を多角的に論じた随想を『源氏物語私見』として新潮文庫などで世に出しました。大変含蓄に富んだ源氏物語論です。

共通の二か所の円地訳は以下の通りです。

（一）　月も山の端《は》に隠れてしまったのか、ものあわれに暗い空を眺めながら、君が恨んだり嘆いたり、かき口説かれるのをお聞きになっていると、御息所のお胸にはこの年月積りつもっていた恨めしさも、淡雪《あわゆき》のようにはかなく消えていってしまうようである。さんざん悩みぬいた末、ようやく今はと決心がついて諦めたつもりだったのに、やはり思っていたとおりであったと、君にお逢いになると女心は揺れ動いて、今更に思い乱れ給うのである。

（二）「もうこうした雑事にとり紛れて過すのではなくて、静かに仏道の修行に勤めたいと思います。浮世はこのようなものと大方分ったような気のする齢《とし》になりました。お気のすむような仕方でお許しになって下さいまし」

と出家を真面目にお願いになることが折々あるが、殿は、

「ゆめにもそんな情けないことを言って下さるな。私自身、昔から深く出家の志はありながら、あなたが後に残って淋しく思われよう、私のいない後にはどんな暮しをなさろうかと、それが気がかりなばかりに、こうしているのです。私が世を捨てて後にこそ、あなたもどのようにも考えて下さい」

などとばかりおとめになるのである。

田辺聖子

作家の田辺聖子の現代語訳『新源氏物語』は、昭和五十三から五十四（一九七八～七九）年に世に出ました。当初は『週刊朝日』の連載でした。そのユニークな意訳や加筆に惹かれた読者も多かったと思います。田辺氏自身が、自分の現代語訳では、源氏物語にはいろいろと飛躍があり、肝腎のシーンが脱落している箇所があるとして、作者があえて書かなかったりぼかしたりしたことを書き足したことを明かし、その際に心がけたことを書き残しています。

> ほんのひとこと、あるいは一行二行の示唆暗示から、何ページもの場面を書き埋める、というのは、あくまで原典の意図に添い、その香気を失なわず、物語の流れをかき乱すことないよう、そして面白さと品位を更に増幅するというていでなければならない。
>
> （田辺聖子『源氏紙風船』新潮文庫より）

このように、自分の現代語訳は現代の小説にしてみるための「私訳」だという考え方を記しています。

田辺訳の源氏物語の最初は「眠られぬ夏の夜の空蝉の巻」というタイトルが付けられています。冒頭の「桐壺」の帖はほとんど省略し、最初の巻の中に「桐壺」のごく簡単な要点と、通常の「帚木」「空蝉」の帖に当たる源氏と空蝉とのできごとが再構成されています。「新源氏物語」としていったん第二部最後の「幻」までを訳し終えてから、平成二（一九九〇）年に宇治十帖を中心に『霧ふかき宇治の恋』として続編の訳を出したのも特徴です。現在は合わせて全五巻の『新源氏物語』として新潮文庫で読めます。

田辺氏は、源氏物語という「小説」を象徴する人物は朧月夜だと記しています。こうした読み方の結果、源氏が四十歳の老境になって十五年ぶりに朧月夜と一夜を過ごす場面については特に大幅な加筆をして訳しています。確かに物語のなかでも屈指の、情感あふれる場面で、田辺訳は一読に値します。第三章の朧月夜についての項に引用しました。

ほかにも、原文で省略または簡単な書き方になっている、源氏の正妻の葵の上が病死する直前にいつになく夫婦として心を通い合わせる場面（「葵」）、源氏と藤壺の逢瀬（「若紫」および「賢木」）、源氏と最後まで距離を置き続けた朝顔の君が源氏に対して抱いた心情、玉鬘への求婚者が多いなかでダークホース的存在だった髭黒が玉鬘と結婚する経緯などについても、独自の「私訳」になっています。最後に挙げた髭黒と玉鬘の結婚の場面は本書第七章第五節で引用しました。

各訳共通の箇所の現代語訳は以下の通りです。

（一）「……さあ、月も落ちましたわ。やがて夜があけます」
それでも青年は恋人の軀《からだ》を離すことはできなかった。二度と恋人として逢う日がないとは信じられなかった。愛の日が終ったとは思いたくなかった。今は源氏の方が、御息所に執心して焦《こ》がれていた。

「あの昔の恋の日々を、まぼろしにしないでくれ」

青年は悲鳴のようにいった。この美女の中の美女、よき趣味人であり、当代きっての教養ある淑女、気位たかき貴婦人、愛執が凝《こ》って物の怪となるまで青年を恋してくれた女《ひと》、その人を失うというのは、一つの世界が潰《つぶ》れるようにも、青年には思われた。

「さようならは、おっしゃらないで下さいまし」

御息所は低く哀願した。

「それから、お帰りのとき、こちらをお振り向きあそばさないで下さいまし。いつものように、明日か明後日とおっしゃって下さいまし……明日か明後日、また来る、と」

御息所はほそい指に力をこめ、青年の軀にすがっていた。

「さよならという言葉を、あなたからうかがうのが辛《つら》くて怖くて、わたくしはおびえておりました。こんなになった今も、その言葉をおそれております……」

御息所の胸から、この年月、つもりつもった恋のうらみは消えていた。青年の真率《しんそつ》な悲しみと懊悩《おうのう》をみると彼へのうらみつらみも溶けた。その代り、別れの決意もゆらぐようで、彼女は思いみだれ、よろめいた。

（大幅に書き足して意訳しているため、ほぼ該当部分と思われる箇所を引用しました）

（二）「わたくしも年のせいかしら、こう、ざわざわした住《す》居《ま》《い》が疲れました。静かに仏の道を修行したくなりました。たいていのことは見尽くした気もする年になったのですもの。どうか、お許し下さいまし」
紫の上は、三十八になるのだった。源氏はすでに四十六である。紫の上は微笑んでいるが、真摯《しんし》な願いだということは源氏にもわかった。それだけに源氏は恨みがましい辛い気持を抑えられなかった。

「ほかならぬあなたの頼みだが、こればかりはきけない。よくそんなむごいことを」

源氏は顔色も変る気がした。紫の上の手を取って、

「私を捨てて出家《しゅつけ》する、とあなたはいうのかね？　情けない。そんなことができると、あなたは思うのか。私こそ年来、出家の志があったが、あなたがあとに残されてどんなに淋しがるだろうかと、昨日に変る不如意《ふにょい》な暮ら

しをしはしまいかと、それが気がかりで、こうして世に生きているのですよ。私が出家したあとなら、あなたもどうにでも考えるままにすればよいが、いまはまだいけない……」

と、必死にとめるのであった。

瀬戸内寂聴

瀬戸内寂聴氏が、源氏物語の現代語訳に取りかかったのは平成四（一九九二）年、七十歳のときでした。六年を費やして平成十（一九九八）年に全訳十巻が完成しました。現代語訳をした理由について、「世界に誇る日本の最高の文化遺産を、日本全国の人々に読んでほしいという一心から」と記しています。（『寂聴源氏塾』集英社インターナショナルより）

瀬戸内訳の源氏物語は、様々な版を合計するとこれまでに四百万部を超えるミリオンセラーになりました。現代語訳に加え、全国十九か所での展覧会のほか講演会やサイン会で各地を飛び回りました。古典を読む人が少なくなっている現代に、源氏物語の魅力を伝えた最大の貢献者と言ってもよいと思います。その後「これだけ多くの人々に浸透したことを見届けてから死んでいけるのは、自分としては非常に幸せなこと」と八十六歳のときに書いています。（田辺聖子との共著『小説一途 ふたりの「源氏物語」』角川学芸出版より）

瀬戸内訳の特徴は、大変読みやすく、わかりやすいことです。訳の方針について自ら次のように書き残しています。

訳にあたっては、毛糸のようにもつれている源氏物語の長い文章のところどころにハサミを入れ、また主語もくどいほどに追加しました。また、源氏物語にかぎらず、古典の文章には敬語が多用されているのですが、これは読みやすく省略することにしました。しかし、それ以外は原文にできるかぎり忠実に訳しています。

（『寂聴源氏塾』より）

もう一つの特徴は、物語の中で八百首近く創作されている和歌を、現代文の五行詩に訳したことです。源氏物語で和歌は、登場人物の会話や地の文では表現しきれない微妙な心情を表したり、人物の人柄を象徴したりしますので、読み飛ばすのは惜しいことです。瀬戸内訳の五行詩は、和歌の情感を残しながら内容を理解できます。

瀬戸内氏は、五十一歳のときに自分が出家したことで源氏物語の読み方が変わったと記しています。たとえば、それまでは登場人物の中で光源氏に最も愛された紫の上が一番幸せだと思っていたのが、最も不幸だと思うようになったそうです。また、物語最後のヒロイン・浮舟が出家する際の儀式が細かく記され、自分の出家の儀式と驚くほど一致していると して、物語第三部の宇治十帖は作者の紫式部自身が宮仕えを 終えて出家してから書いたのではないかという見方を記して います。

このほか瀬戸内訳では、各巻の巻末に付いている「源氏の しおり」という詳しい解説で、掲載されているそれぞれの帖 のあらすじや自身の読み方、名場面などをわかりやすく記し ていて、とても参考になります。各巻末には「語句解釈」と して、本文を理解するための注釈に当たる言葉や表現の説明 も五十音順に記されており、辞典のように引くことができま す。

瀬戸内訳は、講談社文庫の十巻で読むことができます。物 語の名場面を五百頁ほどの一冊に再編集した『寂聴 源氏物 語』（講談社）も二〇二三年に刊行され、全体を摑むのに便利 です。このほか瀬戸内氏は、源氏物語について多数のエッセ イのほか、物語に書かれていない源氏と藤壺との最初の逢瀬 を小説として創作した『藤壺』（講談社）や、浮舟の出家か ら着想して新作の能にもなった小説『髪』（新潮社）も著して います。

共通の二か所の瀬戸内訳です。

（一）月も入ったのでしょうか。物思いをそそる空を眺めな がら、源氏の君が切々とかき口説かれるのをお聞きに なっていると、御息所は、この年月お胸にたまりにた まっていらっしゃった恨みも、お辛さも、たちまち消え はててしまわれたことでしょう。さんざん悩みぬかれた 末に、ようやく今度こそはと、未練を断ち切っておしま いになったのに、やはり、お逢いすれば、予感した通 り、かえって決心も鈍って、お心が乱れ迷うのでした。

（二）「もうこれからは、こんなありふれた俗な暮しではな く、心静かにお勤めもしたいと思います。この世はもう この程度のものと、すっかり見極めたような気のする年 齢にもなってしまいました。どうかわたしの願いをお聞 き入れになって、出家をお許し下さいませ」

と、真剣な表情でお願いする折々もあります。源氏の 院は、

「とんでもない辛いことをおっしゃる。出家は、わたし こそ前から深く望んでいることなのに、後に残されたあ なたが淋しくなるだろうし、いままでとは打って変わっ た御境涯《きょうがい》になられはしないかと、その御様子が心配で ならないからこそ、出家できないでいるのですよ。わた しがいつか本懐《ほんかい》を遂《と》げた暁《あかつき》には、あなたのお好きなよ うになさればいい」

とばかりおっしゃって、いつも反対なさるのでした。

林望

作家で国文学者の林望氏による現代語訳は二〇一三年に全十巻で完結しました。その後、部分的な改訂が行われ、現在は祥伝社文庫『謹訳 源氏物語 改訂新修』全十巻で読むことができます。

林氏の現代語訳の四つの特徴として本人の説明を引用します。

〔一〕……語り手を老女房とするのをやめて、ニュートラルな「小説の語り手」とし、地の文では原則として登場人物への敬語遣いは廃した。ただし、帝にだけは、あまり打ち付けな書き方は却って不自然に聞こえるので、最小限に現代語の敬語を用いて書くことにしたのである。いっぽう、会話文の中では、敬語の無いのは不自然ゆえできるだけ原文の敬語表現に近づけるようにしたが、それでも現代文として不自然でない程度まで簡略化してある。

〔二〕……長文は適宜いくつかの短い文章に切り直し、ときには前後文節を入れ替えるなどして、誤解の生じないように、極力明確に文意が辿れるように配慮した。

〔三〕……頭注・補注などは原則的につけないことにした。それはひとえに読者がすらすらと読んでいけるように、いちいち上の注釈や巻末の補注やらを参照しながら読んだのでは読書の興を殺《そ》ぐと考えるからである。……また、文中にごく省略して引用してある和歌、催馬楽《さいばら》、漢詩句などは、原則的にすべて現代語訳を付して明記し、訳文中に溶け込ませることとした。

〔四〕こうした物語は、貴族社会の同じ生活・教養を共有する人たちの間で書かれ、享受された。そこで、言わでも分かることは省いて書かないのが当たり前であった。……その省略された「共通理解事項」を、あえて補綴《ほてい》明記することにした。

（林望『謹訳 源氏物語 改訂新修 十巻』より）

これらの特徴のうち、私は個人的には、深く味わうために必要な補足情報は訳文の分量が多くなっても現代語訳の文章に入れ込むという、三つ目・四つ目の工夫が読んでいて得るものが多いと感じました。また、一つ目の語り言葉の訳し方は、千年前の宮中の女房が語るかのような調子を残した谷崎訳とはかなり印象が異なります。

現代語訳した物語の場面が変わるたびに訳者による小見出しが付いているのも便利でわかりやすい表示です。たとえば、各訳で共通部分として引用している二つ目の箇所には、「紫上、出家を願う」という小見出しが太字で付いています。探したい箇所を見つける手がかりになります。

林望氏が全訳を成し遂げた後、特にお奨めの名場面の魅力を読み解き、源氏物語の味わい方を解説した『源氏物語の楽しみかた』(祥伝社新書)も出版されています。この中で林氏は、瀬戸内氏の読み方とは少し違い、紫の上の人生が幸せだった面を強調しているほか、その臨終の場面(「御法」の帖)などが屈指の名文だとして、特に心を込めて訳したことを記しています。

共通部分の林訳を二か所引用します。

(一) 月も山の端《は》に沈み果てたのであろうか、いつしか廂の間に忍び入った源氏が、しんみりとした空を眺《なが》めながら、思いの丈《たけ》、別れの辛《つら》さなどをかきくどくのを聞けば、女心のうちにぎっしりとつまっていた恨めしさも消えたことであろう。
いや、せっかくこうして、源氏との縁《えん》も今を限りと思い切ったというのに、やはり逢えばこんなことだったと、生半可に心が動いてしまったのを、御息所は思い悩むのであった。

(二) 「今は、こんなありきたりの暮らしではなくて、心を鎮《しず》めて勤行専一《ごんぎょうせんいつ》に過ごしたいと、そう思います。この世は、おおかたこんなものと、見定めのつくような気のする歳になってしまいましたものね。どうぞ、この出家の素志《そし》をお見許《みゆる》しくださいませ」
と、それはそれは真剣そのものの表情で言う。

源氏は、胸打たれる思いで、

「それは、とても考えられぬ辛いことを仰せだ。いや、私のほうこそ、もとより遁世《とんせい》の願いは深いのだが、ただ、世を捨ててしまったら、そなたがさぞ寂しい思いをされるだろう……ご生活も今までとはまったく一変せざるを得ぬ。そうなると、私はそなたのことが気掛かりでならぬゆえに、こうしていままで俗世を捨てずに我慢しているのだよ。だから、私のほうがまず、その出家の素志を遂げての後に、どうなりとお考えになったらよろしい……」

と、そんなふうに、同意せぬ旨をのみ語り聞かせる。

角田光代

作家の角田光代氏の訳は、地の文の敬語をほぼ省略した歯切れのよい文章で、内容もわかりやすく、一気に読みやすいという特長があります。最初は河出書房新社の『日本文学全集』の三冊として二〇一七年から二〇二〇年にかけて出版された後、一部加筆・修正して二〇二三年から二四年にかけて河出文庫の計八巻が刊行されて求めやすくなっていますので、初めて全巻を通して読みたい方にはお奨めしたい訳の一つです。

角田氏は自分の現代語訳について次のように記しています。

……古典文学ファンならいざ知らず、そうでない人間にとっては「読むぞ」というひとつの覚悟がいるのはたしかだと思う。でもきっと、長編小説というとらえかたでなければ浮かび上がってこないものがある。そしてもしかしたら、それをつかまえるには、ある程度短期間でワーッと読まないといけないのではないか。……ともかくばーっと駆け抜ける。

読みやすさの次に私が考えたのは、作者の声のことだ。自分が書いたものではない小説を、自分の言葉に置き換えるとき、できるだけ私はそこから聞こえてくる声に文章を合わせようと思っている。今回も、作者の声に耳をすませて、それに忠実に書きたいと思った。

（角田訳・日本文学全集『源氏物語 上』「訳者あとがき」より）

引用の後半の考え方を具体的に反映させた角田訳の特徴は、「草子地」と呼ばれる語り手による批評や補足説明などのコメントだけは「です・ます」調の文体で訳したことで、源氏物語独特の「語り」の効果を高めています。

全集版の上・中・下各巻に掲載されている「訳者あとがき」も読みどころです。源氏が中高年の時期に当たる「玉鬘」から「幻」までの帖を収めた中巻のあとがきで角田氏は「この中巻では、ほとんどの人物が人間らしい。みな、悩み、迷い、弱さをさらけ出している。……この中巻「玉鬘」のあたりから、作者は「人」を描きはじめた、という印象を私は強く持つ。……そうして気づいたのである。この作者は、負の感情、弱さや迷いや苦しみを書くときに、筆がずば抜けて生き生きしている、と。……まさにこの作者自身が、悩み苦しんでいる姿こそ人間の本質だと（書きながら）思ったのではないか」と記しています。また物語第三部にあたる下巻のあとがきでは次のように結論づけています。

……下巻に登場する男性は、みんな揃《そろ》って勘違いも甚《はなは》だしいところがある。先に書いたように、彼らは女性の心を読もうとして読み違え、その思い違いは加速度的にふくらみながら悲劇へと向かう。……
最後に登場する浮舟だけが、人間たちに翻弄されながら、だれを頼ることもせず、個、自分自身を獲得していく。……彼女には選択肢があり、選択する自由がある。この物語の続きを――浮舟の行末を思い描くことで、この長い物語は私たち読み手、それぞれのものになる。

また、国文学者の藤原克己氏は「角田訳は速度感がすばらしく、それは「浮舟」の帖あたりでもっとも目覚ましく発揮されている。角田光代がこれを古典でも古文でも名作でもなく、小説として訳しているからだ」と評しています。

角田訳による共通部分二か所は以下のようになっています。

(一) 月も山の端に入ってしまったのか、ものさみしい空を眺めて思いの丈を話す光君に、女君の内に積もり積もった恨みも消えていくようだ。ようやく今度こそはと未練を断ち切ったのに、やはり思っていた通り逢ってしまえば決心が鈍り、心に迷いが生じるのであった。

(二) 「これからはこうした成り行きまかせの暮らしではなく、心静かに仏のお勤めをしたいと思います。世の中はこうしたものだという見極めもついた年齢にもなりました。どうぞそのようにすることをお許しください」と真剣にお願いすることもたびたびなのだが、

「とんでもなくひどい言いようではないか。私だって出家したいと深く願っているが、そうすれば後に残されたあなたがさみしい思いをし、今までとは打って変わった暮らしになるだろうと心配でならず、だからこうしているのだ。私がいつか望みを遂げた後ならば、どうとでもお決めになればいい」と、光君は決まって反対するのである。

大塚ひかり

古典エッセイストの大塚ひかり氏は、現代の視点をまじえて源氏物語を読み解き、わかりやすく解説する本の執筆が多く、二〇〇八年から二〇〇九年にかけて成し遂げた全訳がちくま文庫の六巻で出版されました。

大塚氏の現代語訳には、初めて源氏物語を読む場合にも適した個性があると感じます。

訳者自身がその特徴として挙げているのは三つの点です。

一つ目は、原文を重視しながらもよくわかる現代語訳にするために、敬語をそのまま訳すのを抑えたことです。原文では敬語で関係性を示すことで主語を省略しているため、現代語訳では主語を補っています。原文のリズムを損なわないようにしながら、文字数が極端に多くならないように努めたとのことです。

二つ目の工夫は、現代語訳の中に逐次、〈ひかりナビ〉と名付けた解説コーナーを設けていることです。引用している和歌の説明や、直接は書かれていない登場人物の心理、伏線としての効果など、訳文を読むだけでは把握しにくい読み方を、古典の知識のない読者にも理解できるように解説していて便利です。

三つ目の特徴は、注目すべき原文の表現を、現代語訳の本文または前記のナビのコーナーで〃　〃の記号で随時引用することで、部分的に原文も味わえるようにしていることです。

大塚訳による共通部分の二か所は次のように訳されています。

(一)　〃月〃も〃山〃に入ってしまったのか、胸打つ空をながめては、恋の恨みを訴えるので、御息所は積もり積もった辛さも消えてしまいそうです。「ようやく、これで最後」と諦めたのに、案の定、かえって決意が揺らいで思い乱れます。[*1]

(二)　「今はこんなありふれた暮らしではなくて、静かに仏のお勤めをも、と思って……。私の人生もこのていどと見届けた気がする年齢にもなってしまったし。どうかそのように許していただきたいの」と真剣に申される折々があるのですが、六条の院は、「とんでもない。なんて薄情なことを。私だって出家はしたくてたまらないのに、あとに残されるあなたが寂しく思うだろうし、どんなにあなたの身の上も変わってしまわれるかと、それが心配だからこそ、とどまっているのに。そういうことを考えるのは、私が出家を遂げてからにしてほしい」などとばかりおっしゃって、妨げています。[*2]

これら二か所の現代語訳の後に、大塚訳の特徴である〈ひかりナビ〉では以下のように解説しています。該当部分を抜粋で紹介します。

＊1について　〈「〃月〃も〃山〃に入ってしまった」とは、月＝源氏が山＝御息所の中に入った、つまりセックスし

たことを表すのでしょう。直後、御息所の決意が揺らいだと描かれるゆえんです。手に入らぬ距離になると惜しくなって、すがる源氏の男心は残酷です。しかしそれにほだされては同じことの繰り返し。御息所は気丈にこらえて伊勢下向を決意します。気持ちが高ぶるにつれ、御息所が〝女〟の一語で表されることにより、源氏の前で、身分も立場も超えた生身の女になっていくことが浮き彫りにされます。……〉

＊2について　〈……紫の上は、〝かうおほぞうの住まひならで〟と、出家を希望する。こんな、いい加減な、愛人としての暮らしは嫌、尼となって静かに暮らしたい。ということは、源氏とも男女の関係はなくなるわけで、実質的な離婚を申し出たも同然。源氏は、阻止します。すると、紫の上はそれ以上、我を張ることはできない。出家するにも財力がいる。強い後ろ盾のない紫の上は、どこまでも源氏に頼らなくてはなりません。誰にも相談せず、いきなり出家した藤壺のようにはいかないのです〉

源氏物語は、このほかにも研究者、歌人、作家などによる多くの現代語訳があります。

変わったものとしては、およそ百年前に初めて英語でほぼ全文を翻訳したイギリスの東洋史学者アーサー・ウェイリーの源氏物語を日本語に訳し直した『A・ウェイリー版 源氏物語 毬矢まりえ＋森山恵姉妹訳』が二〇一九年に左右社から出版されています。

毬矢《まりや》氏達姉妹は、哲学者のヘーゲルによる歴史は螺旋的な発展を遂げているという考え方からこの訳を「らせん訳」と呼んでいます。登場人物の名前はカタカナ表記にし、「カーテン」に「御簾」というルビを付けるなどルビに独自の工夫をこらしています。

このA・ウェイリー版からも、二か所に当たると見られる訳を引用してみます。

（一）月は沈み、星の輝く空は静かで清らかです。幾度も言葉を途切らせては夜空を見上げ、ゲンジはついに、心に重くのし掛かっていた事を話し出しました。しかし口に出した途端、幾週間も積もり積もっていた苦い想いは溶け、消え去ります。ロクジョウはイセへの準備を整えながら、少しずつ、ゲンジのことを忘れられるようになっていたのです。でもその平穏も一瞬にして脆《もろ》くも崩れ、ゲンジが行かないでくれと懇願するのを耳にすると、胸は苦しく、思いは乱れます。

（二）「誰にも邪魔されずにお祈りに励める、もっと静かな場所に住みたいのです。この世に楽しみなど、ない歳になりましたもの。来世への準備のために時間を使うべきでしょう」

それに対してゲンジは、もうすぐわたしも宮廷を去るつもりです。いえ、もしあなたを一人にしてしまう心配がなければ、とうの昔にそうしていたのですよ、といつも宥《なだ》めるのでした。

「あなたがいなければ、ここでの生活はとても耐えられない。わたしが誓願を立てるまで、待ってくださいませんか?」

第二節　原文チャレンジの方法

これまでも記した通り、源氏物語の原文を読むには大きなハードルがあります。それでも、現代語訳を読んでこの文学作品の虜《とりこ》になると、原文ならではの味わい深い古文の表現に触れてみたくなる方もいると思います。その方法について私自身の経験などから記します。

源氏物語の原文で比較的入手あるいは利用しやすいものを順不同で記します。

《文庫版》

①岩波文庫　山岸徳平校注　『源氏物語』全六巻

②岩波文庫　柳井滋ほか校注　『源氏物語』全九巻

③角川ソフィア文庫　玉上琢彌校注　『源氏物語』全十巻

《全集版》

④新潮日本古典集成　『源氏物語』石田穣二・清水好子校注　全八巻

⑤小学館　日本古典文学全集　『源氏物語』阿部秋生ほか校注　全六巻

⑥岩波書店　新日本古典文学大系　『源氏物語』柳井滋ほか校注　全五巻

このうち⑥は②で文庫化されましたので、それ以外の特徴や利点について私の知るところを紹介します。

私自身は二十年ほど前に①で読みました。①は原文で省略されている主語などが本文の右傍らに少し小さい字で補ってあり、その点は助けられます。書かれた当時の風習や官職のような制度的な専門用語、和歌・漢詩の出典などについては本文の頁ではなくまとめて巻末に「注」として説明があり、これをその都度確認していると進まないので十分に注を読むことはありませんでした。ときどき古語辞典を引きましたが、それでも意味がとれない箇所がもちろん多く、手元に瀬戸内寂聴氏の現代語訳を置いて、参照しながら原文を読み進みました。

②は文庫本の見開きの右頁に原文、左頁にていねいな注釈が記されているスタイルです。省略されている主語の補足は原文の傍らにはなく、原文に付けられているのはルビと注番号だけです。その代わり左頁の注釈の説明は、原文のわかりにくい箇所は部分的な現代語訳の形になっていたり、①と同様に、古語の説明が簡潔に記されたりしています。また、②で便利なのは概ね一、二頁ごとに内容についてのごく簡単な小見出しが帖の中での通し番号と共に付けられ、小見出しの付いた段落ごとに一、二行で記したあらすじが帖の冒頭に順に記載されています。このため、帖の冒頭の一連の小見出しごとの文章を通して読むと帖全体のあらすじがわかります。たとえば十四番目の帖の「澪標《みおつくし》」の21番の小見出しは「御息所の死」で、帖の冒頭の一行のあらすじには「御息所の病状悪化して、源氏、御息所邸を辞去。七、八日後に御息所亡くなる」と記されています。このため、小見出しや帖冒頭のあらすじを読むことにより、原文の読みたい箇所を見つける手がかりになります。なお、①・②は全訳は載っていません。

③は源氏物語研究の権威で谷崎訳の監修にも関わり一九九六年に亡くなった玉上琢彌氏によるもので、原文・脚注に加えて現代語訳が掲載されている点が便利です。

④は私が全巻購入し、現在手元で日々利用しています。全集版にしてはコンパクトなサイズのため持ち歩く場合も苦になりません。市民向け公開講座を長い間続けている東洋大学の河地修名誉教授は、公開講座ではこの新潮日本古典集成を使いながら源氏物語の原文の味わい方を講義されているとのことで、原文を読むなら、と私にも奨めてくださいました。その最大の特徴であり利点なのは、本文の右脇にところどころ小さ目のセピア色（暗い赤）で付けられている「傍注」です。原文で省略されている主語を補ったり、古語の意味を説明したりしています。語句の説明は一語ずつよりも一連の単語によるフレーズに付けられていることが多く、これらの傍注によって古語辞典を引かなくても原文をたどる助けになります。一例を挙げると、源氏物語の一番冒頭の「桐壺」の帖の始まりの一文は、原文では以下のようになっています。

いづれの御時《おほむ》にか、女御《にようご》、更衣《かうい》あまたさぶらひたまひけるなかに、いとやむごとなき際《きは》にはあらぬが、すぐれて時めきたまふありけり。

（新潮「桐壺」）

傍注では、一つ目の傍線部分は「それ程高い身分ではなくて」、二つ目の傍線は「誰よりも時めいていられる方があった」と現代語訳が記されていますので、この文章の後半は傍注で理解できます。

傍注に加えて、各頁の上部、五分の二ぐらいのスペースに「頭注」があり、傍注では説明しきれない解説や参考情報、引用の出典など様々な補足情報を参照できます。帖ごとの冒頭には一頁ほどの帖のあらすじが記され、それぞれの巻末には系図や図版、あるいは本文で引用された重要な漢詩の全文などが掲載されています。

⑤の小学館の全集の一番の特徴は、注釈だけでなく現代語訳がほぼ原文と同じか近い頁にすべて載っていることです。このため、現代語訳と原文を互いに参照しながら読み進むにはこの全集で足ります。巻末の資料では系図や京都の地図などのほかに、物語のできごとを年表のように整理した「年立《としだて》」も巻ごとに掲載されていて理解を助けます。また、この日本古典文学全集は、オンラインによって国語辞典や百科事典などを検索できる「ジャパンナレッジ」という有料サービスのコンテンツに含まれています。私は本業の校正業のため、このジャパンナレッジの個人用を年間二万円余りの利用料で日々使っており、源氏物語についても小学館の全集を閲覧できるのは大変便利です。特に紙の書物にないこのオンラインサービスの最大のメリットは、パソコンで読めるだけでなく、詳細検索機能で語句を入力すると原文・現代語訳・頭注の検索までできることです。

原文の例として、古来、名文と言われるくだりや物語の重要な場面を三か所、新潮日本古典集成版から引用します。「賢木」より。源氏が六条御息所の住む嵯峨野の野宮へ別れを告げに訪ねて行く情景です。

遙《はる》けき野辺を分け入りたまふより、いとものあはれなり。秋の花みなおとろへつつ、浅茅《あさぢ》が原もかれがれなる虫の音《ね》に、松風すごく吹きあはせて、そのこととも聞き分かれぬほどに、ものの音《ね》ども絶《た》え絶《だ》え聞こえたる、いと艶《えん》なり。

「須磨」より。源氏が須磨に退居して一人で暮らし、秋になったときの景色の描写です。

須磨には、いとど心尽くしの秋風に、海はすこし遠けれど、行平《ゆきひら》の中納言の、関吹き越ゆると言ひけむ浦波、夜々《よるよる》はげにいと近く聞こえて、またなくあはれなるものは、かかる所の秋なりけり。御前《おまへ》にいと人少《ひとずく》なにて、うち休みわたれるに、ひとり目をさまして、枕をそばだてて四方《よも》の嵐《あらし》を聞きたまふに、波ただここもとに立ちくるここちして、涙落つともおぼえぬに、枕浮くばかりになりにけり。

「御法」より。紫の上が、自ら死期が近いことを悟り、可愛がっていた源氏の孫で五歳だった匂宮に対し、自分が死んだ後、花の季節に偲んでほしい気持ちを伝えた場面です。

「大人になりたまひなば、ここに住みたまひて、この対の前なる紅梅《こうばい》と桜とは、花のをりをりに、心とどめてもて遊びたまへ。さるべからむをりは、仏にもたてまつりたまへ」と聞こえたまへば、うちうなづきて、御顔をまもりて、涙のおつべかめれば、立ちておはしぬ。

原文を楽しんでみたいときに、その方法は人それぞれだと思いますが、現代語訳を読んで特に心に残った場面について、現代語訳と照らし合わせながら原文に当たるのが現実的でお奨めしたいやり方です。ついでに注釈を読むと、引用された和歌など過去の文学作品との関係といった背景を知ることができて、味わいが深まることもあります。

原文を写本で読み取るのは簡単ではありませんが、インターネット上には源氏物語の写本が掲載されています。たとえば大正大学が所蔵する室町時代の写本は大正大学図書館が運営する「ＯＨＤＡＩデジタルアーカイブス」のホームページで検索すると全巻がオンライン閲覧できますし、東京大学の所蔵する写本は「東京大学総合図書館　源氏物語」で検索すると同様に閲覧できます。

原文を読むためのツールとしての古語辞典などについて、自分の方法を参考に記します。

私が長年愛用している辞典は『岩波古語辞典 補訂版』で、一九九〇年に出版されたのと同じものが今も販売されています。編者の中心となった国語学者の大野晋氏（故人）は源氏物語の研究でも知られ、作者の紫式部の日記や和歌集から読み解いた見解を記した岩波現代文庫の『源氏物語』や、作家の丸谷才一氏との対談で源氏物語の読みどころを論じた『光る源氏の物語 上・下』（中公文庫）といった著書もあり、この古語辞典には源氏物語から採った用例も多数、掲載されています。唯一、やや使いにくい点だと感じたのは、動詞の語を見出し項目として掲載するときに終止形ではなく連用形で載せていることで、たとえば「まゐる」（参上する）という動詞はこの辞典では「まゐり（参り）」が見出しです。古文では動詞の六割は連用形で出てくるため、との判断だそうですが、慣れるのに少し時間がかかりました。

品詞の活用や「係り結び」などの古典文法を勉強し直したいと考える読者は少ないかもしれませんが、参考書として私は小西甚一著の『古文研究法』（昭和四〇年改訂版）を今も使っています。学習参考書の古典的名著として「ちくま学芸文庫」で復刊されていて購入できます。言葉や文法の理解だけでなく、平安時代などの社会や生活・宗教の知識、文学史についても行き届いたわかりやすい説明が貫かれ、全く色褪せずに今も役に立ちます。源氏物語など古典文学だけでなく、たとえば江戸時代までの「時刻」の表し方についての説明は、時代小説を読むときにもとても便利でした。

第三節　部分読みもＯＫ——読み方は無制限

現代語訳のそれぞれの特徴や、原文にチャレンジする方法について記してきましたが、そうは言うものの、膨大な分量の源氏物語の全文を読破するのは現代語訳であっても簡単ではないと感じる方が多いと思います。

昔からよく、冒頭から読み始めて全体の五分の一ぐらいに達した「須磨」の帖あたりで読むのを中断してしまうことを「須磨がえり」などと呼びます。これは、物語の最大の山場となる第二部の「若菜」の帖などを読まずに終わることのもったいなさを示していると思います。源氏物語は、初めから終わりまで通読することで、長編ならではの感動が得られる面がありますが、途中から読むとか、部分的に名場面だけ読むとか、あるいは名場面だけ現代語訳の全文・それ以外は別の本であらすじを把握しながら効率のよい「通読」をするなど、自由な読み方によって十分に楽しめる文学作品です。

以下はあくまで個人的な好みになりますが異論承知で書きます。

○部分読みをする場合、特にはずせない帖だとよく言われるのは、第一部では「葵」と次の「賢木」、第二部の「若菜上・下」（および次の「柏木」）、第三部では「浮舟」です。

○冒頭の「桐壺」をはじめ、有名な箇所を読みたければ「若紫」、「須磨」「明石」、第二部は最後の二つの帖、つまり紫の上の死を扱う「御法」と源氏の哀傷を記す「幻」でしょうか。第一部の「花宴」「澪標」「薄雲」もストーリーの重要なことが書かれています。

○登場人物に興味を持たれたら「帚木」「空蝉」、「夕顔」そして「玉鬘」からのいわゆる「玉鬘十帖」などを楽しむのもよいと思います。

○第三部の「宇治十帖」はやはり後で読むほうがよいような気がします。

○読むのを省略してよい候補は、書きにくいのですが第三部の冒頭の三帖（「匂宮」・「紅梅」・「竹河」）です。ほかに私は「末摘花」と後日譚の「蓬生」をつい飛ばしてしまいます。

最後に、もう一つお奨めの読み方は、特定の登場人物を対象にして、その人物が登場する場面をつなぎ合わせて読む方法です。源氏の相手となった女性など、登場人物の一生をたどることで、その生き方に思いを馳せたり作者の意図を推し量ったりすることができます。

このほか、本書でこれ以降、個別に取り上げる「読みどころ」に関心を持っていただけたならば、その箇所の現代語訳または原文を精読していただくという方法もあり、そのように本書を役立ててくださればありがたいと思います。資料編の「年立《としだて》」や巻末の登場人物索引もご活用ください。

第五章　紫式部と藤原道長——奇跡の文学作品が書けた理由

源氏物語には、本文そのものを味読することに加えて、紫式部がなぜこんなに傑出した文学作品を創作できたのかを考える楽しみがあります。

紫式部の本名はわかっていません。生まれた年は西暦九七〇年代と見られますが諸説あります。わからないことの多い式部の人生ですが、幸い本人が書き残した『紫式部日記』が残っていて、その性格や考え方を推測する手がかりになります。紫式部が源氏物語（の少なくともある程度の部分）を書いたこと自体、この日記の記述が根拠になっています。和歌を集めた家集の『紫式部集』もあります。源氏物語そのものの内容も参考にしながら、紫式部の人間像や、源氏物語を書いた経緯を考えてみたいと思います。

第一節　第一の読者と最大の協力者

源氏物語が書かれた背景の中で不可欠の人物は、藤原道長・一条天皇・中宮彰子《しょうし》の三人だと思います。そのことからまず記します。当時の歴史的事実と紫式部の年譜を並べた年表（202頁）も参照なさってください。

源氏物語が書かれた経緯《いきさつ》を直接証する記録は残っていませんが、物語執筆と重なる時期に作者が記した『紫式部日記』の内容や歴史的事実から、時の最高権力者・藤原道長が密接に関わったことは間違いありません。

『紫式部日記』には、道長の娘で一条天皇の中宮の彰子に女房として仕えた紫式部が、彰子の出産をはじめとして寛弘五から七（一〇〇八～一〇一〇）年の宮中のできごとを記しています。いわば業務として上司の道長の指示で公的な記録を残した日記だと見られます。ほかに同僚女房などへの論評や自らの鬱屈した思いといった私的な内容もあり、二面性があるのが特徴です。

日記には、源氏物語に関連する以下のことが書かれています。（角川ソフィア文庫・山本淳子氏訳注『紫式部日記』を参考にしました）

①寛弘五年十一月一日、紫式部は当代きっての文化人・藤原公任《きんとう》から「この辺りに若紫《わかむらさき》さんはお控えかな」と声をかけられたが「光源氏に似たような方もここにはお見えでないのに、まして私が紫の上だなんてとんでもない」と考えて答えなかった。

②同じころ、中宮彰子の前で物語の清書や製本のための作業が行われ、道長からは上質の紙や筆、墨、硯が提供された。（源氏物語のことかどうかは記さず）

③一条天皇が源氏物語を女房に朗読させて聞きながら、紫式部の漢文の素養を褒めた。（時期不明）

このうち①の記述は、源氏物語の帖「若紫」を含むある程度の部分が西暦一〇〇八年のこの時点ですでに成立し、貴族社会で読まれていたことの証拠となります。これにより二〇〇八年には源氏物語千年紀のイベントが京都を中心に行われ、十一月一日が「古典の日」と定められました。

図5の1　廬山寺にある紫式部像（京都市上京区）

次に②によって、当時きわめて高価だった紙や筆などの確保が道長の全面支援で行われたことが窺えます。日記には源氏物語のためだとは記されていませんが、道長にとってこの後記すように源氏物語の執筆が自らの政治的目的などから優先順位の高いプロジェクトだったことを考えますと、当然源氏物語の執筆を経費面でも道長が全面支援したと考えられます。

③の記述は、漢詩や和歌など文学への関心・見識が高かったとされる一条天皇が、源氏物語を愛読したと考えられる内容です。実際には手に取って読んだというよりも女房などに語らせるのを聴いた可能性があります。

次に、歴史的な事実経過をおさらいしてみます。道長が権力の頂点に立つことができたのは、氏の長者だった長兄の道隆や、もう一人の同腹の兄の道兼が長徳元（九九五）年に次々に病死したことと、自分の娘の彰子を一条天皇の后にして皇子を産ませ、外戚の地位を得るのに成功したことによると考えられています。これらに加えて、道隆の死後、最大のライバルとなった伊周《これちか》とその弟の隆家《たかいえ》が、退位していた花山院に対し女性問題にからんで矢を射かけたことで（長徳の変）、大宰府などに追放されたことも道長の追い風となりました。こうした過程で、一条天皇は道隆の娘の定子《ていし》を中宮にして大切にし、伊周の事件をきっかけに定子が出家した後も内裏に戻すなど溺愛しました。長保三（一〇〇一）年に定子が亡くなった後も喪失の哀しみから癒えない状態だったとされ、道長にとっては娘の彰子に一条天皇の関心と愛情を向けてもらうことが最大の課題でした。

そこで道長が、文名の高かった紫式部を彰子の後宮のレベル向上の切り札として女房に起用したと見られています。道長の目論見通りに彰子は第一子（のちの後一条天皇）を出産したことが、紫式部日記のトピックになっています。

これらの日記と史実から、紫式部が宮中に出仕しながら源氏物語を書いた主たる目的は、第一の読者として一条天皇と彰子に物語を楽しんでもらうことであり、執筆は公的・政治的な使命だったことが窺えます。源氏物語は帖ごとに書き上がり、一条天皇に彰子のもとに来てもらって女房が語るのを聴いてもらうことにより、訪れる機会を増やしたのではないかという見方があります。

道長と式部とのこうした相互依存関係について歴史学者の倉本一宏氏は「紫式部は道長の援助と後援がなければ『源氏物語』も『紫式部日記』も書けなかったのであるし、道長は紫式部の『源氏物語』執筆がなければ一条天皇を中宮彰子の許に引き留められなかったのである。道長家の栄華も、紫式部と『源氏物語』の賜物であると言えよう」と総括しています。（『紫式部と藤原道長』講談社現代新書より）

それと同時に、出仕の経験により紫式部は、宮中にいなければ知り得ない多くの事実を見聞きし、それらの見聞は源氏物語の構想やリアリティーを高めるために大きな効果をあげたと言えます。

和漢の歴史書や文学に精通した紫式部による大胆な物語は、漢籍や和歌に詳しい一条天皇を十分に楽しませたものと思われます。大胆なストーリーは過去の時代のフィクションとして天皇を驚かせ、物語の続きに目が離せなくなったのではないでしょうか。しかも物語の冒頭「桐壺」の帖で、帝が寵愛していた桐壺更衣《きりつぼのこうい》を亡くして哀しむくだりは、最愛の中宮定子を亡くした一条天皇の気持ちを慰める目的があったのではないかと、研究者の清水婦久子氏は記しています。（清水氏の角川選書『源氏物語の真相』より）

さらに、主人公の源氏の様々な恋愛体験と挫折、あるいは明石の君のように身分の低い女性の娘が実家の長い苦節を経て后になるといったできごとは、人生や社会の実情、とりわけ男女の恋愛や結婚の諸相を若い一条天皇や彰子に教える効果があったと考えられます。物語に白楽天などの漢詩を数多く引用したことは、彰子が漢籍を学ぶきっかけになり、一条天皇との会話を豊かなものにしたかもしれません。

摂関時代の歴史や政治的背景から源氏物語について考えるためには、一節を引用した倉本一宏氏の『紫式部と藤原道長』（講談社現代新書）のほか『藤原道長の権力と欲望　紫式部の時代』（文春新書）、国文学者の山本淳子氏の『道長ものがたり』（朝日選書）がわかりやすく参考になります。

第二節　道長との男女の関係はあったの？

源氏物語をめぐる協力関係に加えて、紫式部と道長の間に男女の関係があったのか否かについては識者の見方が対立しています。予備知識として二人の年齢を参考に記しますと、式部が彰子のもとに出仕して紫式部日記に道長の初孫の出産や源氏物語のことを記した寛弘五（一〇〇八）年の時点の二人の年齢は、道長が四十三歳、式部は仮に比較的有力な西暦九七三年生まれだと仮定すると七歳下の三十六歳ということになります。

国語学者の大野晋《すすむ》氏は、紫式部日記の内容を時系列で分析した結果、ある時期を境に明るく華やかな道長家への賛美から暗い心情に一変していると結論づけ、その原因は式部が道長との幸せな男女関係を失ったためではないかと推論しています。（『源氏物語』岩波現代文庫より）

また、瀬戸内寂聴氏は紫式部日記に書かれた以下の和歌のやりとりに注目し、男女の関係があったと推定しています。そのやりとりとは、夜に式部が休んでいた部屋の戸をたたく人がいたが、おそろしさに声も出さずに夜を明かした翌朝、

夜もすがら水鶏《くひな》よりけになくなくぞ真木の戸口に叩きわびつる

（戸を叩く音と似た鳴き声で水鶏はコンコン鳴くけれど、私はそれ以上に泣きながら、あなたの戸口を一晩中たたきあぐねていたのですよ）

という和歌を贈られたのに対し、

ただならじとばかり叩く水鶏ゆゑあけてはいかにくやしからまし

（この戸一つを、ただ事ではないというほどの叩き方でしたけれど、本当はほんの「とばかり」、つかの間の出来心でしょう？　そんな水鶏さんですもの、戸を開けたらどんなに後悔することになっていたやら）

と返歌したというものでした。（原文・訳は山本前掲書より）

瀬戸内氏は一つ目の和歌を道長の作と見て「道長のような男が一度や二度、戸を開けてもらえなかったからといって諦《あきら》めるとは思えません。おそらく、二日目か三日目かには

図5の2　ヒクイナ　戸を叩くような鳴き声から和歌で使われた水鶏はこの種と見られる（横浜市で撮影）

紫式部は道長を部屋に入れたことでしょう」と推測しています。（『寂聴源氏塾』より）

　これらの男女関係肯定説に対し、国文学研究者の今井源衛《げんえ》氏は、道長は当時既に左大臣で孫がいる年齢であり、夜這いをして恨みがましい和歌を贈るという無様な行為をするとは考えられないこと、体調も崩していたことなどの理由で男女関係は無かったと推定しています。倉本一宏氏は「歴史学者から見ると笑止千万な議論」（倉本氏前掲書）と断じ、古くは与謝野晶子も「取るに足らぬ無稽の説」（「紫式部新考」昭和三年初出）と切り捨てています。

　源氏物語を読んで私は、紫式部が女性だけでなく男の登場人物の心理をとてもリアルに書けていることに驚嘆しました。男女関係があったと見る瀬戸内氏は「式部は寝物語に道長の経験談をうまく聞き出して、物語に活かしたのではないか」と想像しています。逆に関係が無かったのが事実なら、紫式部は女友達あるいは夫で多くの女性との経験のある藤原宣孝や自分の弟から、男性心理について広く取材したのかもしれません。

　また、紫式部と道長との関係を推測するにあたっては、源氏物語のところどころで登場する「召人《めしうど》」という立場の女性も手がかりになるという見方があります。召人というのは、貴人の邸宅で主人に仕える女房のうち、男女の関係のあった女性を指します。「妾《しょう》」と呼ぶべき女性よりも立場は低く、ときには正妻も存在を認めるなど、社会的にもとやかく言われなかった男女関係だったことが窺われます。

　紫式部は当時の社会で階級や出自が人生を決定づけることを痛感していたでしょうから、仮に道長を恋愛の対象として意識したとしても、妻になるのではなく召人の立場しかありえないことを理解していたのではないかと思います。

召人についての源氏物語の読みどころについては第七章で詳しく記しますが、国文学者の木村朗子《さえこ》氏の『紫式部と男たち』（文春新書）に、興味深い指摘がありました。木村氏が注目したのは源氏物語で光源氏が最愛の伴侶だった紫の上を亡くした直後の傷心癒えない一年間を描いた「幻」の帖の一節です。源氏は正妻で出家した女三の宮の空気を読まない反応に不快を感じたり、明石の君とのやりとりにも救われぬ思いを抱いたりした一方で、長年召人として側《そば》に仕えてきた中将の君は源氏の哀しみを心底理解して心の通う時間を共にしているように描かれている場面です。木村氏の指摘をそのまま引用します。

紫の上の死後、光源氏はどの女君たちにも関心を失い、もはや男女の仲らいは誰とももっていなかった。そんななかで、ただ一人だけ光源氏が夜を共にする女がいた。それは紫の上に仕えていた女房の中将《ちゅうじょう》の君《きみ》である。光源氏の召人であったその人が、光源氏の最後の女になる。

『源氏物語』は光源氏の死を描かない。だから中将の君との愛に終わりはない。一人の召人との関係が永遠の愛を得て物語は完結するのである。それが道長の召人であった紫式部の答えなのである。（木村朗子・同書より）

紫式部のようになかなか本心をさらけ出さないタイプの作者が、自分の思いを作品に忍び込ませるかどうかはわかりませんが、物語に書かれた内容から作者の真意だけでなく謎の多い作者の人生そのものを想像するのは楽しいものです。

一方、紫式部日記を全訳するなど紫式部研究で知られる国文学者の山本淳子氏も、式部と道長との関係について「召人」をキーワードに分析しています。

山本氏は、紫式部が道長を想っていた形跡が紫式部日記や紫式部集から窺えると記しています。たとえば、式部の和歌を撰《えら》んだ紫式部集に、ある朝、邸の庭で式部と道長が二人で会い、道長から女郎花の花を渡されて和歌をやりとりしたくだりがあります。道長の和歌は「白露は　分きても置かじ女郎花　心からにや　色の染むらむ」というもので、下の句は「女郎花は、自分の美しくあろうとする心によって染まっているのだろうよ。お前も心がけ次第だ」、つまり「心ひとつで十分私の相手になれる」と誘っていると解釈できるというのです。

また、彰子が一条天皇との二人目の皇子を出産した後の寛弘七（一〇一〇）年正月の紫式部日記には、宴で酔った道長が彰子の御殿で二人の幼い宮が眠っているのを見て式部に声をかけ、自らの幸せを実感する感慨をもらした様子が記されており、山本氏は行間から、道長に仕える喜び、抑えきれない想いが匂い立ってくると指摘しています。

その上で山本氏は、二人の関係は一時的なものだったと推測して次のように記しています。

ただ、もしも二人の間に関係があったところで、それはかりそめのものだったろう。当時、主家の男性と男女関係にある女房を「召人《めしうど》」と呼んだが、紫式部は道長の召人にも及ばないものだったと思う。

源氏物語の中でたびたび光源氏の召人が登場することについては「紫式部は、「召人にもなれなかった女房」として召人たちの思いをすくい取り、物語に綴ったのではないだろうか」と分析しています。（いずれも山本淳子『道長ものがたり』朝日選書より）

私自身、式部と道長の関係の謎はどちらとも定めがたい感じがしています。確かに源氏物語は後半、さらには終盤にいくほど恋愛が叶い難いものとして否定的に記され、男性の登場人物の描き方も辛辣になる印象を受けます。その背景にはもしかしたら、紫式部自身の恋が破綻するなどのできごとがあったのかもしれませんが、仮にそうだったとしても、相手が道長だったかどうかは別の問題のように思えます。

第三節　出自の卑下と誇り

紫式部の父親の藤原為時《ためとき》は漢詩など文学に長けた受領《ずりょう》階級でした。世渡りが得意ではなかったことも作用したと見られ十年も続けて無官だった時期もあって、その間の生活の不如意を共に暮らす式部は身をもって体験しました。しかし式部の曽祖父の藤原兼輔《かねすけ》は和歌の名人として知られる公卿《くぎょう》で、娘を天皇に入内させた名門でした。紫式部は、出自の低さを痛感する一方で、過去には高貴な家柄だったことにプライドを持っていたと見られます。受領の娘も、紫式部より少し前の時代には、皇室に入内したり、藤原摂関家の氏《うじ》の長者に嫁ぐことができました。たとえば藤原道長の父親の兼家は、受領出身の女性を正妻としました。その娘である詮子《せんし》は円融天皇の妃の女御になって一条天皇を産み、兼家の長男である道隆の娘は、一条天皇が寵愛した中宮定子です。しかし、紫式部が大人になったころに、こうした受領の家の娘が貴顕に嫁ぐ途は狭くなったようです。道長は皇室出身で臣下になった「源氏」の家の娘を妻にして、家柄に箔を付けました。紫式部の、かなり固定化されてしまった身分意識は、物語の創作の上でもストーリーの構想や描き方に影響したものと推測されます。

そのせいか源氏物語の中で、階級や家柄の影響を受ける登場人物の人生を描くときは特に筆に力がこもっているように感じます。その典型として想起されるのが、源氏の妾《しょう》になっても終生、身分をわきまえた忍従を自らに強いて生きた明石の君や、実家が零落して老いた受領の後妻になっていたことで源氏の愛を拒んだ空蝉などです。物語の最後のヒロインとしては田舎育ちで家柄も低い浮舟を登場させました。明石の君や空蝉が作者自身の自画像とか理想像とまで言い切れるかどうかは見解が分かれると思いますが、その描き方には、階級社会の現実を身をもって痛感していた紫式部自身の考え方が反映されているように感じます。

図5の3　宇治川畔の紫式部像

第四節　体験に裏打ちされた千年褪せない文学

紫式部は、宮中に出仕するまでの三十年前後の人生で様々な経験をしました。父為時は、一時仕えた花山天皇の退位後十年間も官職がなかった期間を経て越前守《えちぜんのかみ》に任ぜられ、独身だった式部も現地で共に暮らしました。翌々年、父親の任期中に先に京に戻りましたが、旅の途中や地方暮らしでの見聞は作家としての幅の広さにつながったと見られます。幼いころから九州で過ごして苦労をした玉鬘や、東国の常陸に育った最後のヒロイン浮舟などの人生や周囲の人々を描いたときに、作者自らの地方暮らしの経験が生きたと思います。

京に戻った後、式部は藤原宣孝《のぶたか》と結ばれます。四十代半ばだった宣孝には既に正妻など数人の女性や子どもがいて、式部と宣孝の歳の差は二十歳前後ありました。しかし宣孝は二年余りのちに急逝し、紫式部は生まれたばかりの娘（のちに大弐三位《だいにのさんみ》と呼ばれる賢子《けんし》）を一人で育てることになりました。宣孝は世故に長け開放的な人物だったようで、年齢も性格もかけ離れたパートナーとの出会いは、式部の人間理解の幅を広げたと思います。式部の和歌を集めた紫式部集には次の和歌があり、陸奥の名所の絵を見たときに亡くした宣孝を追慕したという解釈があります。

見《み》し人の　煙《けぶり》となりし　夕《ゆふ》べより
　名《な》ぞむつましき　しほがまの浦
（南波浩校注『紫式部集』岩波文庫より）

源氏物語の「夕顔」で、光源氏が愛人・夕顔の頓死に際して詠んだ和歌がよく似ていて、自らの和歌から着想を得たのではないかという見方もあります。

見し人の煙《けぶり》を雲とながむれば
　ゆふべの空もむつましきかな
（新潮「夕顔」）

紫式部は物心つく前に母親を亡くし、姉も早世したとされます。源氏物語では登場人物が肉親や愛する人と死別する場面が多くありますが、その描き方には作者のこうした実体験が影響を与えたことも推測されます。

第五節　読者の心が読めるリアリズムの天才

紫式部の作家としての能力のなかで特に敬服するのは、常に徹底されているリアリズムです。どんな荒唐無稽な筋立てで書いても、なるほどそれはありそうなことだと読者は物語の世界の中に引き込まれます。たとえば、源氏の人相を観た相人の予言ですとか、たびたび描かれる登場人物の夢の中でのお告げが的中するくだり、あるいは物語では前例のない生霊についての描き方にも当てはまります。「葵」の帖で生霊となった六条御息所が、自ら望んでもいないのに生霊と化して葵の上を攻撃する夢を見るシーンがありますが、このような現実離れした場面をあたかも実際に起きうるできごとのように読ませる筆力は作家として稀有ではないでしょうか。

生霊や死霊といった物の怪は当時の人々にとって、身近な恐怖だったと考えられます。社会に浸透していた怨霊信仰といった考え方や風説も最大限活かしながら、物の怪を神秘的な心霊現象というよりも罪の意識を抱いた人に見える幻覚かのようにリアルに描いているのも斬新です。このほかにも天変地異への怖れや、住吉の神や長谷寺の観音といった霊験に願いを掛ける流行など、科学では説明できない読者の心理を見抜いた上で紫式部は、物語の世界にこれらの多彩な仕掛けを盛り込むことによって壮大な人間ドラマをまるで現実に起きていることのように記した結果、時代を超えて読者を惹きつけているのだと感じます。

図5の4　越前市の紫式部公園にある歌碑
雪深い景色を見て京を懐かしんだ和歌

第六節　厭世観から物語執筆の熱中へ

紫式部日記を読んで強く印象を受けたのは、后の出産や華やかな宮中行事を綴る一方で、作者が再三、自分の人生の暗たんたる憂いを記していることです。たとえば、彰子の出産のあと一条天皇を邸に迎える準備の日々に、式部は池で遊ぶ水鳥を見て次の述懐を和歌にしています。

水鳥を水の上《うへ》とやよそに見むわれも浮きたる世をすぐしつつ

（のんきそうな水鳥を、水の上だけのよそ事などと見るものか。私もまた人から見れば、豪華な職場で浮かれ、地に足のつかない生活をしているように見えるのだから。でも本当のところは水鳥の身の上だって大変なはずだ。私もそう、憂いばかりの人生を過ごしているのだ）　（原文・訳は山本『紫式部日記』より）

式部は、かつて宣孝を喪《うしな》った日々に、物語を書いて友人と共有することで淋しさを紛らわしたと日記に記していますが、出仕後も源氏物語を書き進める営みによって厭わしい現実社会を遁れ、生きる力としたのではないでしょうか。彼女にとって物語の執筆は、人生前半の経験や少女時代から親しんだ漢籍・和歌の蓄積を生かし、社会や人間への鋭い観察眼を最大限に発揮できるという点で、やりがいの大きな仕事になったと思います。

物語中盤の「蛍」の帖に、光源氏が養女の玉鬘に対し「日本書紀のような正式な歴史書よりも物語の方にこの世のできごとがくわしく書かれているのだ」という「物語観」を語る場面があります。源氏のこの発言は、物語によって人間の真実を伝えられるという紫式部の自信の表れとして読みたいと思います。

精魂込めて作り上げた源氏物語が、千年の時を超えてこれほど多くの人を感動させるとは、当時思いもよらなかったでしょうし、作者冥利に尽きますね。

第七節　漢詩も和歌も博覧強記

紫式部は少女時代から漢籍をすぐに覚えたことが、二〇二四年のNHK大河ドラマのシーンになりました。父親の為時が「男の子でなかったのが不運だ」といつも嘆いていたというエピソードを、紫式部日記に自ら書き残しています。中国の漢詩や歴史書に親しんだ生い立ちが、源氏物語の創作に欠かせない素養になったことは間違いありません。

具体例は第九章第五節で記しますが、源氏物語の骨格や重要な場面が、中国の漢詩によって着想されたり表現されたりしていることは注目に値します。

自分の漢籍の知識を活かしたかったのと、当時大人気だった『白氏文集』などを多く引用して読者を惹きつけたかっただけでなく、もしかしたら一条天皇に読んでもらう、そして彰子にもっと漢詩にくわしくなってもらうという執筆意図、あるいは道長からの指示や式部の忖度があったかもしれない、というのは考えすぎでしょうか。

和歌の知識も源氏物語に不可欠でした。紫式部は歌人として超一流とはされていませんが、源氏物語の中で七百九十五首も和歌を創作し、散文で表しきれない登場人物の心情を表現しています。それぞれの状況で詠み手の人物になりきって最もぴったりくる歌を自ら作る、これまた驚くべき才です。和歌によって様々な方法で人物の心理や人物像を効果的に描き出していることについては、第八章で詳述します。

同時代の読者は漢詩や和歌の教養を身につけていたでしょうから、現代の私たちが読むよりもさらに深く、物語の情緒を味わえたと思います。そして後世の上流階級の若い男女にとっても、和歌などの教養を身につけるために参考になる内容でした。

第八節　日記に書いた露骨な清少納言批判

紫式部日記には、中宮彰子に一緒に仕えた女房たちを評した文章がありますが、同僚ではなかった清少納言についても取り上げていて、その酷評ぶりに驚きました。原文と現代語訳を、研究者の山本淳子氏の著書から引用します。

清少納言《せいせうなごん》こそ、したり顔《がほ》にいみじう侍りける人。さばかりさかしだち、真名書き散らして侍るほども、よく見れば、まだいと足らぬこと多《おほ》かり。

かく、人に異ならむと思ひ好める人は、必ず見劣《みおと》りし、行末《ゆくすゑ》うたてのみ侍るは。

（清少納言《せいしょうなごん》ときたら、得意顔でとんでもない人だったようでございますね。あそこまで利巧ぶって漢字を書き散らしていますけれど、その学識の程度も、よく見ればまだまだ足りない点だらけです。

彼女のように、好んで人と違っていたいとばかり思っている人は、（最初は新鮮味があっても）やがて必ず見劣りし、行く末はただ異様なばかりになってしまうもの

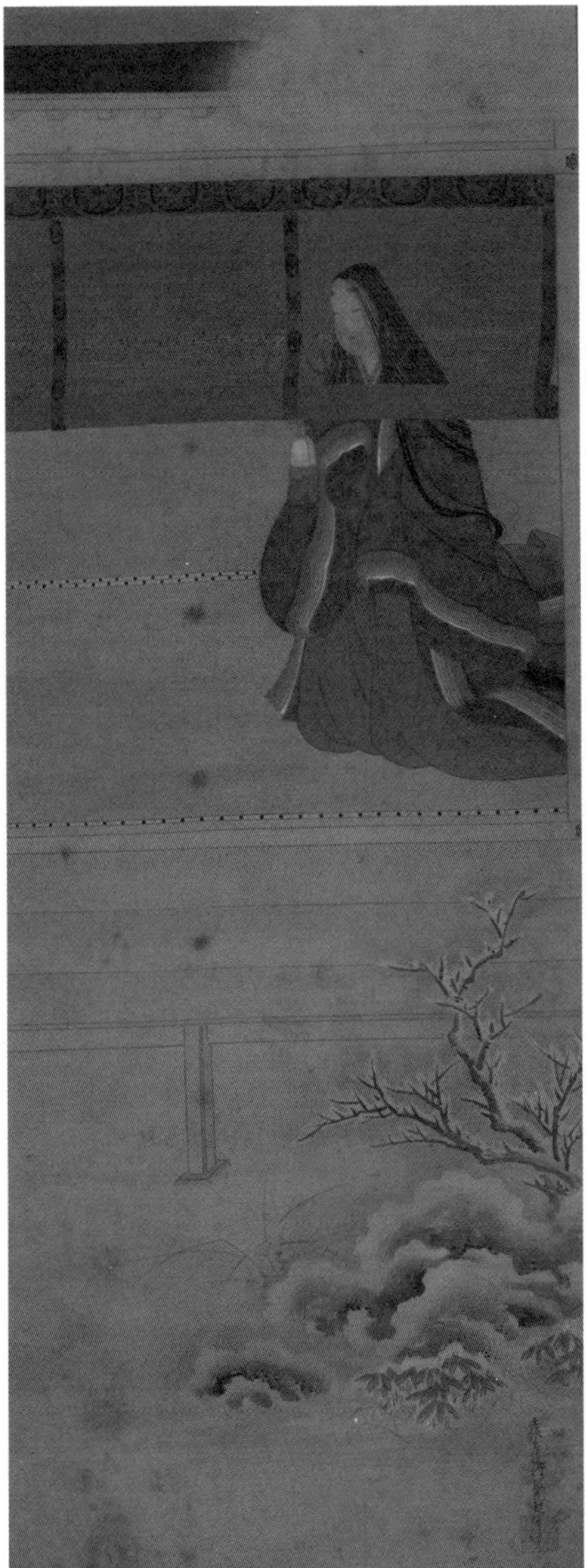

図5の5　「清少納言図」土佐光起筆
出典：ColBase (https://colbase.nich.go.jp)

です。）

（原文・訳は山本『紫式部日記より』）

清少納言が藤原定子の後宮に仕えた時期は紫式部の出仕より前で、紫式部日記が書かれた当時すでに定子は故人でしたから、清少納言と式部の直接の交流はなかった可能性があります。過去の人になっていた清少納言をここまでけなしたのは、漢籍の教養で自分がはるかに勝《まさ》っているというプライドのせいなのか、それとも過去の定子後宮に比べて自分が属する彰子後宮の優越を強調したかったのか……。式部の本心は不明です。

清少納言以外にも、同時代の才女だった和泉式部や赤染衛《あかぞめえ》門《もん》、ほかの同僚の女房についても持ち前の観察力によって人物像を書き残しています。

第九節　紫式部はフェミニスト？

紫式部は「一千年前のフェミニストであった」。女性学者の駒尺喜美氏が一九九一年の著書『紫式部のメッセージ』で打ち出した説です。私は四十代後半にこの本を読んだ当時、これで源氏物語の執筆動機やストーリーの持つ意味が解けるのではないかと感じた記憶があります。

駒尺氏は、式部が源氏物語を通じて伝えたかったことの第一は、当時の女性がいかに虐げられた不幸な存在であるか、そしてそれを女性に強いる男たちの言動はいかに愚かなものかということで、とりわけ物語の最後に位置する宇治十帖は、そのメッセージ性が強く出ていることを指摘し、次のように論じました。

個々の女の苦悩を、女に共通の苦悩の中に位置づける感性と力がなければ、すなわち現代風にいえば、フェミニストの目がなければ、あれだけの物語は生まれなかったでしょう。

（駒尺喜美『紫式部のメッセージ』朝日選書より）

この切り口は、今あらためて読み返しても多くの示唆を与えてくれるように思います。宇治十帖を記した作者の筆致が、それまでの第一部や第二部に感じられる、職業作家としてのある種の気負いを両肩から下ろして、自分が一番伝えたかったことを自由に展開している印象を私も受けますし、宇治十帖の随所に薫や匂宮の愚かしい女性蔑視的言動が描かれていることも事実です。ただ、現在の私の感じ方は、源氏物語のいろいろな場面をあらためて読めば読むほど、紫式部は女性の視点だけでなく、あるときは男の目線で、男性の心になって会話や男性心理をリアルに描く能力を持った作家だという感じを受けます。自らと同時代の女性の不幸や生きづらさを繰り返し物語の中で記したのは、そのことを社会に訴えようとした、というよりは、自分が観察した人間と人生の真実をそのまま描くという、彼女の作家としての信条を貫いた結果として、あの時代に女性の置かれていた立場や男性の行動原理が正確に描かれたのではないか、という気がします。源氏物語を教訓書として読みたくないのと同時に、作者の思想表現の道具として読みたくない気持ちもあります。

さらに言うと、たとえば——個人的には源氏物語の数少ない嫌いな場面なのですが——登場人物のうち末摘花の容貌の欠点を克明・微細に記したり源氏をはじめとする人物にそれをたびたび嗤《わら》わせたりする残酷な書き方を、フェミニズムの旗手がしただろうか、という気もします。

第十節　作者の変化を読み取る

源氏物語の執筆には長編だけにかなりの年月を費やし、物語に作者として込めたメッセージも変化していった印象を受けます。特に、主人公の光源氏が老境にさしかかって次々と思うに任せないできごとに見舞われ、苦悩する第二部は、次第に暗い色調が増します。さらに源氏死後の第三部の「宇治十帖」では、登場人物の誰一人幸せになれず、来世に救いを求める人生観が色濃くなります。物語が終わりに向かうにつれてめだつのは、女性の生きづらさと苦しみ、そして癒やしがたい男女の心のすれ違いです。

たとえば、第二部終盤の「夕霧」の帖に、源氏が愛した紫の上が死の前年に女性が生きることの空しさを述懐した心の内が記されています。第二章の21頁に引用した通りです。

女性ならではの不幸の自覚や、恋愛・結婚への絶望感は、宇治十帖に登場する姉妹、とりわけ薫の愛を受け入れずに早世する大君《おおいぎみ》に受け継がれているように思います。

そして最後のヒロインとして出自が低く東国育ちの浮舟が登場すると、薫と匂宮が浮舟を対等の女性として愛するのではなく一時の「慰みもの」のように蔑視する意識が繰り返し記されます。加えて、終盤の「蜻蛉」には変態的とも言える行動まで描かれています。

愛した浮舟を失ってさほど経たないときに薫は、皇女の女一の宮が氷を手に持って猛暑をしのぐ姿を垣間見て恋情を抱いた後、自宅で自分の妻に同じ色の着物を着せて氷で同じ仕草をさせ、密かに楽しむのです。（薫の垣間見の場面は冒頭口絵の図1に掲載した「源氏物語図屏風」〔右隻の左寄り〕に描かれています）

こうした筆遣いは、主人公の理想的な面を描いた物語前半から大きく変化し、暗転しています。時代背景として、社会が衰えて「末法の世」に近づくという思想や、来世に望みをかける浄土信仰の影響もあったのかもしれませんが、全編が紫式部の作であることを前提に考えますと、歳を重ねた彼女自身がたどりついた人生観が表れている気がします。浮舟が薫と会うのを拒絶するという物語の終わり方は、男性との決別による新たな生き方を読者に暗示したようにも読めます。貴族社会の女性の置かれた境遇として、「なれても女房まで」という自らの階層意識と、それを固定化する男社会の論理も色濃くにじみ出ている印象を持ちます。

瀬戸内氏は、浮舟の出家の儀式が詳細に描かれていることなどを根拠に、宇治十帖は作者自身が出家したのちに書いたと見ています。式部の出家の有無は確認できませんが、私は、式部が宇治十帖を書いたときには、道長の指示で天皇と后のために創作するという使命が既に終わっていて、自分の人生観をより直截に打ち出して筆を擱《お》いたのではないかという感じを抱いています。

小説で紫式部の人生をたどることのできる名著として、杉本苑子氏の『散華 上・下』があります。道長との関係についての記述も興味深い内容でしたが、私が一番、秀逸だと感じたくだりは式部が源氏物語を執筆したときの気持ちの変化です。（以下、いわゆるネタバレを含みますのでお読みになるかどうかはご判断ください）

この小説では、紫式部による源氏物語の執筆姿勢が三段階で変化したことが記されています。最初の物語第一部は、これまでにない物語・主人公を創り出そうという意気込みで臨んだ結果、読者の興味をはげしくそそってみごと成功を収めたが、「光源氏は魅力的でありすぎ、美の権化でありすぎた」存在になり、いつのまにか物語は作者自身から離れて行き、作者の声が聞こえないものになってしまったと気づいたというのです。この思いから物語の後半（第二部）は作者が「みずからの内奥《ないおう》をみつめ直し、内からの声に耳を傾けて」源氏の凋落の物語を書いた結果、その色調も変わったと書かれています。

さらに、現実の貴族社会で道長との政治的対立に敗れた藤原伊周の死に触発され、それを創作の新たな原動力として続編としての第三部、つまり宇治十帖を執筆した、という筋立てになっています。その結果、宇治十帖では政治的な敗者である八の宮とその娘たちが新たな登場人物となり、恋の純粋性を貫くことのできない薫の姿などが描かれた、という内容です。『散華』では、紫式部が最後にたどりついたのは「作者は自分のためにのみ書き、自分の好みにのみ、合せるほかないのだ」という境地だったと記されています。（この項、杉本苑子『散華 上・下』中公文庫より）

紫式部の人物像や、源氏物語に込めた考え方の手がかりとなる書籍を紹介します。

＊『紫式部　源氏物語』　ＮＨＫ「100分de名著」ブックス

三田村雅子氏がテレビ番組をもとに加筆した本で、作者の意図などの読み取り方が大変参考になりました。

＊『紫式部日記』山本淳子氏訳注による角川ソフィア文庫で、現代語訳がわかりやすく便利です。

＊『紫式部ひとり語り』日記・家集のほか源氏物語そのものや研究をもとに、紫式部が人生を語る自伝の形で山本淳子氏が創作し、角川ソフィア文庫になっています。

図５の６　宇治川（京都府宇治市）

第六章　源氏物語の三つの大きな謎

源氏物語は謎の多い文学作品だとつくづく感じます。この章では、千年の時の流れを経て現代の視点から特に大きな謎だと感じる三つの点を、あらためて考えてみたいと思います。

第一節　皇統のタブーをなぜ書けたか？

源氏物語は日本の文学で過去になかった斬新な内容の創作でした。政治と恋愛との密接不可分な関係をここまで鋭く描いた作品はそれまで無かったと思いますし、物の怪（生霊・死霊）や夢のお告げが真に迫るリアリティーを伴いながら登場人物の人生を劇的に変えていくストーリーも然りです。過激で大胆な構想の最たるものは、天皇の后の藤壺と天皇の子で臣下に下った源氏が密通し、その結果生まれた皇子が冷泉帝として即位するというできごとです。冷泉帝が長じてこの秘密を知ってしまった結果、実の父である源氏への思いは結果的に源氏が政治の頂点に立つ栄達の後押しになるわけですから、この過激な設定を作者は、とことん活かしていると言えます。源氏物語より前の十世紀前半に世に出た『伊勢物語』も確かに在原業平とのちに后になる女性との恋愛を描いていますが、生まれた子どもが天皇になるという筋書きではありませんでした。

源氏物語は、太平洋戦争が近づく昭和十年代に、当時の皇室観から不敬の書であると排斥する論説が、国文学者からも提唱されました。そのときにとりわけ問題視されたのも、藤壺と源氏の密通と冷泉帝の即位でした。このような、物語を貫く背骨のような筋が、書かれた当時の天皇や藤原道長など権力者から許容されて、それどころか天皇をはじめとする読者になぜ抵抗なく愛読されたのかが、源氏物語の最大の謎として長い間気にかかっていました。

この謎がほぼ解けると私が感じた研究論文を紹介します。九州大学名誉教授で国文学研究資料館の館長も務めた今西祐一郎氏の「物語と歴史の間　不義の子冷泉帝のこと」です。岩波文庫版の『源氏物語』（柳井滋《しげし》ほか校注）全九巻の第三巻の解説として掲載され、読むことができます。

今西氏が注目したのは、室町時代に書かれた『花《か》鳥《ちょう》余《よ》情《せい》』という源氏物語の注釈書です。この注釈書に、源氏と藤壺とのできごとに関して次の記載があるというのです。

> 陽成院の御母二条后也。業平中将かの后にちかづきまいる事、伊勢物かたりにみえたり。よて陽成の御門は中将の子といふ事あり。それもたしかにしるしつたへたるふみなどはなきなり。うす雲の女院の御事、これになぞらへて思ふべし。
>
> （岩波文庫解説より）

陽成院というのは第五十七代の陽成天皇のことで、「うす雲の女院」は源氏物語の藤壺中宮を指します。伊勢物語には、在原業平と二条后《にじょうのきさき》（のちの清和天皇の后妃）の恋が描かれていますが、「陽成天皇は実は二条后と業平の間の子だった」という説があり、これを証する書物はないものの源氏物語はこの説になぞらえて読むべきだ、というのが『花鳥余情』の注釈の内容です。

つまり、平安時代の陽成天皇は業平と后の密通の子だったという風説があったという記載です。今西氏はこれをもう一歩進めて、伊勢物語に清和天皇の別の皇子（親王）が業平の子だと人々が言っているという記述もあることなどから、陽成天皇の出自についての風説はすでに源氏物語が書かれた時代にも知られていて、作者はそれをヒントにしてストーリーを構想したのではないか、と推論しています。

さらに今西氏は、源氏物語当時の一条天皇などの受け止めについては次のように解釈します。文徳天皇・清和天皇・陽成天皇と親子で継承されて続いてきた皇統は陽成天皇で途絶えてしまい、陽成天皇の次に、別の系統の光孝天皇が即位しました。一条天皇は新たな光孝天皇からの別の皇統につながることから、傍系となった陽成天皇の出自を疑わせる風説は全く抵抗感なく受け入れたと推定しています。

第五章で記した、源氏物語は一条天皇と后の中宮彰子を第一の読者として書かれたのではないかという見方も、この風説問題を考える上で補強材料になると考えます。一条天皇が源氏物語を熱心に読んだと見られることは、作者の紫式部日記の記述からも確実だと思いますが、物語の内容がスリリングであることは、天皇が物語のストーリーに熱中し、続きが知りたくて彰子の後宮を頻繁に訪ねてくることにつながったのではないでしょうか。その意味で、大胆・過激な物語の内容は、源氏物語の執筆・制作を全面支援した可能性のある藤原道長にとってもむしろ望ましいものだったことが考えられます。

第二節　藤原氏の劣勢をなぜ書けたか？

二番目の大きな謎だと私が感じたのは、源氏物語は藤原道長が権力の頂点に達した藤原氏全盛の時代に書かれたにもかかわらず、藤原摂関家でなく皇室出身の源氏が主人公となって政治的にも文化的にも藤原氏を制する筋書きになっていること、そして摂関家が政治の実権を握るのではなく「天皇親政」を理想として書かれている点です。藤原氏ではなく源氏出身の姫君が相次いで帝の中宮になります。さらに言うと、こうした藤原氏劣勢の内容について権力者である道長などが問題にした形跡が見当たりません。

確かに作者は、光源氏が活躍する時代を書かれた同時代のできごとではなく十世紀前半の醍醐天皇などの御代に遡らせて時代設定をしています。しかも醍醐天皇や十世紀半ばの村上天皇は天皇親政を掲げて実行した天皇だという歴史的事実もあります。とは言え天皇親政の素晴らしさを描いた物語は、現実の藤原氏の政治体制を暗に批判する風諭として道長などは不快に受け止めなかったのだろうか、という疑問が私には残りました。

これについては、国文学・歴史双方の研究者による、当時の歴史と源氏物語の成立経過についての見解を知ったことでほぼ解決すると思いました。

その第一は、源氏物語は一条天皇とその后となった道長の娘の中宮彰子のために書かれ、特に一条天皇がその内容に熱中して彰子のもとを頻繁に訪れるように誘《いざな》いたい、という道長側の政治的意図があったという見方です。一条天皇自身、天皇親政を理想として政務に当たったとされています。

もう一つは、藤原道長自身、正妻の倫子《りんし》も妾《しょう》の明子《めいし》も源氏の出身の女性であり、結婚によって皇室出身の源氏の家柄と結びつこうとしたと考えられる点です。

これらの当時の歴史の読み方からすると、道長にとって源氏物語が天皇親政を描いたとはいっても所詮、少し前の時代を舞台としたフィクションであり、むしろ物語の内容が一条天皇の理想に合致して天皇を惹きつけるならばむしろ自分の政治的目的達成にプラスになると受け止めても不思議はありません。しかも源氏物語は、語り手を女性として設定しており「女性なので政治的なことは控える」という意味の記述がいわゆる「草子地」としてありますので、摂関政治を制度的に批判したとは受け取られなかったと思います。

このように、天皇親政を堂々と描けたという二つ目の謎も、解ける気がしました。

さらに付け加えるならば、物語の中に八百近い創作の和歌を効果的に配置したことも和歌好きな一条天皇を楽しませた可能性があると思いますし、一条天皇が寵愛した中宮定子を亡くした哀しみとオーバーラップする桐壺更衣への哀傷を描いたことも、結果的に一条天皇にとって満足や癒やしになったのではないでしょうか。

ストーリーの構想にあたり、一条天皇や彰子、あるいは道長の意見や指示が非公式にでもあったのか否かまでは一切わかっておらず、空想の世界です。

第三節　作者はどこから自由に書いたか?

それでは、このような一条天皇や道長の受け止め方と源氏物語の書き方・内容との関係は、源氏物語の執筆に最後まで貫かれたのでしょうか。途中で政治的状況や作者の執筆姿勢が変化することは無かったのでしょうか。それが第一・第二とも関連した第三の謎だと思います。

この第三の謎については、今もって私には確たる答えが出せていません。

この謎が解けない最大の原因は、長い源氏物語が、いつからいつまでの間に、どのような順番で書かれたのか、記録上明らかになっていないことです。第五章で記したように、源氏物語の一定の部分が寛弘五（一〇〇八）年にできあがっていたことは紫式部日記の記述によって根拠づけられていますす。しかし、五十四帖がすべて書き上がった時期はわかっていません。また、最初から一つの長編として書かれたのでなく、帖ごとに綴じた冊子として順次、読まれたと見られていますが、「桐壺」に始まる今の五十四帖の順番に書かれたとは限らず、順番については国文学研究者の間で長い間、論争が続いてきたほどです。

ただ、源氏死後のできごとを内容とする宇治十帖を中心にした第三部は明らかに第一部・第二部の内容を前提にしています。第三部が先に書かれたとする見解は私の知るかぎり無いようですので、続編に当たる第三部は第一部・第二部の後で書かれたことはまちがいないと言えそうです。第三部の作者は紫式部ではないという少数説すらあります。

このため、第三の謎の焦点は、特に第三部の山場である「宇治十帖」のものがたりが、やはり一条天皇を意識して道長の要請に応える形で書かれたのか、そうではないのかという点に絞られてきそうです。

一条天皇は寛弘八（一〇一一）年に亡くなりました。また、道長が三人目の娘まで后にすることに成功し、いわば権力奪取のゴールに達したのは寛仁二（一〇一八）年です。

宇治十帖が構想され、実際に完成させた年と、これらの歴史的な節目のできごととの前後関係がわかっていません。

このため、歴史的経過ではなく源氏物語そのものの内容から、一条天皇および道長の意向や受け止めと物語執筆とが絡んでいるのかどうかを推測するしかないように思います。

これについての私の現時点の考えは、これまでも第三章や第五章で記したように、宇治十帖を書いた作者の執筆姿勢には明らかに物語前半との違い、変化が感じられます。具体的に言うと、紫式部と見られる作者は、天皇の反応や道長の要請をあまり意識せずに、自分の一番書きたいことを宇治十帖に書いたような気がしてなりません。それほど、宇治十帖から漂ってくる厭世観や無常観は物語の前半とトーンを異にしていると感じます。

この項の最後に補足があります。紫式部より少し後の時代にやはり受領階級の出身だった菅原孝標《すがわらのたかすえ》の女《むすめ》が記した『更級《さらしな》日記』という文学作品があります。この更級日記には、作者が若いころに源氏物語に熱中したこと、登場人物の中でも特に夕顔や浮舟への憧れを記していることが知られます。更級日記にこの源氏物語愛読の記事が見えるのは治安元(一〇二一)年です。浮舟の登場する帖を読んでいたことから、遅くともこの年までに源氏物語は完成していた可能性が高いと見られます。一方、藤原道長が死去したのはそれより後の万寿四(一〇二七)年です。紫式部の没年は不明ですが、こうした時系列から、藤原道長が生きている間には源氏物語が書き終えられたのではないでしょうか。

本編の第一部や第二部とかなり内容も書きぶりも異なる宇治十帖を、道長が果たして読んだのか、読んだとしたらどのような感想を抱いたのかは知る由もありません。源氏物語を一条天皇に読んでもらおうという、紫式部と道長が協力して取り組んだ可能性のある「プロジェクト」がすでに終わっていたのだとしたら、そもそも道長はこの物語の続編に関心がなかったかもしれません。

第七章　「式部マジック」の読みどころ

源氏物語を読んでいると、作者の紫式部が特に力点を置いたテーマや、この作者の特徴的な書きぶりがいくつか浮かび上がってくるように感じます。そうした個性的な筆づかいや作者の〝こだわり〟を意識して読むことも、この長編物語の楽しみ方としてお奨めです。

以下、テーマごとに記します。

第一節　召人という特異な存在

源氏物語には、「召人《めしうど》」と当時呼ばれた女性たちがたびたび登場します。

「召人」を岩波古語辞典で引くと、「平安時代、貴族の私宅に仕え、主人と情交の関係を持つ女房。妻、妾に準ずるもの」という語釈になっています。身分の低さから結婚の相手ではなく、主人の身の回りの世話をしながらときどき夜を共にしたようです。当時、召人を置くことは社会的に大きく問題視されたり、正妻をはじめとする妻妾から嫉妬の対象とされたりすることはあまりなかったことが、源氏物語の記述から窺われます。

私が強く印象を受けたのは、源氏物語では前半から最後の宇治十帖に至るまで、「召人」という呼び名自体は一部しか使っていないものの、明らかに召人だった人物が実名（通称）で数多く登場し、中には主人公の光源氏などとの関係で重要な役割を果たす女性が複数いることです。召人という存在に作者がかなり焦点を当てている感じがしました。その意図はどこにあったのでしょうか。

最初に登場する召人は、源氏の正妻の葵の上に仕えていた「中納言の君」と呼ばれる女房です。葵の上が出産後に急死した後、ほどないときの様子が次のように記されています。

> 中納言の君という女房は、源氏の君が長い年月秘かにお情けをかけてこられました。この喪中の間は、葵の上への気がねもないのに、かえってそういう色めいたお相手をさせようとはなさいません。中納言の君は、それを亡きお方へのおやさしいお心遣いだと拝察しているのでした。
>
> （瀬戸内訳「葵」）

源氏が召人の女性に気配りをしていたこと、女性の側は仕えていた葵の上と源氏の双方に対し、忠誠心や親しみを抱いていた様子が浮かび上がってきます。

その四年後、源氏が須磨に退居する直前にも「中納言の君」が登場します。同一人物だと思われます。名残り惜しく別れる場面が次のように描かれています。

人々が皆寝静まったあと、源氏の君は中納言の君と、とりわけしみじみと睦《むつ》まじくお話しになります。おそらくこの人のために、今夜はここにお泊りになられたのでしょう。

明くる朝は、まだ暗いうちに、お帰りになります。……中納言の君は、お見送り申し上げるつもりなのか、妻戸《つまど》を押し開けてひかえております。

「再び逢えるのはいつのことか、思えばほんとうにむずかしいことだね。こういう世の中になるとも知らないで、逢おうと思えば何の気がねもなしにいくらでも逢えた月日を、よくものんびりと構えて逢わずにいたものだ」

と源氏の君がおっしゃるので、中納言の君は、言葉もなくただ泣くばかりでした。（瀬戸内訳「須磨」）

このあと源氏は紫の上の部屋に戻りますが、中納言の君と一夜を過ごしたことは告白しませんでした。本書のカバーに掲載した「源氏物語須磨巻絵巻」（斎宮歴史博物館蔵）は葵の上の実家の左大臣家の人々と源氏の別れの場面ですが、室内の一番右に描かれている女性が中納言の君ではないかと見られています。源氏は左側の男性で、数えで五歳の長男・夕霧と一緒に座っています。

そのまた三年後、復権して須磨・明石から戻った源氏が紫の上と暮らす私邸での様子を作者は次のように記します。

二条の院でも、同じように源氏の君の御帰京をお待ちしていた女房を、いじらしくお思いになり、年来の辛い物思いが晴れるようにしてやりたいとお考えになり、中将や中務《なかつかさ》のような前から情《じょう》を交《か》わしていた女房には、その身分相応にまたお情けをかけておやりになりますので、お忙しくて外の女君に通われることもありません。（瀬戸内訳「澪標」）

忙しくても大事にする存在として召人を位置付けています。このように源氏が何人もの召人に対し、身分差は意識しながらも優しく対していたことが強調されています。それとは対照的に、源氏の養女の玉鬘と結婚した髭黒と呼ばれる貴公子は、召人に冷たい態度を示していました。玉鬘との結婚で髭黒と正妻だった北の方との関係が悪化した場面に、次のような記述があります。

日頃、召人《めしうど》と呼ばれているお手つきの女房で、親しく髭黒の大将にお仕えしている木工《もく》の君や、中将のおもとなどという人々でさえ、それぞれの身分なりに、大将のこの頃の態度に、心穏やかでなく、あんまりだと恨んでおります。

（瀬戸内訳「真木柱」）

このうち木工の君は、そわそわと玉鬘のもとに向かおうとする髭黒に対し、「すっかりお見捨てになった北の方への御態度は、わたしどもも、側で拝見していても、あんまりひどいと、平気では見ていられません」と恥じらいながらも直接訴えました。しかし、髭黒はこれに対し次のような反応だったと作者は記します。

けれども大将は、

「一体どういう考えから、こんな女に手をつけたりしたのだろう」

などと、お思いになるだけなのでした。何て情けないお話ですこと。

（同）

最後の感想は、原文では文字通り「情《なさけ》なきことよ」となっています。源氏物語に特徴的な語り手の「草子地」と呼ばれるコメントです。この箇所から、対照的に召人に対する光源氏の温かい態度が一層際立ちます。

そして、源氏の人生の最後に重要な役割を果たす召人が登場します。晩年に最愛の紫の上を亡くした後、哀しみから立ち直れずに過ごす一年を描いた「幻」の帖で、ほかの女君が源氏の救いにならない中、中将の君と呼ばれる古い召人だけが源氏の心を癒やします。

その場面で作者は、中将の君の容姿を「たいそう小柄で可憐な姿」（同）と表現し、源氏が彼女とたわむれの和歌のやりとりをした後、「草子地」として「この中将の君一人だけは、お捨てになれないお気持のようです」というコメントで締めくくっています。（この箇所については第五章第二節と第八章も参照願います）

物語が第三部に入り、宇治十帖でも召人がたびたび登場しますが、源氏を中心とした第一部・第二部とは作者の描き方が変化しています。

その一つは、宇治十帖のストーリーで重要な役割を果たす「召人出身者」の女性を表舞台に登場させたことです。物語の最後のヒロイン・浮舟の母親の「中将の君」です（源氏の相手とは別人）。この中将の君は、もともと宇治の姫君たちの父親の八の宮が、正妻の死後にひそかに関係を持った召人でした。その間に生まれたのが浮舟ですが、八の宮は浮舟を認知せずに中将の君との関係も断ち、中将の君は受領の常陸《ひたち》介《のすけ》の後妻となりました。桐壺帝の子で一時は天皇になる可能性まであった八の宮は、宇治に隠棲した後も薫から聖のように尊敬され、大君・中の君という二人の娘を大切にする男性として描かれていましたが、浮舟の登場とともにこうした冷酷な人物像が露わにされます。その被害者とも言える中将の君は、浮舟を溺愛して何とか貴人の薫に縁付けたい、と考えましたが、薫と匂宮の双方から愛され、窮地に陥った浮舟は、母親を思いながらも自殺を図り、その後出家して俗世との縁を断ちました。

もう一つ、特徴的なのは、宇治十帖の男の主役である薫と匂宮がいずれも、召人という存在について差別的な視線を示し、浮舟に対しても心の中では召人に近い愛し方をしたことです。さらには浮舟が死んだと思った男二人は、それぞれに新たな召人と関係を持ちます。こうした描き方も、召人を大切に処遇した本編の光源氏とは大きく異なっています。

以上見てきたように、源氏物語を通じて、召人という存在をかなりクローズアップさせている作者の視線と、その変化が読み取れるように思います。

特に、物語の正編（第一部・第二部）で一貫して召人たちに温かい気持ちを示している源氏の態度がめだちます。源氏の人物像に、藤原道長が重なるという見解もありますので、こうした物語の描き方は、作者自身の体験や理想が反映されているという見方が成り立ちうるかもしれません。実際に国文学者の木村朗子《さえこ》氏が、源氏晩年の「幻」の帖での召人・中将の君とのやりとりに注目して、この描き方が「道長の召人であった紫式部の答えなのである」と記していることは、第五章で記した通りです。

召人の関連で最後に二つ補足します。一つは、源氏との間に生まれた娘が中宮にまでなった明石の君についてです。源氏は明石の君と結ばれる前、彼女を、流謫の地での「ひとり寝のなぐさめ」、つまり召人に近い相手のように思っていたことが窺われます。しかし『源氏物語事典』（大和書房）の「召人」の項を執筆した百瀬明美氏は、「彼女たちはその名の示す通り主人に召される者として一般の妻妾とは一線を画して」いると指摘した上で、明石の君が源氏と結ばれる際に自ら源氏のもとを訪ねようとしなかった心理について次のように記しています。

> 男が女の家に通うのが正式であり、光源氏のもとへ「召」されようとした明石の君がそれを拒んだのは「召人」となることへの明確な拒絶であったと見ることができる。
>
> （『源氏物語事典』大和書房より）

一方、源氏物語を全訳した古典エッセイストの大塚ひかり氏は、「召人」の概念を、平安貴族の男が自分に仕える女房と情を交わす場合だけでなく、「目当ての女を口説く目的で、女に仕える女房を落として召人にしてから、その召人を女への手引き役に使う」ケースにも拡げています（大塚ひかり『嫉妬と階級の『源氏物語』』新潮選書より）。その典型的な例として、柏木が女三の宮への長年の想いを果たすために小侍従という女房を味方につけ、この女房が思慮の浅さから協力したことで「柏木事件」が起きたように、源氏物語の核心となるできごとが描かれています。

第二節　時代を超えて変わらない男女の会話

私が源氏物語を読んで特に作者の凄さに驚いたことの一つは、源氏と紫の上との会話の真に迫るリアリティーでした。男の言い訳や嘘、隠しごと、それを見抜く女の鋭い切り返し、といった多くの会話や無言の心理戦は、千年経った今も世界中で交わされているやりとりとほとんど変わらないのではないかと思いました。男の心理も女の心理もすべて知り尽くしているかのように描ける作家としての筆力に目を見張る思いがしました。

源氏物語に多数ある、そうした会話の一部を紹介します。

見え透いた言い訳と一枚上手《うわて》の切り返し

源氏と紫の上は当初、私邸の二条院に一緒に住んでいました。このため源氏が他の女性のもとへ向かうときに、どのように繕うか（あるいは言わずに出かけるか）が、紫の上のリアクションと共に読みどころです。

最初に引用する場面は、源氏が明石から京に戻った三年後。源氏三十一歳、紫の上は二十三歳です。明石の君に源氏との娘が生まれ、母子は京都郊外・嵐山の大堰《おおい》に転居していました。源氏はそのことを紫の上に話していませんでしたが、先によそから耳に入ると困ると考えて、そこへ向かう前に遠回しな表現で、他の用件も名目にして話します。そのやりとりを引用します。

「桂《かつら》に用事があるのだが、いやもう、思いのほか日にちが過ぎてしまってね。訪ねると約束した人までが、あのあたりの近くまで来て待っているそうなので、気の毒でね。嵯峨野《さがの》の御堂にも、まだ飾り付けをしていない仏の手入れをしなければならないから、二、三日はそちらに行っているよ」

紫の上は、光君が桂の院というところをにわかに造らせていると聞き、そこに例の女君を住まわせることになったのかと思い、おもしろくはない。「森で碁を打つ童子たちを夢中で見ていた木こりが、ふと気づくと、斧《おの》の柄が朽ちていたという昔話がありますね。あなたも、斧の柄が朽ちてしまうほどの長いあいだ、あちらに行ったきりになるのでしょうか。待ち遠しいこと」と、不満を隠さない。

（角田訳「松風」）

戻りが遅れた際にも源氏は、遊び好きの男たちに引き留められて、と人のせいにしました。

再び明石の君への嫉妬と源氏が玉鬘に惹かれる直感

その四年後、紫の上が競争相手と強く意識していた女性はやはり明石の君でした。源氏が養女として玉鬘を六条院に引き取ることになり、その母親でかつて愛して急死した夕顔のことを紫の上に打ち明けますが、紫の上は過去の夕顔よりも明石の君への警戒心を示します。

「……けっして浮気心は起こすまいと思っていたが、ついついそうならずに、つきあってしまう女も数多くいた。その中で、心からしみじみかわいいと思う人は、あの人を置いてほかにいないと思い出すよ。もし今も生きていたら、西北（冬）の町に住む明石《あかし》の御方と同じくらいに扱わずにはいられなかったろう。……」などと言う。

「そうはおっしゃっても、明石の御方ほどのお扱いはなさらなかったでしょうね」と紫の上は言う。

（角田訳「玉鬘」）

源氏は、六条院に迎えた玉鬘の魅力に急速に惹かれていきます。その魅力を紫の上に語ったときのやりとりです。

「不思議となつかしく思える人なんだ。彼女の亡き母君は、ぱっと晴れやかなところがなさすぎた。この姫君はものごともよくわきまえていそうで、親しみやすいところがあって、なんの心配も要らないように思える」などと褒めている。紫の上は、このまま何もせずにいるはずのない光君の性分をよく知っているので、さてはと思い、

「ものごとをよく見抜くことができるようなのに、心の底からあなたをお頼りしているらしいのがお気の毒ですね」と言う。

「どうして私が頼りにならないなんてことがあるか」と光君。

「いいえ、この私も、たえられないほど悩んだことが幾度もありますから、そうしたあなたのお心を思い出すあれこれがありまして」と笑みを浮かべて紫の上が言うので、なんと鋭いのかと光君は思い、

「嫌なことを想像するね。あの姫君ならそうしたことはすぐわかるだろう」と言って、面倒なので話をやめてしまう。

（角田訳「胡蝶」）

女三の宮のことを隠すうしろめたさと打ち明ける躊躇

時は流れて四十歳になった初老の源氏のもとへ、皇女の女三の宮が降嫁してくることになりました。紫の上の安定した幸せを根底から揺るがす事態です。源氏はどう打ち明けようかと悩み、隠しごとをうしろめたく思いながら話すのをひと晩先延ばしにしました。その心の内が次のように記されています。

また光君は、紫の上がそんなお話があるのですかと訊《き》くこともなく、気にもしていない様子なので、その姿を見てつらくなる。あなたはこのことをどう思うだろう、私の心はこれまでとまったく変わることはなく、もし姫宮を迎えるようなことになった場合でも、ますますあなたへの愛情は深まるはずだ、それがまだわからないうちはどんなに私を疑うだろう……、と不安に思っている。長い年月、連れ添ってきた間柄なので、ますますお互いに近しい存在であり、しみじみと睦まじい仲となっているのだから、いっときにせよ心に隠しごとがあるのは気になって仕方がないが、その夜はそのまま休むことにして、朝を迎えた。

（角田訳「若菜上」）

手紙をめぐる心理戦

いよいよ女三の宮が正妻の地位につくと、源氏と紫の上は互いに思うことをぶつけあうよりも、無言の心理戦が多くなります。たとえば、紫の上の目の前で女三の宮からの手紙が届いた場面では、源氏はひどく幼い筆跡を紫の上に見せたくないと考えつつも、隠すと気を悪くすると思ってそのまま置きます。一方紫の上は、手紙が目に入って幼い字だと感じながらも見ないふりをし通しました。

「女楽」の後の図星の寸鉄と言い訳

女三の宮の降嫁から七年後、源氏は女性たちによる琴や琵琶などの演奏会「女楽」を催しました。女三の宮の琴の上達についての源氏と紫の上の会話です。

「姫宮のお琴の音色はたいそう上手くなったものだ。あなたはどう聴きましたか」と光君に訊かれ、

「はじめの頃、あちらでお弾きになっているのをちらりと聴きました時は、どうかと思いましたけれど、格段にご上達なさいましたね。それもそのはずでしょう。かかりきりで教えておあげになったのですから」と紫の上は答える。

（角田訳「若菜下」）

この箇所の最後を林望氏は、「それも道理……あんなに毎日泊まり込みで余念なくお稽古をつけて差し上げたのですものね」と一歩踏み込んで訳しています。

このように、男女の会話や、探り合いのような心理戦は、現代に通じる真実味があふれています。こうしたやりとりをもう一度たどって読むことで、主人公の源氏の弱さを含む人間味が増しますし、紫の上という源氏の伴侶がいかに聡明で理想的な女性として描かれているのかもあらためて実感されます。

それに加えて、作者の書き方が凄いと感じるのは、会話や丁々発止の心理戦だけでなく、特に女三の宮降嫁以降、紫の上が女三の宮の出自の高さや世間体を慮って、まるで自主規制のように不安や嫉妬心を源氏に訴えずに心の中に飲み込んでしまい、その積み重ねが死に至る病を引き起こしたことが、たいへん説得的・迫真的に描かれていることです。紫式部が源氏物語で一番、力を込めて造形した人物は紫の上だと、このことによっても感じました。

第三節　夢・物の怪・天変――超常現象の仕掛け

源氏物語の正編は、主人公の光源氏の運命の激しい浮き沈みがストーリーの中心になっています。その核心には藤壺との禁断の恋による秘密の子が天皇になる事件や、須磨・明石で過ごした不遇の時代からの復活、そして中高年になってからの人生の暗転があります。

作者の紫式部は、源氏の劇的な人生の節目にたびたび、科学では説明できない超常現象や霊的なできごとを記しています。それらが事態を大きく動かす経緯が十分な説得力を持って描かれるため、あたかも必然であったかのように読者は物語の展開に引きつけられていきます。

独創の最たるものは、やはり六条御息所の意図せざる生霊化、しかも自分が生霊と化したことを夢や体についた臭いで自ら知る場面だと思います。生霊が正妻の葵の上を死に至らしめただけでなく、長い年月が経って御息所の死霊は紫の上の病や女三の宮の出家にまで絡んできます。

物の怪でもう一つ、作者の秀逸な着想だと感じたのは、最後のヒロイン浮舟が自殺を図ったものの蘇生する過程で、取りついていた物の怪が「長谷寺に浮舟がたびたび参詣していたため観音の力で守られている」という理由で退散した場面です。玉鬘が源氏の女房と偶然再会できたのも長谷寺の観音信仰のおかげだったと記され、初瀬詣《はせもう》でが盛んだった当時の貴族社会の読者になじみの深い霊験でした。

霊験と言えば、明石一族の出世物語も住吉大社の霊験による夢の実現として描かれています。しかも、須磨に退居して

図7の1　住吉大社の本殿（大阪市住吉区）

いた源氏がみた桐壺帝の夢と、明石入道がみた夢の双方の効果によって源氏が明石の君と出逢い、生まれた姫君が東宮妃になる、という展開で、夢のお告げや予言が最大の鍵になりました。まるで神話のようなファンタジックなストーリーにもかかわらず、実際にそういうことがあってもおかしくない、というリアリティーを伴っています。

夢はほかにもたびたび重要な役割を果たします。柏木が女三の宮と強引に結ばれた夜に見た獣（猫）の夢は、懐妊を予告するものでした。

物の怪や夢以外に、天変が運命を動かすできごとも巧みに描かれています。

源氏が三十二歳だった年は、義理の父親の太政大臣や藤壺が相次いで亡くなりました。そればかりか世の中全体に変事が相次ぎ、異常な月や太陽、星の光が見えるなどの天変が続発しました。こうした不穏なできごとが相次ぐ最中、冷泉帝に対し長年藤壺などに仕えていた僧が出生の秘密を話してしまいます。驚いた冷泉帝が、天変などの世の中の不穏な現象は、自分がこれまで出生の秘密を知らず、実の父親に不孝を重ねてきた罪によるのではないかと怖ろしくなり、源氏に譲位したい気持ちまで伝える緊迫した展開になります。平安中期の十世紀後半は、大地震や洪水、相次ぐ疫病の流行などで人々の不慮の死が度重なる時代でした。源氏物語ではそれらのできごとを直接描いてはいませんが、明日知れぬ不安を日常的に抱いていた読者の心理を、紫式部自身、知り尽くしていたと思います。

宇治十帖での浮舟の運命についても、悲劇に至るまでの盛り上げ方にものすごい迫力があります。浮舟の存在は、薫が愛していて世を去った大君《おおいぎみ》の代わりとして中の君によって明かされました。浮舟との出会いを勧める中の君と薫との会話では浮舟のことを「人形《ひとがた》」と表現し、薫は次の和歌を詠みます。

見し人の形代《かたしろ》ならば身に添えて
恋しき瀬々《せぜ》のなでものにせむ
（亡き大君の身代りならば、始終側に置いて、恋しく思う折々は、その思いを移して流す撫物《なでもの》にしましょう）
（和歌・訳とも新潮「東屋」）

「なでもの」は紙でできた人形で、これで自分の体を撫でて水に流すことによって災厄や穢れを消す道具でした。浮舟は登場した当初から、入水を図ることが予告されていたかのように読めるくだりです。浮舟はその後二人の男との恋の苦しみを解決しようもなく追い詰められていきます。舞台となった宇治川の流れは急で、三角関係が殺人につながった事件が語られたり、浮舟の母親から不吉な夢をみたという手紙が届いたりして、悲劇に向かう緊迫感が高まる様子が真に迫る文章で描かれています。

紫式部自身は、作家としてのプロ意識が高く、どちらかというと超常現象はあまり信じない、進取的なリアリストだったのではないかと、源氏物語の書き方から推測します。ただ一方で、読者を虜にするエンターテインメントの優れた才を持っていたため、夢の実現や物の怪など科学では説明できないできごとを、信憑《ぴょう》性があるかのようにストーリーにちりばめることで、文学作品としての吸引力を高めることができたのだと思います。

第四節　怖れるのは世間体＝「人笑はれ」

源氏物語の登場人物は、皆が、と言ってよいほど社会の目をとても気にします。恋愛や結婚、子どもの成育環境など、人生のいろいろな場面について世間から悪く言われることを極度に怖れます。このように悪い外聞のことを古語で「人笑へ」「人笑はれ」と言い、これらの言葉が物語の全編にわたって登場人物の気持ちや行動原理の表現として数多く出てきます。

六条御息所の不幸

これまでも記したように、六条御息所が生霊と化して源氏の正妻だった葵の上に取りついた直接のきっかけは、御息所がお忍びで源氏を見ようと出かけた賀茂の祭の現場でたまたま出会った葵の上の一行の従者たちによって、牛車を壊されたり後列へ押しやられたりした屈辱的な事件でした。もともと御息所は、かつては熱心に求愛してきた七歳下の源氏の心が離れたことで、愛の落差に苦しんだだけでなく世間体をひどく気にしていました。生霊として物の怪にまでなってしまったのは、単なる嫉妬以上に「車争い事件」で世間に恥をかかされたという屈辱感が最大の原因だったと考えられます。その心情を作者は「世の人聞きも人わらへにならむこととおぼす」(新潮「葵」)、つまり世間から物笑いの対象にされるだろうと思い詰めたと記しています。さらに、生霊と化したことを自ら思い知ったときは、「世間の人たちはどのように噂するだろう」と焦燥感をつのらせます。

一方の源氏は、すでに世間の噂を知った父・桐壺帝から、「御息所は軽く扱ってはいけない女性だ」と叱られていました。このため、物の怪事件によってさらに心が離れたにもかかわらず、娘と共に伊勢へ旅立つことになった御息所を嵯峨野の野宮《ののみや》の地に訪ねて行くことにしました。その場面での源氏の気持ちも、「つらきものに思ひ果てたまひなむもいとほしく、人聞《ひとぎ》き情《なさけ》なくやとおぼし起して」(新潮「賢木」)、つまり、薄情な男だと御息所が思うのが気の毒だっただけでなく世間から冷たい男だと思われたくない気持ちからだったことが記されています。

明石の君の悲しみ

明石の君と源氏との関係でも、双方が気にする世間体が、二人の恋愛の進展や、生まれた娘の処遇を大きく左右しました。このうち明石の君は、源氏と結ばれて子どもまで生まれた後、源氏から上京するよう求められましたが、身分の高いほかの女性たちでさえ源氏の冷たい扱いを受けるという噂を知って次のように悩みます。

「まして自分のような、大した御寵愛を受けてもいない者が、どうしてその方々のお仲間入りができようか、この幼い姫君のお顔汚《かおよご》しになるのが関の山で、自分の身分の低さを人に知られるのがおちだろう。どうせ源氏の君がたまにちょっとお立ち寄りになる折を待つだけの身になって、さぞかし人のもの笑いにされ、どんなに多くの恥ずかしい目にあうことだろうか」(瀬戸内訳「松風」)

一方源氏にとっては、明石の君への愛情だけでなく、娘を将来、后にするための成育環境が大きな関心事で、そのことについての世間体に細心の注意を払いました。その結果、姫君を田舎育ちで身分の低い明石の君のもとで成育させるとのちに入内させるのに支障があると判断し、姫君を母親から引き離して紫の上が養育することを決め、明石・紫の上双方の同意を取り付けます。身分社会の世間体の怖さを知り尽くした源氏による、自らの政治権力を盤石にするための冷徹な判断でした。

紫の上を死に追いやった一因

源氏と紫の上の後半生最大の事件となった女三の宮降嫁をめぐっても、世間の目への怖れが彼らの運命に暗い影を投げかけました。このうち紫の上は、初めて直接源氏から降嫁の件を聞いたときも、動揺を表に出すのを避け、あえて全く気にしない態度で反応しました。しかし複雑な胸の内が、次のように記されています。

紫の上は、言葉だけでなく、心の中でも、
「こうして、まるで天から降って来たような事件で、どうにも御辞退出来なかったことなのだから、嫉妬がましい厭味《いやみ》は言うまい。……愚《おろ》かしくそれを苦にして悩みふさいでいる様子を、世間の人にさとられたくはない。……」

などと考えます。……今ではもう誰も自分の上にたつ人はあるまいと慢心《まんしん》して、すっかり安心しきって暮してきた源氏の君との夫婦仲を、人はどんなにかもの笑いにするだろうと、胸の中では思いつづけながら、表面はさりげなく、おっとりと振舞っていらっしゃいます。

（瀬戸内訳「若菜上」）

外面を装う理性と傷つく本心の両面で、世間体を気にしていることがわかります。

一方源氏は、女三の宮の幼さが期待外れで紫の上への愛情が一層増していたにもかかわらず、女三の宮の父の朱雀院の暗黙のプレッシャーや世間の評判を気にして女三の宮のもとを訪ねる機会が少しずつ増え、そのことが紫の上を一層追い詰める結果になりました。

このように繰り返し強調される登場人物の世間体を怖れる思考は、源氏物語が書かれた当時の貴族社会の実態をそのまま描いたと思われます。皇族や上級貴族の恋愛沙汰や各家庭の内実は、格好の噂の種として女房や従者の横の情報網を通じて広がり、共有されたものと考えられます。作者の紫式部自身、彰子の後宮に仕える立場でこうした情報ネットワークの中に身を置き、世間体に一喜一憂する人物の心理を誰よりもリアルに物語に描写することができたのでしょう。

また、世間の目を怖れるという書き方は、登場人物が隠したい秘密を作者と読者だけが共有する、という効果を生じさせます。源氏と藤壺との密通にしても、夕顔の秘かな逢引きの最中の頓死にしても、書かれた当時の読者や私たち現代の読者は源氏たちが厳重に隠そうとする秘密を知ることによって、物語・小説を読む醍醐味を満喫できるのです。

第五節　語り手の饒舌と沈黙

源氏物語を読んでいると、ところどころに女性と見られる語り手が姿を現します。「細かいことは省略する」とお断りする場合や、光源氏をはじめとする登場人物の心理を推量したり、補足説明、あるいは少し辛口の批評をコメントしたりすることもあります。こうした表現は「草子地《そうしじ》」と呼ばれ、物語で描かれるできごとを現場で見て来たかのように語ることによってリアリティーを高める効果があります。

様々な表情を垣間見せる語り手の草子地の具体例を紹介します。草子地を物語の地の文とは区別して「です・ます調」にした角田光代氏の現代語訳を引用します。

源氏と藤壺の密通と懐妊が「若紫」で書かれた後、「花宴《はなのえん》」の帖で、宮中で開催された桜の宴で源氏が舞を披露します。桐壺帝と共に列席していた藤壺が、心の中で和歌を詠み、その和歌の後に語り手のコメント＝草子地が記されています。

おほかたに花の姿を見ましかばつゆも心のおかれましやは
（何ごともなくこの花のようなお姿を見るのであれば、露ほどの気兼ねもいらないでしょうに）

と、本人が心の中でひそかに詠んだ歌が、なぜ世間に漏れ拡がってしまったのでしょうね……。

（角田訳「花宴」）

次は珍しい例で、語り手が体調不良を理由に語りを途中でやめると言います。「蓬生《よもぎう》」という、器量の悪さが強調される女性・末摘花のその後を描いた帖の末尾にあります。

……もう少し問わず語りしたくもあるのだけれど、何しろ頭が痛いし、面倒で億劫《おっくう》だし、あんまり気も進まない、また別の機会があればその時にでも、思い出して話しましょう、とのこと。

（角田訳「蓬生」）

訳の最後に「とのこと」とある箇所の原文は「……とぞ」という表現です。この帖の語り手の話を聞いた別の人物のコメントなのか、あるいは後世にこの物語の帖を書き写した人の言葉なのでしょうか。

続いて引用する草子地は、「薄雲」の帖で冷泉帝が、自分が源氏と藤壺の子であるという秘密を知ってしまい、狼狽して源氏に譲位をしたいともちかける場面にあります。冷泉帝の申し出を源氏が丁重に断わる発言が記された後、次のような表現になっています。

政治に関する話なので、その一端をここに書き記すのも気がひけることで……。

（角田訳「薄雲」）

これは、女性である女房は男の政治に関することに口を出さない、という貴族社会の慣行を表現したものと見られます。作者の紫式部は、宮中への出仕によって、当時の政治権力のダイナミズムを十分に知り、それをもとに源氏物語を書いているわけですが、あえて語り手にはそう言わせることで、これも目の前で女房が語っているのを聞くような臨場感の効果を出しています。

源氏が中年になると、その色好みの言動に対する語り手の辛めの感想コメントがめだってきます。次の二つは、源氏が六条院に養女として迎え、次第にその魅力の虜になる玉鬘に対する源氏の態度を評した草子地です。

まず、六条院の女性たち一人ひとりのために源氏が選んだ衣裳を身につけた玉鬘を源氏が新春に訪ねた場面です。

どこもかしこも人目を引くほどのあざやかな姿に、もしこうして引き取らなかったとしたら……、と光君は思うのだけれど、それにつけても、このまま娘として見過ごすことができるのでしょうかね……。

（角田訳「初音」）

源氏の想いはさらにエスカレートして、「胡蝶」の帖ではついに直接、「今までもけっして浅くはない親心に、恋心も加わった」と言って迫ります。この場面の語り手は、あきれたという感想を冷笑まじりにもらしています。

……まったくなんとまあ、差し出がましい親心なのでしょう。

（角田訳「胡蝶」）

このように、ときには饒舌に語る草子地がある一方で、逆に物語の重大なできごとをあえて省略して書かない、という手法も源氏物語のよく知られた特徴です。それらの一部については、実際にはあった原稿が散逸してしまったのではないかという見解もありますが、あえて書かずに読者の想像に任せたと考えられる箇所が少なくありません。しかもいずれも、ストーリーの核心となるできごとについて、こうした方法が見られます。

その典型は、源氏と藤壺との密通が「若紫」の帖で描かれる中で、過去にも同様のことがあったという記述がいきなり出てくることです。あるいは、源氏が六条御息所と契りを交わすようになった最初の経緯もどこにも書かれていません。

これらの重大なできごとが書かれていないのを埋めるかのように、前者については瀬戸内寂聴氏が『藤壺』という掌編小説を創作しました。後者の六条御息所と源氏のなれそめについては古く本居宣長によって『手枕』という物語が書かれました。

また、男女の契りの核心部分を書かない、というのも源氏物語の一貫した特徴です。光源氏などと女性が夜を過ごすときに、文章のどの切れ目で情事（実事とも言います）が成立したのかが、読者の読解力に委ねられるわけです。また、特定の場面についていわゆる濡れ場で省略されている当事者の心理などを、推し量って追加する訳し方も、第二章から第四章で円地文子訳や田辺聖子訳の例として紹介した通りです。

さらに顕著な一例が、第一部終盤に近い「真木柱《まきばしら》」という帖にあります。源氏が引き取った玉鬘に対し、多くの貴公子が結婚したいとアクションを起こし、源氏自身も養父でありながらその魅力に取りつかれて過ちを犯す寸前まで行っている中、「真木柱」の冒頭で、いわばダークホースと見られていた無骨な「髭黒」という大将がすでに玉鬘との結婚を果たしたことが既成事実のように唐突に語られるのです。

欠落した部分を詳細に補ったのが、田辺聖子氏による現代語による私訳とも言える『新源氏物語』です。「田辺私訳」では、髭黒が「弁のおもと」と呼ばれる玉鬘の若い女房をあてにして、源氏も必ず了承してくれるので何としても玉鬘と逢えるように手引きをしてほしいと再三頼み込みます。髭黒への好意と同情から弁のおもとが熱意にほだされた心情が次のように田辺訳で描かれます。


大将のために、何とかやってみよう、と弁のおもとは、心の中でうなずいた。それほど、しょんぼりした中年男のあわれさは、それが髭の黒々といかめしい立派な高官であるだけに、よけいしみじみした感じを与えたのである。

そして、いよいよ玉鬘と逢ってかき口説く場面。その言葉を抜粋します。


「突然のことだからお気持が乱れるのも無理はない。しかし、あなたを一番幸福にできるのは私ですぞ。后《きさき》の位より私の妻のほうが」……

「……あなたを生涯ただ一人の女として熱愛します。私には子供も妻もいますが、妻とはもう、心が通い合っていません。長い淋しい半生でした。人生はこんなものかと諦《あきら》めていたのです。しかし、あなたを知って欲が出ました。どうしてもあなたが欲しい。……」
（いずれも田辺訳「愛怨の髪まつわる真木柱の巻」より抜粋）

極限の省略と言える箇所もあります。源氏物語の第二部は、源氏が最愛の紫の上を亡くして哀しみが癒えない一年を過ごす「幻」の帖で終わります。その最後で源氏が出家の準備をしていますが、出家そのものやその死はまるごと省略され、第三部に入って「宿木」の帖に、「二、三年出家生活を送った後」亡くなったことが記されます。ところが源氏物語には古来、「幻」の次に「雲隠《くもがくれ》」という、題名だけで本文の全くない帖が置かれています。作者が源氏の死をあえて書かなかったのだとしても、「雲隠」という題名は誰が付けたのか、定かではありません。これも源氏物語の大きな謎です。紫式部のよく知られる和歌「めぐりあひて見しやそれともわかぬまにくもがくれにし夜はの月かな」の表現から着想を得たのではないか、という見方もあります。

さらに、物語の最後も大きな省略と言えるかもしれません。五十四帖目の「夢浮橋《ゆめのうきはし》」の終わり方です。第三章で記したように、源氏物語は出家した浮舟が薫との面会を拒み、薫が「誰か別の男が浮舟を隠しているのだろう」と推測したという話でふっつりと途絶えるように終わります。未完のままではないとすれば、浮舟のその後の人生は書かれずに、読者それぞれの想像に任された形です。

このように、作者がたびたび重要な場面を書いていないことについて、国文学者の三田村雅子氏は次のような見解を記しています。

……『源氏物語』は読者を対等に考え、その読者に判断をゆだねる書き方をしています。そのすべてをあからさまには語らないというスタイルで読者に想像させます。直言が憚られる内容ということもありますが、肝心なことは語らず、読者の読みと推測にゆだねるという、高度な書き方をしています。
（『紫式部 源氏物語』ＮＨＫ「100分de名著」ブックスより）

私も同感です。紫式部がそのような書き方をしてくれたからこそ、読者によって違う読み方をしたり、時を経て再読すると新たな読み方ができたりするのだと思います。

第八章　物語を動かす和歌の力

源氏物語には、作者が創作した和歌が七百九十五首もちりばめられています。登場人物の会話や地の文は、和歌と共に読むことによって味わいが増し、人物の心の中やストーリーのリアリティーが高まります。この章では、源氏物語で果たす和歌の働きについて様々な角度から考えてみたいと思います。

現代に綿々と受け継がれてきた和歌の伝統は、『万葉集』に端を発し、源氏物語の百年ほど前に成立した最初の勅撰集『古今和歌集』によって確立したと言ってよいと思います。平安の貴族社会で和歌は、単なる文化・教養としてだけでなく、恋愛や結婚、別れ、あるいは身近な人を亡くした哀しみを表現するツールとして、ときには生きるために欠かせないものになっていました。

少女のころから文学に親しんできた紫式部は和歌の知識も豊富でした。歌人としては超一流とは評価されていませんが、私が何より驚いたことは、源氏物語の中でその都度、和歌の詠み手となる登場人物になりきって、それぞれの状況に最もぴったり合う歌を詠ませていることです。歌人としての才能というよりは、作家として物語の完成度を最大限高める和歌を創作して配置するプロフェッショナルの技を感じます。たとえが的確かどうかわかりませんが、優れた映画監督やドラマのプロデューサーが、背景の音楽や映像を最も効果的に重ねながら作品の感動を最大限にするのと通じるかもしれません。そうした源氏物語の和歌のうち、特に私が感銘を受けた具体例を紹介します。

登場人物の運命を変えた和歌

当時の貴族の実社会でも、すぐれた和歌が人の心を大きく動かし、ときには相手や自分の人生まで変えてしまう、ということがあったはずです。源氏物語にも、何げなく詠まれた歌が何人もの登場人物の人生に重大な変化を及ぼしたケースがあります。

その一例は、物語最大の山場を描いた「若菜下」の帖にあります。場面は、初老の源氏のもとに降嫁した若い皇女の女三の宮が、一方的に彼女を思慕していた柏木によって夜を共にさせられた後、まだ源氏がそのことを知らずに女三の宮の部屋に来ている夏の日暮れどきです。源氏は体調のすぐれない最愛の紫の上が気になって、その日は泊まらずに紫の上のもとに帰ろうとしました。そのときに女三の宮は、まず、「月待ちて、とも言ふなるものを」(原文・新潮)と初々しく声をかけます。これは、古い和歌の一節を引いて「月が出てから帰ればいいじゃないの」と引き留める気持ちを伝えたもので、コミュニケーション力の劣る女三の宮にしてはいつになくタイムリーで効果的なメッセージでした。源氏がはっとしたときにさらに、次の和歌を女三の宮が詠んだのです。

夕露に袖濡《ぬ》らせとやひぐらしの
　鳴くを聞く聞く起きてゆくらむ

（新潮「若菜下」）

「帰ってしまって私に泣けと言うの？」という意味でしょうか。可憐でいじらしい声かけと和歌の効果によって、源氏は結局女三の宮のもとに泊まり込んでしまいました。おそらく普段より心の通う夜を過ごした翌朝、女三の宮がまだ起きられないときに源氏が発見してしまったのが、茵《しとね》の下に無造作に隠されていた柏木からの恋文でした。筆跡から柏木によるものだとわかり、この発見によって源氏は密事を知ってしまいました。源氏はこの衝撃を紫の上にすら打ち明けることができず、その後は柏木と女三の宮の双方を、陰湿なほのめかしによって責めます。源氏に知られてしまった呵責から柏木は病の床について結局死亡し、女三の宮は耐えられずに出家しました。正妻の出家で取り残された源氏は、最愛の紫の上も病の悪化で喪い、人生前半で得た多くの幸せを失くして物語の正編が終わります。和歌が引き金となって因果の連鎖のように何人もの人物が不幸に追い込まれた経過を、作者は巧妙に綴っています。

成り切って詠む天才

詠み手の人物にぴったりの和歌を詠ませることで、その性格や立場を一層際立たせるのも作者のお家芸です。

初めの例は、源氏に終始控え目に連れ添った花散里が、源氏を須磨へ送り出すときに詠んだ別れの歌です。

月かげのやどれる袖はせばくとも
　とめても見ばやあかぬ光を

（新潮「須磨」）

「袖が狭い」つまり私は大した女ではないけれどあなた＝月の光＝をいつまでも留《とど》めたい、という気持ちを込めています。

次は明石の君の歌です。最終的には源氏との娘が天皇の后となりましたが、終始一貫して源氏との身のほどの差を意識して卑下し続けた人生でした。源氏と結ばれた後、家族で大阪の住吉大社に詣でたときにたまたま源氏の一行と参詣が重なりました。その後源氏から贈られた歌に対し、あらためて身分差を痛感した明石の君は不相応な相手を恋してしまったという述懐を詠んで返します。

数ならでなにはのこともかひなきに
　などみをつくし思ひそめけむ

（新潮「澪標」）

図8の1　「源氏物語絵色紙帖」澪標　住吉大社に参詣する源氏一行と明石の君一家
出典：ColBase (https://colbase.nich.go.jp)

「難波《なにわ》」に「何」を掛け、「みをつくし」は船の進路を案内するための標識「澪標《みおつくし》」に「身を尽くし」つまり命を賭けて想う気持ちを掛けています。この和歌から「澪標」という帖の名前が取られました。

続いて内親王から源氏の正妻として降嫁した女三の宮の和歌を二首、取り上げます。まず、源氏のもとに嫁いだ初期の歌を一首。場面は、雪の朝、紫の上と一緒にいる源氏が贈った和歌に返した歌です。

はかなくてうはの空にぞ消えぬべき
風にただよふ春のあは雪　（新潮「若菜上」）

あなたの訪れがないので淡雪のように私は消えてしまいそうだ、という意味です。第二章の女三の宮の項でもこの歌を紹介しましたが、幼くて自分の気持ちも上手に表現できない女三の宮にしては出来過ぎた和歌なので、お付きの女房か乳母の代作だろうという見方があります。作者は代作だと記していませんが、そう読めるように、読者参加を促す手法かもしれません。

その八年後、柏木によって無理に契りを結ばされた事件の後に女三の宮が詠んだのが次の和歌です。すでに密事が源氏に知られ、重病となった柏木が死の近いことを詠んで贈った和歌に対する返歌です。

立ち添ひて消えやしなまし憂き事を
思ひ乱るる煙くらべに　（新潮「柏木」）

つらい思いを競い合うかのように、自分も一緒に煙となって消えたい、という意味かと思います。作家の丸谷才一氏は、この和歌が源氏物語全体を通じて最高傑作だと評しています。八年の時を経た二首の和歌、作者は、思いもかけない柏木事件や妊娠という人生経験をしたことでこれほどの歌を詠めるほど精神的に大人になったのだということを表現したのだとしたら、作家としての驚くべき高度な仕掛けです。

この項の最後に取り上げるのは、源氏の晩年まで側に仕えた女房の中将の君と源氏が交わした和歌の贈答です。中将の君は夜を共にすることのある召人でもありました。紫の上が世を去った翌年の四季の流れを記した「幻」の帖、四月の賀茂の祭の日です。

さもこそはよるべの水に水草《みくさ》ゐめ
　けふのかざしよ名さへ忘るる

おほかたは思ひ捨ててし世なれども
　葵はなほやつみをかすべき

（新潮「幻」）

一つ目の中将の君の和歌は難解ですが、「社《やしろ》の前の甕の水が古くなって水草におおわれるように私のことはお忘れでしょうが、祭のときにかざす葵の花の名前まで忘れるとは」という意味だそうです。これに対する源氏の返歌は、中将の君を葵になぞらえて、「摘み」と「罪」を掛け、「君とだけは過ちを犯してしまいそうだ」というたわむれの意味です。この幻の帖で源氏は、女三の宮や明石の君など、ほかの女性たちからは、哀傷の気持ちを温かく癒やされることがありませんでした。この中将の君とだけはこうした色めいたやりとりをして、心安らいだ様子が、和歌によって鮮やかに表現されています。こうした召人についての作者の書きぶりについては、第七章第一節も読んでいただければ幸いです。

調べが美しく口ずさみたくなる歌

韻文である和歌は五七五七七の調べを口ずさんだときに感じる心地よさが身上です。和歌に込められた詠み手の感情と渾然一体となってその調べが頭の中に残り、繰り返し諳《そら》んじたくなるのが良い和歌の特長だと思います。個人的な好みになりますが、私が源氏物語の中で調べが大好きな歌を、書かれた順に引用します。

最初は、源氏の高貴な愛人だった六条御息所の歌です。賀茂の祭をお忍びで見物に行ったときの心情を詠んでいます。御息所が物の怪と化すきっかけとなった「車争い」の事件が起きる直前です。御息所はすでに源氏の心が自分から離れていることをひしひしと感じていましたので、愛の落差の実感を切々と訴えています。

かげをのみみたらし川のつれなきに

図8の2　「国宝 源氏物語絵巻」宿木三　匂宮と中の君が和歌をやりとりする場面
出典：『源氏物語絵巻』徳川美術館 昭11　国立国会図書館デジタルコレクション

身の憂《う》きほどぞいとど知らるる　（新潮「葵」）

「みたらし川」は神社の境内を流れる御手洗川で、「見る」を掛けています。和歌に独特の掛詞《かけことば》は技巧でもありますが、言葉の重なり、重層的な意味の表現が情趣を感じさせます。

次は源氏が、六条御息所の物の怪事件のあと、正妻の葵の上を亡くした喪中に、朝顔の君に宛てて贈った和歌とそれに対する返歌です。

わきてこの暮《くれ》こそ袖は露けけれ
もの思ふ秋はあまたへぬれど

秋霧に立ちおくれぬと聞きしより
しぐるる空もいかがとぞ思ふ　（同）

源氏は朝顔に思いを寄せ、一方朝顔は六条御息所のような目に逢いたくないと思って源氏と距離を置いていました。それでもこの和歌のやりとりは、当時の貴族社会で最高の教養を持つ者同士の、洗練を極めた贈答になっています。

次は、関係がぎくしゃくしてしまった六条御息所に源氏が別れを告げるために訪ね、一夜を共にした際の和歌です。相手とのこれまでのすべてを思い出しながら、万感を込めてい

る気持ちが、独り言のような控え目な言葉に表れていると思います。

暁の別れはいつも露けきを
こは世に知らぬ秋の空かな　（新潮「賢木」）

続いて、源氏が流謫生活をした「須磨」の帖には源氏物語の五十四の帖の中で最も多い四十八首の和歌がありますが、その中でもきわだって調べが美しい歌を二首取り上げます。

まず、詠み手は源氏流謫のきっかけになった相手の朧月夜です。先に源氏が贈った和歌で、涙の川に沈んでしまったという表現を使ったのを引いて次のように返歌しました。

涙河うかぶ水泡《みなわ》も消えぬべし
流れてのちの瀬をも待たずて　（新潮「須磨」）

水の泡のようにはかない私は再会を待たずに死んでしまうでしょう、という意味です。

因縁の想い人である藤壺とは対面して別れを告げました。そのときの藤壺の歌です。

見しはなくあるは悲しき世の果てを
そむきしかひもなくなくぞ経《ふ》る　（同）

第一句は藤壺の夫である故桐壺院のこと、第二句は源氏が悲しい目に逢ったという意味で、自分は出家したのにその二つのことで泣きながら日々を過ごしている、という真情を掛詞で表現しています。

美しい歌の最後の二首は、宇治十帖の「宿木」で匂宮と中の君が交わした贈答を取り上げます。匂宮は中の君と薫との関係を疑い、一方の中の君は、匂宮が新たな妻（夕霧の娘の六の君）を得て訪れが間遠になったことを恨んでいました。

微妙にすれ違う男女の探り合いのようなやりとりが、晩秋のもの寂しい庭の風景を背景に浮かび上がってきます。国宝の源氏物語絵巻にこの場面を描いた一枚があります。一つ目が匂宮の歌、二つ目が中の君の返歌です。（図8の2）

穂にいでぬもの思ふらししのすすき
招くたもとの露しげくして

すすきの穂に出るというのは露わになることを譬《たと》えた歌語で、上の句は「はっきり顔に出さないけれどあなたは何か物思いをしているようですね」という解釈と、「物思いが顔に出ていますよ」という解釈があります。下の句は、すすきが風に揺れる様子を人を招いている形に見立てて、薫からの中の君宛ての手紙が頻繁に来ていることを諷して鎌をかけています。

秋果つる野べのけしきもしのすすき
ほのめく風につけてこそ知れ
（いずれも新潮「宿木」）

中の君の返歌は、「秋が終わる」季節にあなたの気持ちも自分を「飽き果てる」と掛け、そのような心離れがほのかなそぶりで感じられる、という意味です。私はこの中の君の和歌が大好きで、匂宮の歌より数段上のように感じます。

死の予感

源氏物語には、自分の死が近いことを知ったときに詠んだ和歌があり、心をとらえます。

主人公の光源氏が最後に詠んだ歌です。

もの思ふと過ぐる月日も知らぬまに
年もわが世もけふや尽きぬる
（新潮「幻」）

「幻」の最終盤に置かれたこの歌で、作者は山あり谷ありの源氏の人生については書き終え、源氏はその後ほどなくして出家し、世を去ったことが続編となる第三部に簡潔に記されます。

次は、読み手が死んだのちに見つかったという和歌です。柏木は女三の宮への思いを一方的に果たした後、それを源氏に知られた苦しみから病死しましたが、生前に女三の宮に宛てた柏木の手紙が残されていました。和歌が記されたその手紙を二人の実の子である薫が当時の女房から知らされて読む、という設定になっています。

目のまへにこの世をそむく君よりも
よそにわかるる魂《たま》ぞ悲しき

（新潮「橋姫」）

すでに柏木は自らの死が近いことを悟り、出家した女三の宮との永遠《とわ》の別れを惜しむ気持ちを詠んでいます。

この項の最後は、宇治十帖のヒロイン・浮舟の歌です。匂宮との恋の絶頂で詠んだ歌ですが、自分の死を予感したような不吉な心情が詠まれています。この後しばらくして、浮舟が二人の男の狭間で苦しんだ末に自殺未遂を起こす、その伏線のようにも読めます。

降りみだれみぎはに氷《こほ》る雪よりも
中空《なかぞら》にてぞわれは消《け》ぬべき

（新潮「浮舟」）

図8の3　宇治川べりの匂宮・浮舟像

独詠を効果的に使う

源氏物語は、相手に贈るためではなく、自分の心の中だけで詠んだり、手元に書き残したりした「独詠」の和歌が合わせて百首余りあります。悲しさをかみしめたり、相手に言えない恋心や苦しみを表現したりした歌がめだちます。独りごちたつもりが人に見られてしまうこともあり、そんな歌を含めて五首を紹介します。

初めに、十七歳の源氏から偶然同宿した邸で契りを交わされ、心は源氏に惹かれながらも自分の身のほどを考えて源氏を避け続けた空蟬の歌を二首。相手に直接伝えられない想いを独白しています。

うつせみの羽《は》に置く露の木隠《こがく》れて
忍び忍びに濡るる袖《そで》かな

（新潮「空蟬」）

「露の木隠れて」というのは、蝉の羽の露が木々の間に隠れて見えないように、という意味です。

空蝉は、源氏との出逢いから十二年後にも源氏への気持ちを独詠しました。老いた受領の夫の赴任に同行して東国の常陸に暮らし、京へ戻る途中、近江の国の逢坂の関で偶然、源氏の一行とすれ違ったときの感慨です。

行くと来《く》とせきとめがたき涙をや
絶えぬ清水《しみづ》と人は見るらむ　（新潮「関屋」）

「自分がこの関を越えた往きも帰りも涙が止められないのに、あなたはただ湧き続ける関の清水と見るだけなのでしょう」という意味でしょうか。

続く二首は、源氏が正妻として女三の宮を迎えたことによる心細さと先々への不安の気持ちを紫の上が詠んだ歌です。いずれも手元に書きつけたものを源氏に見られてしまいました。しかし源氏は嫉妬をする紫の上をいじらしく思って愛情が増すことはあっても、その悲しみ・苦しみがのちに死に至る病を引き起こすほどのものだということを理解できませんでした。そのようなことが後でわかると相当重い歌です。

目に近くうつればかはる世の中を
行く末遠く頼みけるかな　（新潮「若菜上」）

「うつる」はもちろん、源氏の心が自分から離れて行く、という実感です。

身に近く秋や来《き》ぬらむ見るまゝに
青葉の山もうつろひにけり　（同）

「秋」を「飽き」に掛ける表現、景色の変化を移ろう心になぞらえる表現はいずれも王朝時代の和歌に無数に出てきます。

それから十一年後、最愛の紫の上を亡くした後の源氏自身の独詠です。

死出《しで》の山越えにし人を慕ふとて
跡《あと》を見つつもなほまどふかな　（新潮「幻」）

言い返す寸鉄

和歌は恋心や親愛の情を示すだけでなく、ときには相手を責めたりやりこめたりする気持ちを表現する場合がありました。

最初は源氏と六条御息所のやりとりです。御息所が物の怪と化した後、正妻の葵の上が命を落としたことに対し弔問のために御息所が贈った歌です。

人の世をあはれときくも露けきに
おくるる袖を思ひこそやれ　（新潮「葵」）

下の句は、「残された悲しみの涙に濡れるあなたの袖を察します」という意味です。

源氏の返歌。

とまる身も消えしもおなじ露の世に
心置くらむほどぞはかなき　（同）

生きる人も死ぬ人も、無常の世なのに「心置く」、つまり執着心を持つのは意味のないことではないですか、という気持ちを訴えています。源氏は、物の怪になった張本人がぬけぬけと弔問の和歌を贈ってきたことに対し、遠回しに相手を責めていると考えられます。

次は源氏が養女とした玉鬘にたびたびセクハラのような迫り方をした際に、玉鬘が精一杯の皮肉を返した和歌です。

ふるき跡をたづぬれどげになかりけり
この世にかかる親の心は　（新潮「蛍」）

この和歌の前に当の源氏は、図々しくも、「親の意向に子どもが反する例はない」という意味の和歌を玉鬘に詠みかけました。玉鬘は源氏の言葉をうまくとらえて「昔の例を探しても、あなたのように娘に懸想する親こそいませんでしたよ」と突っ込んだのです。

続いて朧月夜が突然出家した後、先を越された源氏が未練の気持ちから自分のために回向をしてほしいと甘えの気持ちを伝えたのに対し、毅然と送り返した和歌です。

あま船《ぶね》にいかがは思ひおくれけむ
明石の浦にいさりせし君　（新潮「若菜下」）

「いさり」は「漁り」で、かつて明石の浦で過ごしたあなたがなぜ尼の私よりも出家が遅れているのでしょうか、という意味です。ここにはすでに、若き日の過去を共有する相愛の情はありません。女性が出家することの意味を作者は明確に示しているように思います。（52、159頁参照）

「本歌取り」という優雅な手法

和歌には「本歌取り」という表現方法があります。古いよく知られた和歌の一部を使って新しい歌を詠むやり方です。

例は、紫の上が須磨・明石にいる源氏に贈った和歌です。源氏が現地で明石の君と結ばれたことを、噂で知られる前にと京の紫の上に手紙で遠回しに告白したのに対し、嫉妬の気持ちをぶつけるのに古歌を引いています。

うらなくも思ひけるかな契りしを
松より波は越えじものぞと
（新潮「明石」）

引用した古歌は、古今和歌集に載っている「君をおきてあだし心をわが持たば末の松山波も越えなむ」だとみられています。私が浮気心を持つことは、末の松山という高い山を波が越えてしまうくらいありえない、という意味です。紫の上はこれを引き合いに出して、「あなたが私との愛を約束し、浮気心は持たないと疑いも持たずに信じていたのに」ありえないことが起きてしまったと怨じているのです。「末の松山」は陸奥《みちのく》にあるとされた「歌枕」で、宮城県とも岩手県とも言われています。

歌人としての自作の発展形も？

紫式部自身は、『紫式部日記』や家集の『紫式部集』に、百二十首を超える和歌を残しています。百人一首に採られている「めぐりあひて見しやそれともわかぬまにくもがくれにし夜はの月かな」以外はよく知られた和歌はあまりありません。紫式部の和歌の一番の印象は、自らの日々の憂いや孤独、無常観を表現した歌がめだつことです。しかも、次の二首のように、仕えていた中宮彰子が初めての出産をした後のお祝いムードの最中に独り、詠んでいるのが特徴です。

水鳥を水の上《うへ》とやよそに見む我れも浮きたる世をすぐしつつ
（訳は103頁）

年暮れてわがよふけゆく風の音《おと》に心のうちのすさまじきかな
（歳は暮れ、私の人生は更けていく。また一つ老いるのだ。（それに比べてこの宮廷の華やかさ）吹きすさぶ風の音を聞けば、心の中には自分など場違いの用無しだという思いが募るばかりだ）
（いずれも山本淳子訳注『紫式部日記』より）

また、次の二首が紫式部集の終わり近くに置かれています。（ただし二つ目の和歌は収載されていない写本もあります。）

ふればかく　憂《う》さのみまさる　世を知《し》らで
荒《あ》れたる庭《には》に　つもる初雪

いづくとも　身をやる方《かた》の　知られねば
憂しと見つつも　永らふるかな

（南波浩校注『紫式部集』岩波文庫より）

詠まれた時期ははっきりしませんが、それぞれつらさや憂いを抱えながら日々を生きて行く人生を述懐している感じです。一方、源氏物語で源氏が紫の上を亡くした直後の一年間を綴った「幻」の中に源氏自身の次の独詠の和歌があります。前の紫式部の二首と、どこか相通じる気持ちが表現されているように思いました。

浮世にはゆき消えなんと思ひつつ
おもひのほかになほぞほどふる

（雪が消えるように浮世から姿を消してしまいたいと思いながら、思いのほかに今もなお月日を過している）

（谷崎訳「幻」）

紫式部が、自分の和歌を直接、源氏物語の中の和歌の創作に活かしたのではないかという指摘のある歌もあります。その一例。紫式部集には式部と宣孝がやりとりしたという見方のある以下の和歌が順に並んでいます。（相手を宣孝とする証拠はないという見解もあります）

入《い》る方《かた》は　さやかなりける　月影《かげ》を
うはの空にも　待《ま》ちし宵《よひ》かな

さして行《ゆ》く　山の端《は》もみな　かき曇《くも》り
心《こころ》も空《そら》に　消《き》えし月影《かげ》

（『紫式部集』岩波文庫より）

一つ目は式部の歌で、相手を月にたとえて「入る方」つまりほかの女の所へ向かうことが明らかなのに私は上の空の気持ちであなたを待っていた、という意味だと思われます。これに返した男の歌は、あなたを訪ねようとしたけれど果たせなかったという言い訳をしようとしたのでしょうか。

このやりとりについて歌人の馬場あき子氏は、「夫への恨みと妻への弁明の贈答歌は、夕顔の巻で、行方も知らず源氏に伴われる女の不安な思いを詠じた歌、

山の端の心もしらでゆく月はうはの空にて影や絶えなむ

の一首に集約されて、よりすぐれた歌として生まれかわっている。」と指摘しています。（馬場あき子「物語の中の歌の有効性――紫式部の歌」より。『源氏愛憎　源氏物語論アンソロジー』角川ソフィア文庫所収）

「夕顔」の帖で創作された歌は「月」を夕顔自身にたとえており、死を予感する不吉さがにじみ出ています。実際に夕顔は次の晩に急死しました。

「引歌」で高めるリアリティー

過去の勅撰和歌集などの和歌の一部を物語の会話や地の文に引用する「引歌《ひきうた》」の手法も、源氏物語では多く使っています。たとえば、明石の君が娘と別れたときの気持ちは原文で「よそのものに思ひやらむほどの心の闇」（娘をよそに渡して遠くから心配する親心）と表現されていますが、「心の闇」は、紫式部の曽祖父・藤原兼輔の和歌「人の親の心は闇にあらねども子を思ふ道にまどひぬるかな」からのキーワードとして、源氏物語で繰り返し使われています。

国文学者の鈴木日出男氏は、その著書『源氏物語引歌綜覧』（風間書房）で、物語の中にある引歌を九百九十一首挙げています。その中でも元の歌の調べがとりわけ美しい四首を、物語の該当部分と共に味わってみます。以下、①は引歌となった元の和歌、②はそれを引いた源氏物語の原文です。③として筆者の訳と補足を付けました。（①・②は鈴木同書の表記により、②は抜粋です）

①あたら夜の月と花とを同じくは心知れらむ人に見せばや

源信明・後撰和歌集

②……十三日の月のはなやかにさし出でたるに、ただ「あたら夜の」と聞こえたり。（明石入道の言葉）「明石」

③八月十三日の美しい月の晩に、明石入道が源氏を娘のもとへ誘った場面です。古歌は、惜しむほど美しい月と花は情趣を解する人に見せたい、という意味です。鈴木氏は、「花」は明石の君をさすことになろうと記しています。

①世の中は夢のわたりの浮橋かうち渡りつつ物をこそ思へ

出典未詳

②はつかに、飽かぬほどにのみあればにや、心のどかならずたち帰りたまふも苦しくて、「夢のわたりの浮橋か」とのみうち嘆かれて、（源氏の言葉）「薄雲」

③源氏が、嵐山の大堰《おおい》にいる明石の君を訪ねてつかの間のは

かない逢瀬を持って帰る際に嘆いた表現です。元の歌は、男女の仲の不安定なはかなさを、夢の中の浮橋のようだとたとえています。

①いで人は言《こと》のみぞよき月草のうつし心は色異《こと》にして　読人しらず・古今和歌集

②姫宮は、まして、なほ音《おと》に聞く月草の色なる御心なりけり。ほのかに人の言ふを聞けば、男《をとこ》といふものは、そら言《ごと》をこそいとよくすなれ、思はぬ人を思ふ顔にとりなす言の葉多かるものと、……（大君の気持ち）「総角」

③「月草」はツユクサで、布を染めても色がうつりやすいため「うつろいやすい心」を表現するのに使われました。匂宮が中の君と結ばれた直後なのに、宇治に紅葉見物に来た際に立ち寄らずに帰ったことについて、中の君を思いやる姉の大君が「心配した通り、匂宮は移り気な男だったのだ」と嘆いた気持ちを情緒深く表しています。

①いかで我つれなき人に身をかへて苦しきものと思ひ知らせむ　出典未詳

②おろかならず言《こと》の葉を尽くしたまへど、つれなきは苦しきものをと、一ふしを思し知らせまほしくて、心とけずなりぬ。（中の君の気持ち）「総角」

③これも中の君と匂宮との関係が主題になった表現です。元の歌は「あのつれない相手と自分が入れ替わることによって、私のつらい気持ちを思い知らせたい」という意味です。

第三章で葵の上が源氏との会話で引いたと解釈した古歌（49頁）とよく似た意味合いです。こちらの宇治十帖「総角」の場面では、あれこれ言葉を尽くして愛を語る匂宮に対し、その不実を疑っている中の君が、古歌にあるようにつれない態度を示すことで自分の苦しみを知らせたい、という意味です。

源氏物語の同時代の読者は和歌の教養を身につけていたでしょうから、引歌の手法によって現代の私たちが読むよりもさらに深く、物語の情緒を味わえたと思います。

第九章　平安時代がわかるともっと楽しめる

第一節　結婚制度──一夫一妻多妾？

源氏物語の時代の夫婦関係は「一夫多妻制」だったと言われることがあります。本当にそうなのでしょうか。当時の結婚制度は大変複雑で、研究者の見解や使う用語も分かれています。最近読んで参考になった一冊の本を紹介しながら結婚制度について記したいと思います。

源氏物語の時代、つまり平安中期の正式な結婚は、妻となる女性の父親が決定権を持っていたとされます。結婚が決まると男性は相手の女性の家に三晩通い、朝になると自宅に帰って後朝《きぬぎぬ》の和歌を贈る習慣でした。これを繰り返して三日目の夜には「三日夜餅《みかよのもちい》」というお祝いの餅を二人で食べ、正式な結婚成立となりました。この手続きを経たかどうかが、正式な結婚なのかどうかの分かれ目だと言えると思います。

今回参考にした本は、国文学者の工藤重矩《しげのり》氏の中公新書『源氏物語の結婚　平安朝の婚姻制度と恋愛譚』です。工藤氏がこの本で繰り返し説明している最大のポイントは、「平安時代の婚姻制度は法的に一夫一妻制であり、正妻とそれ以外の女性たちとの間には立場・社会的待遇に大きな差があった」という点です。

当時の夫婦のあり方については、「一夫多妻制」だったというとらえ方が以前からあります。これについて工藤氏は、平安時代の結婚は律令で定められ、法的に妻として扱われるのは一人のみだったと指摘します。このためあくまで妻は正妻一人だけで、それ以外の女性は、法的な妻ではないが夫婦的な関係のある「妾《しょう》」や、主従関係にある女房などの「召人《めしうど》」などということになります。当時の実態を表すために「一夫一妻多妾」という表現を使うこともあると工藤氏は記しています。

そして、一夫多妻制の観点から、男性は複数の女性と正式な結婚ができ、優劣のない複数の妻たちの中から事後的に「正妻」が決まる、とするとらえ方は誤りだと工藤氏は指摘します。

こうした見解の違いは、「妻」という言葉を厳密な（法的な）意味で使うか、実態に即して緩やかな意味で使うかという違いも影響しているように思いますが、工藤氏は「一夫一妻制」を前提に読むことで源氏物語の様々な描写が腑に落ちると述べています。

源氏物語で光源氏の正妻となったのは、若くして亡くなった葵の上と、源氏が老後に降嫁を受け入れた女三の宮の二人だけです。実質的には源氏が生涯の伴侶として最も愛した紫の上がどういう立場だったのかが最大の問題と言えそうです。

工藤氏は、正妻ではなく法的には「妾《しょう》」という弱い立場だった紫の上を作者が守ろうとして、葵の上の死や六条御息所との別れなどのストーリーを書き連ねたと見ています。

源氏が須磨・明石での流謫生活の過程で結ばれた明石の君は、源氏との子まで産みましたので、紫の上の立場を危うくする存在だったと言えます。このため物語では、明石の君の社会的立場をきわめて低く設定したというのも工藤氏の見解です。

紫の上や明石の君の立場に関わる源氏物語の注目すべき記述を、工藤氏の著書を参考に列挙します。

①源氏が一緒に暮らしていた紫の上と初めて男女の関係になったのは紫の上が十四歳のときでした。源氏の指示により従者の惟光《これみつ》が餅を用意しましたが、周囲に知られないように密かに準備しており、正式な結婚で慣習だった「三日夜餅」のやり方とは異なっていました。

②明石の君は、八年間もの長い間、娘の姫君と会うことも叶わず、「藤裏葉」の帖で姫君が東宮に入内したときにようやく姫君の世話係として再会を果たしました。そこまでへりくだった処遇でしたが、それでもほかの東宮妃の女房たちは姫君に実母の明石の君が付き添ったことを「疵《きず》」のように咎めました。

③「若菜上」の帖で明石女御（姫君）は、将来天皇になる見込みの東宮の男子を出産しました。その後で、源氏があらためて明石の君に対し、引き続き出過ぎた振舞いをしないよう、穏やかな表現ながら釘を刺す場面があります。明石の君が源氏に対し、紫の上は自分を気恥ずかしいくらい一人前に扱ってくれる、という意味のことを言ったのに対し、源氏は次のように諌めたのです。

「あの方（紫の上）は別にあなたのために気を遣っているわけでもないでしょう。ただ、御自分が女御の御日常に、始終付き添ってお世話できないのが気がかりで、あなたにその代わりをしてもらっているのでしょう。それもまたあなたが親ぶった顔で一人取りしきったりしないので、万事穏やかに円満に運ぶのです」

（瀬戸内訳「若菜上」。引用冒頭のカッコ内は筆者）

④紫の上の立場は、女三の宮の降嫁によって根本から危うくなります。源氏は女三の宮と比べた紫の上の魅力や優れた人柄をますます認識して愛情を注ぎますが、世間は紫の上に同情するどころか、正妻である女三の宮がもっと源氏によって重んじられるべきだと噂します。紫の上の病が一時、重篤になって「亡くなった」という噂が世間に広まっ

たという場面が「若菜下」にあります。その噂を聞いた上級貴族などは次のように話したと書かれています。

「こういうお方がますます長生きして、この世の栄華を極めておられては、はたの人は迷惑することでしょう。これからは二品《にほん》の女三の宮も、本来の御身分にふさわしい御寵愛をお受けになるだろう。これまではお気の毒なほど紫の上に圧《お》されていらっしゃったから」

（瀬戸内訳「若菜下」）

※二品は親王・内親王の位《くらい》で第二位

幸せになることが周囲の迷惑だ、とまで言われた紫の上。こうした立場の苦しみが死に至る病を引き起こしたのだろうと思えるエピソードです。

当時の結婚制度は、世間を支配した階級意識とも一体となって源氏物語に描かれています。作者はリアリズムを徹底しながらも、正妻ではない紫の上が、終生源氏と同居するという例のない形で最も大切にされるというストーリーを物語の核心に据えたと言えます。

この項では工藤重矩氏の著書を引きながら当時の結婚制度について考えてみました。読者の皆さんはどうお考えでしょうか。

第二節　寝殿造り――源氏の邸宅「六条院」を中心に

今から三十年余り前、株式会社大林組が源氏物語研究の第一人者・玉上琢彌氏の監修によって源氏物語の「六条院」の配置や構造を物語本文を手がかりに復元し、寝殿や庭の池などの配置図を作成するプロジェクトが行われました。その詳細は、広報誌の『季刊大林』34号（平成三年五月発行）に掲載され、今も同社に注文すると購入できます。（『季刊大林』ホームページ参照）

この項では、プロジェクトの成果を解説した『季刊大林』記事から要点を引用します。なお、復元された配置図は本書156～157頁に、全景を上から見たイラストレーター・穂積和夫氏による鳥瞰図は口絵図5として転載しました。

六条院は、主人公・光源氏が三十五歳、太政大臣という最高位に就いているときに造営した寝殿造りの邸宅です。物語が中盤に差しかかる「少女《おとめ》」の帖で完成しました。当時、平安京で公卿に与えられる標準的な敷地は一町（約一二〇メートル四方）でしたが、六条院は四町つまり四倍の広さがありました。藤原道長の父・兼家などが代々暮らした実在の邸宅「東三条殿」と比べても二倍の広さです。四つの区画ごとに春・夏・秋・冬の季節を象徴し、それぞれにふさわしい女性を住まわせるとともに季節に合う花や木が植えられたり池や築山が造られたりしました。六条院の場所は六条京極あたりと想定され、完成時の六年前に亡くなった六条御息所の旧宅があった土地を含んでいます。主人の住まいである寝殿は南向きで、その脇（東西や北）には家族などが住む対《たい》（対屋《たいのや》）が設けられ、渡殿《わたどの》という通路を兼ねた建物で結ばれていました。寝殿の高さについては文献や絵巻、実際に残っている古い建築物を参考に、軒の高さは約四・六三メートル、床の高さは約一・二一メートルとして復元したとのことです。

四つの町は塀で隔てられたり長い渡り廊下で結ばれたりしていました。源氏はこの廊下を通って、各町にいる女性たちを訪ねて回ることができました。源氏物語の「少女」から「野分《のわき》」にかけての帖には、四季の移り変わりの風情が美しく描かれており、本書に掲載した配置図や鳥瞰図を参考にその風景を想像していただきたいと思います。

四つの町に住んだ登場人物は以下の通りです。

六条院の中心になったのが、源氏や紫の上が住む東南の町です。「春の町」として紅梅や桜、藤、山吹などを植えて春を楽しむ庭が造られ、重要な行事や天皇の行幸の舞台にもなりました。源氏と明石の君との娘で冷泉帝の次の天皇（今上帝）に入内した明石中宮は紫の上が養育したためここで育ち、出産の際の実家に当たる場所にもなりました。正殿に相当する寝殿の両側には「対」という部屋がありました。女三の宮が源氏の正妻として降嫁してくると寝殿の主《ぬし》になり、それまで中心だった紫の上は居場所も東の対に移りました。

東北の町は「夏の町」で、花散里が住みました。源氏の長男の夕霧はこの場所で花散里に養育され、夕顔の娘の玉鬘も源氏の養女として引き取られてからは花散里のもとで東北の町で暮らし、西の対にいるのを源氏が訪ねたと書かれています。

西南の町はもともと六条御息所の旧宅があった場所でしたので、その娘の秋好《あきこのむ》中宮が里邸としました。「秋の町」として中宮が好んだ秋を楽しめる庭が造られました。

西北の町には明石の君が住みました。ほかの女性たちに比べて身分が低いことから、この「冬の町」には寝殿は無かったと想定されています。嵐山の大堰《おおい》にある親族の邸で暮らしていた明石の君は二か月遅れで六条院に入居しました。しかしそれからさらに四年、実の娘の明石姫君とは同じ六条院内に住んでいても姫君が入内する式典まで一度も会うことができませんでした。

なお、六条院の構造や配置を復元する研究者の試みはほかにも、建築が専門の池浩三氏をはじめ複数あります。源氏物語の六条院などの建物について池浩三氏の著書『源氏物語　その住まいの世界』（中央公論美術出版）も大変参考になりま

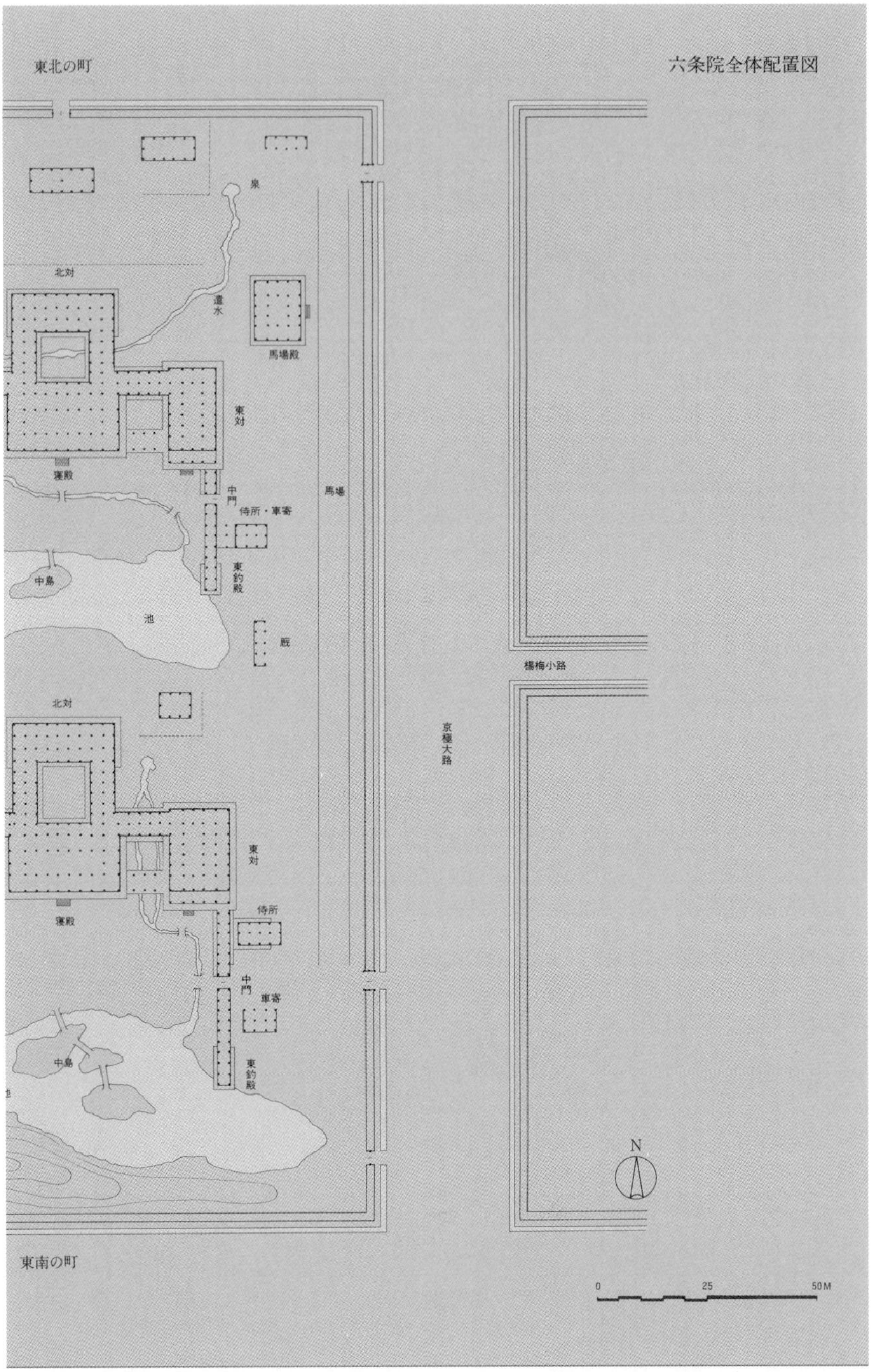

図9の1　六条院全体配置図　復元：大林組

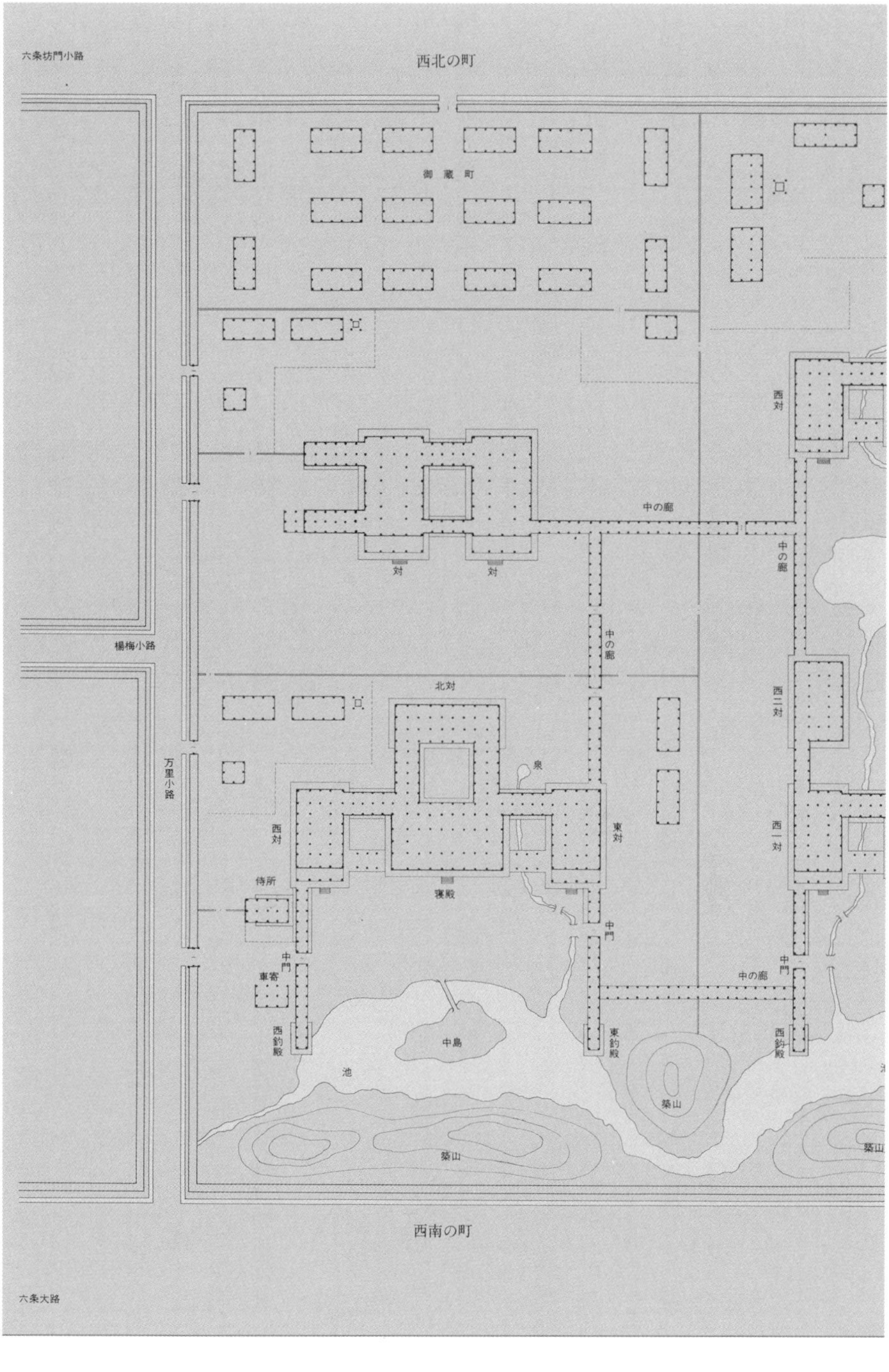
六条坊門小路
西北の町
御蔵町
西対
中の廊
対
対
中の廊
中の廊
北対
泉
西二対
楊梅小路
万里小路
西対
東対
西一対
侍所
寝殿
中門
中門
中門
車寄
中の廊
西釣殿
東釣殿
西釣殿
中島
池
築山
築山
築山
西南の町
六条大路

した。立体的な模型は、宇治市にある源氏物語ミュージアムで見学することができます。なお、大林組のプロジェクトを監修した玉上琢彌氏はその後、自身の想定配置図を部分的に修正しています。

六条院はこのように源氏の栄華を象徴する邸宅として造られ、養女として玉鬘を引き取ってから始まる「玉鬘十帖」やその後の中心的な舞台になります。物語第一部最後の「藤裏葉」の帖では、明石姫君が東宮に入内し、冷泉帝と朱雀院がそろって行幸で六条院の東北の町を通って東南の町に訪れるなど、源氏の人生の頂点を象徴する場となりました。そして第二部の「若菜上」で女三の宮が正妻として降嫁してきて以降、紫の上の発病や柏木事件の発生など、坂を転げ落ちるような事件続発によって源氏の人生が暗転する過程で、輝いていた六条院の秩序は徐々に崩壊し、源氏自身がこの秩序をコントロールできなくなっていく様子が記されます。

建物内部の構造や調度について

建物の中の構造や家具類がわかると一層、物語の重要な場面などを深く味わうことができます。当時の宮中や貴族の建物内には「塗籠《ぬりごめ》」というスペースが造られることがありました。六条院については物語に記述がなく配置図に描かれていませんが、「塗籠」は周囲が壁で囲まれた閉鎖的な空間だったため、入口を閉じることによって情事の際などに隠れたり避難したりする場所になりました。

たとえば、「賢木」の帖で源氏が再び藤壺に迫る場面では、藤壺の寝所に入り込んだ源氏が女房によって翌日まで塗籠に押し込められます。また、「夕霧」の帖では、亡くなった柏木の妻だった落葉の宮が夕霧を避けるために塗籠に閉じこもりましたが、女房が入口を開けて夕霧は中に入り、思いを果たしてしまいました。

細い竹を糸で編んだ「御簾《みす》」は、内側からは外がよく見え、外からは内部の人影がぼんやり見える構造だったため、中にいる女性を外側の男性から隔てる役割を果たしました。源氏が十二歳になって元服すると、それまでのように憧れの藤壺のいる御簾の内側には入れなくなったことが「桐壺」の帖に記されています。六条院の庭で行われた蹴鞠《けまり》のときに猫が御簾を動かしたことによって中にいた女三の宮を柏木が垣間見てしまい、恋の想いをエスカレートさせた「若菜上」の有名な場面でも、御簾が重要な意味を持ちました（39頁図）。宇治十帖で薫が恋慕した大君と話をするときも、多くは御簾を隔てたやりとりでした。

室内で移動できる遮蔽物として使われたのは几帳《きちょう》や屏風などでした。このうち几帳は台の上のT字型の木に布を垂らしたもので、隙間からは中が見えました。源氏が空蝉と再び逢瀬を持とうとして忍び込んだときには几帳の布を引き上げて忍び込んだものの、焚きしめられた香りと気配で察した空蝉が寝所から脱け出したと「空蝉」の帖に書かれています。

几帳などの調度品は、多くの古語辞典に掲載された図版や、「国宝 源氏物語絵巻」の様々な場面に描かれているのを見ることで、物語を読む際の実感を抱くことができます。

第三節　仏教は愛執を救ったか

源氏物語では仏教が重要な意味を持つ場面が随所にあります。登場人物の出家、無常観、物の怪を調伏するための加持祈禱、前世の因縁によって現世の運命が定まってしまうという「宿世《すくせ》」の考え方、長谷寺の観音信仰などです。そして物語最終盤にはヒロインの浮舟の救出や出家を手助けする「横《よ》川《かわ》の僧都」という高徳の聖が重要な役割を果たします。この人物は物語が書かれた時代に実在し、その後の仏教の歴史に大きな影響を与えた『往生要集』の作者・恵心僧都源信《えしんそうずげんしん》をモデルにしたという見方が有力です。

このように、長い物語を通して筋の展開に影響する仏教の描き方から、作者自身がどのような仏教観を持っていたのか、その一端を探ってみたいと思います。

源氏物語を読んで誰もが強く印象を受けるのは、光源氏と関係した女性たちの相次ぐ出家です。本書第二章・三章で記した通り、多くの登場人物、特に女性たちが出家します。六条御息所のように病気が出家のきっかけになった例もありますが、めだつのは源氏との男女の関係を断ち切るための出家です。死後の往生の妨げとなる「愛執」から解放されるための出家、と言ってもよいと思います。

出家したことで、源氏から解放されて、瀬戸内寂聴氏の表現を借りると「女の心の丈《たけ》が高くなる」女性たちの姿があります。出家によって源氏との男女の縁を鮮やかに切った朧月夜や、出家の前後にようやく精神的な成長を遂げる女三の宮がその典型だと思います。

作者は、これらの多くの女性を出家させた一方で、出家をしても成仏できなかった女性たちや出家を願っても最後まで遂げられなかった紫の上のような人物も描いています。

藤壺は、源氏の接近から身を守り、息子の冷泉帝の将来を保障するために、いわば緊急避難的な出家を敢行しましたが、結局はそれだけでは死後の救いを得られなかったようです。第二章で引用しましたが、作者は源氏の夢に、成仏できずにさまよう藤壺が出てきて源氏を恨むできごとを描いています。

六条御息所の場合はそれ以上に死後の安寧が得られませんでした。生霊となり、源氏と別れたのちに病気で出家はしたものの、十八年も経ってから死霊として二回も登場しています。それを見た源氏の反応は、「やはり女性の罪障は消えない、だから女は救われない」という感懐でした。作者が御息所を死霊としてまで現れさせたのは、結局源氏が御息所を傷つけた自分の過去を心から反省・悔悟することはなかったため、自責の気持ちを求めたのかもしれません。

源氏自身は、若いころから自らの愛執に苦しむたびに出家の途《みち》を考えながらも実行できず、伴侶の紫の上の出家を最後まで許さなかったのも、紫の上への愛情の深さゆえでした。源氏がようやく出家したのは、出家できなかった紫の上が亡くなり、自らの死も近づいたときでした。

出家に関しての作者のこうした描き方から伝わってくるのは、男女の愛執というものがいかに深く、消し難いか、ということだと感じます。

「宿世」観についてはどうでしょうか。

私が源氏物語を読んだときに強く印象づけられたことの一つは、宿世という考え方が女性を口説く方便のようにも使われていることでした。

たとえば「帚木」の帖で十七歳の源氏が空蝉に迫るときに「さるべきにや」、つまりこうなる運命＝前世の因縁＝だった、という言い方をしています。

一方、藤壺は源氏との逢瀬によって懐妊が明らかになったときに「あさましき御宿世《すくせ》のほど心憂し」（信じたくないような自分の運命がつらい）と感じるのでした。

「宿世」という言葉は本来、抗《あらが》うことのできない自分の定めを受け入れる意味合いがあるのだと思いますが、源氏物語では、やはり男女の愛執にからんで頻繁に使われているように思います。

宇治十帖「手習」の帖で浮舟を出家させた横川の僧都は、自殺を図って倒れていた浮舟をたまたま発見し、周囲が止めるのを制して助け出しました（口絵図16）。浮舟は僧都の妹尼の住んでいた京都郊外の小野の山荘に移されます。取りついていた物の怪を僧都らが調伏したことで浮舟は心身の健康を徐々に取り戻し、僧都は浮舟の求めに応じて出家させました。物語の最終段階で、重要な役割を果たしています。しかも横川の僧都は、年齢や家族構成などから、源氏物語が書かれた時代にすでに『往生要集』を書いたことで広く知られていた恵心僧都源信をモデルにしているという見方であまり異論がないようですので、同時代の高僧をモデルにしたと考えられる作者の意図は興味深いものがあります。

源信が寛和元（九八五）年に著した『往生要集』では、死後の地獄について詳細にその苦しみを明らかにしたうえで、阿弥陀仏に祈ることで浄土で救われる方法を記し、浄土教の信仰の流れを決定づけました。藤原道長も往生要集を読んで晩年に浄土信仰を深めたとされています。源氏物語で浮舟が出家するまでの経緯について国文学者の鈴木宏昌氏は、浮舟が自殺や愛欲の罪を悟って懺悔したことや、女性でも出家して念仏に専念すれば極楽浄土に往生できるという考え方は、源信による『往生要集』などの思想と一致すると指摘しています（『源氏物語と平安朝の信仰』新典社より）。その意味では作者の紫式部は執筆当時、『往生要集』に強い関心を持って読み込んでいたのではないかと推測します。

源氏物語での横川の僧都は、完璧な人格の高僧というよりは、話し好きな人間味のある人物として描かれています。浮舟の素姓を知らないまま出家をさせた後で、宮中で会った明石中宮に浮舟の一件を話してしまった結果、そのことが薫に伝わりました。薫は仏事で比叡山に登ったときに横川で僧都を訪問して問いただし、薫と浮舟の関係を初めて知って驚いた僧都は、薫に無断で出家させたことを後悔します。薫は浮舟に会うため僧都に取り次ぎを依頼し、僧都は以下のような浮舟宛ての手紙を書きました。

「……御愛情の深かったおふたりの御縁にそむかれて、いやしい山住みの者たちの中で、御出家なさいましたことは、かえって仏のお叱《しか》りをお受けになることのように、大将殿（薫）から伺って、拙僧は驚愕《きょうがく》しておりました。今更いたしかたもございません。昔のおふたりの御縁を間違いのないように取り戻して、大将殿の愛執《あいしゅう》の罪を晴らしてさし上げて下さい。一日でも出家すれば、その功徳《くどく》は計り知れないものがありますから、そうなってもやはり今までのように仏を信じお頼りなさるのがよいと存じます。……」

（瀬戸内訳「夢浮橋」。引用四行目のカッコ内は筆者の補足）

この僧都の手紙については、出家した浮舟に対し還俗して薫との関係を取り戻すよう勧めたという解釈と、還俗は勧めていないという解釈、薫と会ったとしても最終的な判断は浮舟自身に委ねたという解釈など、研究者の間でも読み方が分かれています。

素直に読めば元のさやに収まる選択を勧めているような感じがしますが、結局浮舟は薫との再会を拒否し、その先は描かれずに源氏物語は終わっています。

こうした結末にした作者の意図について私は、

高徳の聖である横川の僧都でさえも浮舟の真の気持ちを理解することができなかった。

そのように人は孤独な存在なので浮舟は揺くても自分で判断して生きて行くほかない。

それ以外に彼女の愛執を晴らす方法はない（復縁とい

う選択は浮舟にとってありえず、薫の愛執は晴らされなくても仕方ない)。

と受け止めました。作者が宇治十帖で一番伝えたかったことは、男女の深い溝と女性の救われ難い生きづらさだったと考えるからです。

紫式部自身の仏教信仰については記録があまり残っていませんが、日記の中に自らの年齢を意識して出家を念願する思いを記しているくだりがあります。紫式部日記の一節を、山本淳子氏の現代語訳で引用します。

> 歳もまた出家に似合いの年頃になって参ります。これからはひどく耄碌《もうろく》して、それに眼が霞んで御経も読まず、気持ちも緩みがちになってきますでしょうから、信心深い方のまねのようでございますが、今はとにかくこうした方面のことを考えております。それも罪業深い私ですから、また必ずしも叶《かな》いますまい。前世の拙さが思い知らされることばかり多くて、何につけても悲しく存じます。
>
> （山本淳子訳注『紫式部日記』より）

日記にこれを書いた時期と、源氏物語を書き終えた時期の前後関係は不明です。瀬戸内寂聴氏のように、物語第三部の宇治十帖を書いたのは、最終盤の浮舟の出家の場面の書き方などから式部自身が出家した後だという見方もあります。私の個人的な推測としては、明確な根拠は無いものの、物語を最後まで書き終えてから出家する順番の方が、紫式部の作家としてのプロ意識に叶うように思えます。

第四節　衣裳——かさねの色目を中心に

紫式部は、登場人物の服装についても豊富な知識を駆使して描写をしていると言われます。源氏物語に描かれた装束について論じた本が何冊も出ているほどです。宮中での宮仕えで皇室や上級貴族の最先端の装いを目の当たりにした経験と、元来の感覚・筆力の賜物だと思われます。現代の私たちも、平安時代の衣裳の知識を得るとより深く物語の場面を味わえます。

空蝉が遺した小袿《こうちき》

源氏が十七歳のときの人妻・空蝉との苦い恋では、まさに空蝉の着ていた衣裳がキーポイントになっています。若さに任せて無理やり思いを遂げたものの二度目からは強く拒まれた源氏は、再び寝所に忍び込みました。しかし気配を察した空蝉が先にその場を逃れたため、源氏は空蝉が脱いで遺した「小袿」を持ち帰りました。蝉の抜け殻の連想から彼女の

「空蝉」という名が付けられました。

小袿は、『岩波古語辞典 補訂版』によると「女房装束の略装として、一番上に着るもの。この下に打衣・単《ひとえ》を着た。高貴な女子の平常服」です。空蝉は、小袿を暑い夏の夜に寝るときの夏掛けのように使っていたのかもしれません。源氏は空蝉の移り香の残る小袿を抱いて寝ることで彼女を思いました。ここまでのできごとが、「帚木」「空蝉」の二帖に記されています。

その数か月後、空蝉が受領の夫と共に赴任地である伊予に旅立つことになり、源氏は餞別と一緒に秘かにこの小袿も送り返しました。空蝉は衣裳を返されたことは源氏からの別れのメッセージだと受け止め、次の和歌を返します。

蝉の羽もたちかへてける夏衣《ころも》
かへすを見てもねは泣かれけり

（蝉の羽のような薄い夏衣も裁《た》ち更《か》えて、更衣《ころもがえ》をすませた今、あの時の薄衣をお返し下さるのを見ますと、（お心も変ったのかと、蝉のように）声を上げて泣いてしまいます。）

（和歌原文は新潮「夕顔」。訳も同書頭注を引用）

女性たちに最適な衣裳配り

源氏物語では、衣裳の色合いやコーディネートが持ち主の女性の容姿や人柄を推し量る要素として記されています。太政大臣になっていた源氏が三十五歳の年末、六条院で紫の上と共に、来たる正月に女性たちに配る衣裳を選ぶ場面が「玉鬘」の帖にあります。（口絵図7）

邸内の職人が仕上げた着物や、紫の上自身が女房たちに縫わせた衣裳などを見ながら、源氏は順番に女性たちに最もふさわしい色合いのものを選んでいきます。紫の上はこれを見ながら、それぞれの女性たちの人物像や、源氏が女性に寄せる気持ちを推し量って一喜一憂します。このやりとりのうち、当時二十一歳だった玉鬘と、二十六歳だった明石の君に贈る衣裳のくだりを引用します。紫の上はこのとき二十七歳です。

……曇りのない真っ赤な袿に、山吹襲《やまぶきがさね》（表薄朽葉《くちば》、裏黄）の細長、これはくだんの西の対の姫君玉鬘にと、それぞれに分けて取らせるのを、紫上は、見て見ぬふりをしつつ、その色と着る人の容姿とを思い合わせている。

「袿《うちき》」は女性が内側の「単《ひとえ》」の上に着る上衣で、何枚も着ることもありました。「細長《ほそなが》」は小袿の上に着るもので、裾が細長く分かれているためその隙間から小袿の裾の色が見えて、配色の美しさがめだちました。「山吹がさね」は表が薄い朽葉色、裏側が黄色の華やかな配色です。口絵の図8をごらんください。

また、梅の折枝《おりえだ》に蝶や鳥の飛び交っている文を織りだした、唐風《からふう》の白い小袿に、濃紫《こむらさき》の艶やかな袿を添えて、これは明石の御方に……。これを見て、〈……想像してみるとどうやら、あの明石の御方という人は、そうとうに上品なところがあるらしい……〉と、紫上は見て取って、どうしても不愉快に思ってしまう。

（引用はいずれも林訳「玉鬘」）

これに続く「初音」の帖では源氏が正月に、贈った晴れ着を身につけた女性たちを次々に訪問する場面が描かれています。玉鬘の部屋での様子について引用します。

見るなり〈ああ、美しいな……〉と思われて、しかも、山吹襲《がさね》（表薄朽葉、裏黄）の鮮やかな色合いがよく映ってまさに山吹の花盛りにも喩うべき玉鬘の姿形、いかにも花々として、どこといって美しさの曇りとても見当たらない。まことに、すみずみまでその美しさは輝くばかり、これならば日がな一日、いやいや、いつまでもずっと見ていたいという思いがする。（林訳「初音」）

こうした源氏物語の衣裳については特に次の二つの書籍が参考になりました。

＊近藤富枝『服装から見た源氏物語』文化出版局／朝日文庫

＊長崎盛輝『かさねの色目 平安の配彩美』青幻舎

第五節　漢詩——身近だった中国文化

源氏物語のきわだった特徴の一つは、それまでの伊勢物語などとは違って漢詩をはじめとする中国文学を多数、引用していることです。漢文学こそが正統、仮名で書かれた物語は女性や子どもが楽しみで読むもの、とされていた時代に、紫式部だからこそできたこの試みは、物語というジャンルの地位向上や、男性を含む読者の拡がりにつながりました。

源氏物語では冒頭の「桐壺」の帖から、唐の詩人・白楽天の漢詩「長恨歌《ちょうごんか》」が再三引用されています。長編の発端となる桐壺帝と源氏の母親・桐壺更衣《きりつぼのこうい》との悲恋は、長恨歌の玄宗皇帝と楊貴妃の物語になぞらえられ、漢詩が表現だけでなくストーリーの構想の母体になっています。

最愛の更衣を亡くしたあと桐壺帝が詠んだ和歌も、長恨歌の一節を踏まえたものでした。

尋ねゆく幻もがなつてにても
魂《たま》のありかをそこと知るべく　（新潮「桐壺」）

「幻」は、長恨歌の中で皇帝が、死んだ楊貴妃の魂を探すために使者としてあの世に派遣し、探し当てた幻術士のことです。和歌は、人づてでも更衣の魂の在り処《か》を知りたいという意味です。

長恨歌は、物語のそれ以降の部分でも重要な役割を果たします。桐壺更衣の死から五十年近く経って、今度は主人公の源氏が紫の上を亡くしたときに、やはり長恨歌を踏まえてかつての自分の父帝と同じ気持ちを和歌に詠みます。

大空をかよふ幻《まぼろし》夢にだに
見えこぬ魂《たま》の行方《ゆくへ》たづねよ　（新潮「幻」）

さらに、愛する人が世を去った後その魂を探し求める長恨歌の発想は、続編の宇治十帖で薫に引き継がれます。

薫は、想いを遂げられないまま亡くなった大君《おおいぎみ》が忘れられませんでしたが、妹の中の君から大君にそっくりなもう一人の妹（浮舟）が見つかったという話を聞いたとき、強く心を惹かれます。「亡き大君の魂の在処《ありか》を尋ねるというなら、わたしはこの世を海の中までも、心の限り探しにもまいりましょうが……」（瀬戸内訳「宿木」）と、長恨歌の一節を引いたうえで、人形《ひとがた》の代わりにその女性を大事にしたい、という気持ちを中の君に伝えます。

その後実際に初めて浮舟の姿を見たときに薫は、玄宗皇帝は死んだ楊貴妃を探させて形見の釵《かんざし》しか得られなかったが、浮舟の発見によって大君とは別人ながら自分は慰められる、という思いを口にしています。

続いて引用する漢詩の一節は、源氏が流謫生活を送った「須磨」の帖にあります。須磨に退居して五か月が過ぎた八月の十五夜、源氏は美しい月を眺めながら、別れを告げてきた京の女性たちを思い、白楽天の有名な漢詩の一節を口ずさみます。その箇所の原文と現代語訳を引用します。

月のいとはなやかにさし出でたるに、今宵《こよひ》は十五夜なりけりとおぼし出でて、殿上《てんじょう》の御遊び恋しく、所々ながめたまふらむかしと思ひやりたまふにつけても、月の顔のみまもられたまふ。「二千里外《じせんりのほかの》故人心《こじんのこころ》」と誦《ず》じたまへる、例の、涙もとどめられず。　（新潮「須磨」）

折から月が、ことさらはなやかにさし上ってきたのを御覧になられて、源氏の君は今宵は十五夜だったかとお思い出しになります。

宮中での月の宴の管絃のお遊びがそぞろに恋しく思い出され、都ではさぞかし女君たちが、それぞれにこの月を眺めていらっしゃることだろうと、御想像なさいます。それにつけてもひたすら月の顔ばかりを見つめていらっしゃるのでした。

〈二千里《じせんり》の外《ほか》故人《こじん》の心《こころ》〉と、白氏文集の一節をお口ずさみになりますと、人々は例によって涙をとめられません。

（瀬戸内訳「須磨」）

白楽天の詩は遠く離れた旧友のことを思って詠んだものですが、源氏が思った対象は藤壺をはじめとする女性たちでした。この漢詩は源氏物語が書かれた時代に「三五夜中《さんごやちゅう》の新月の色　二千里の外の故人の心」という一節がよく知られていましたので、読者はこの引用によって「須磨」での源氏の想いを実感できたと思います。

白楽天の漢詩は、源氏晩年の重大事件でも物語の臨場感を高めます。

源氏が四十八歳のとき、正妻の女三の宮が柏木との間の男の子を産んでしまい、生後五十日のお祝いの日にその子（のちの薫）を抱く場面が「柏木」の帖にあります。実の父親である柏木は、すでに源氏への恐怖などから体調を崩して病死していました。この場面で源氏は、子どもを得た喜びも知らずに亡くなった柏木の不幸を悼み、涙を流したあと、白楽天の漢詩の一節を口ずさむ様子が次のように記されています。

「静かに思ひて嗟《なげ》くに堪へたり」と、うち誦《ずう》じたまふ。五十八を十《とを》取り捨てたる御齢《よはひ》なれど、末になりたるここちしたまひて、いとものあはれにおぼさる。「汝《なんじ》が爺《ちち》に」とも、いさめまほしうおぼしけむかし。

（新潮「柏木」）

図9の2　「国宝 源氏物語絵巻」柏木三　実の子でない薫を源氏が抱く場面
出典：『源氏物語絵巻』徳川美術館 昭11　国立国会図書館デジタルコレクション

白楽天の漢詩は「自嘲」という題でした。白楽天の場合は五十八歳になって初めて男の子ができた喜びをも表していたため、「静かに思ひて喜ぶに堪へたり亦《また》嗟くに堪へたり」という表現でしたが、そのときの白楽天の歳より十若い源氏がにがい想いで口ずさんだのは「嗟《なげ》き」だけでした。そして自分の人生が末、つまり残り少ない気持ちがして淋しく思ったというのです。引用の最後の「汝が爺に」は、白楽天の詩の「頑《かたくな》に愚かなること汝が爺に似ること勿《なか》れ」という一節を引き、「源氏は赤子に対し、おまえの父親に似るなよといましめたく思ったことでしょう」と語り手の推測を記しています。この最後の部分の解釈が研究者によって分かれています。赤子に「似るなよ」と言う「おまえの父」が実父である柏木を指すのか、あるいは世間的には父親である源氏自身なのか、それとも両方を指すのか、という三通りの解釈です。

国文学者の山本淳子氏は、源氏自身と柏木の両方を指すという見解を記しています。源氏自身も若き日に藤壺との密通という「頑愚な恋の同じ過ち」を犯しているからこそ、これら二人には似てはいけないという気持ちだったはずだ、というのです。語り手のコメントは、この詩の題名通り、源氏も自分の人生を「自嘲」していることを示唆している、と山本氏は解釈しています。（『中古文学』92巻「光源氏の「自嘲」『源氏物語』柏木巻の白詩引用」より）

ここでも、物語の核心となる重要場面で漢詩を見事に使った作家としてのプロの腕に驚かされます。この場面は、源氏が薫を抱く様子を描いた「国宝　源氏物語絵巻」柏木三で味わうことができます。（図9の2）

第六節　博物館めぐりでわかること

平安時代の生活や行事をビジュアルに知るためには博物館に行くという方法もあります。

京都市中心部の西本願寺の向かいにある「風俗博物館」は、源氏物語をはじめ平安時代の世界を寝殿造りや人形などの模型で立体的に体感できる施設です。私が訪れた二〇二四年夏には、源氏物語関連では二つの精巧な模型が展示されていました。

その一つは、紫の上が晩年、病による死期が近いことを悟って自ら主催した「法華経千部供養」という大がかりな法要の再現です（口絵図14）。私邸の二条院の寝殿を中心に行われた盛大な法要や、紫の上が明石の君や花散里とそれぞれ和歌のやりとりをする様子などが四分の一の縮尺の人形などによって表現されていました。

もう一つの展示は、東宮の女御になった明石姫君が十三歳で初めての出産をし、七日目のお祝いとして「産養《うぶやしない》」という行事が行われた様子を再現していました。生まれた皇子を源氏が抱く様子や、その奥で明石姫君が横になっている姿などがリアルに表現され、物語の「若菜上」に記された場面を実感することができました。

このほか当時の衣裳や「かさねの色目」、女房の生活の風景などが展示され、参考になりました。

風俗博物館は、出張展示を行うこともあり、その準備や展示の入れ替えのときは休館する場合もありますので、事前にホームページや電話で開館の日程や展示内容を確認することをお勧めします。

このほか、「宇治市源氏物語ミュージアム」や越前市にある「紫ゆかりの館」については第十二章のそれぞれ第五節、第二節を参照願います。

事典によって源氏物語の時代の風俗習慣や行事・制度、文物などを調べたいときは、『源氏物語事典』（大和書房）が重要事項を網羅していて大変便利です。源氏物語の登場人物や主なできごとからも引くことができます。『平安大事典』（朝日新聞出版）も、カラー刷りの画像が多く、ビジュアルに理解できます。

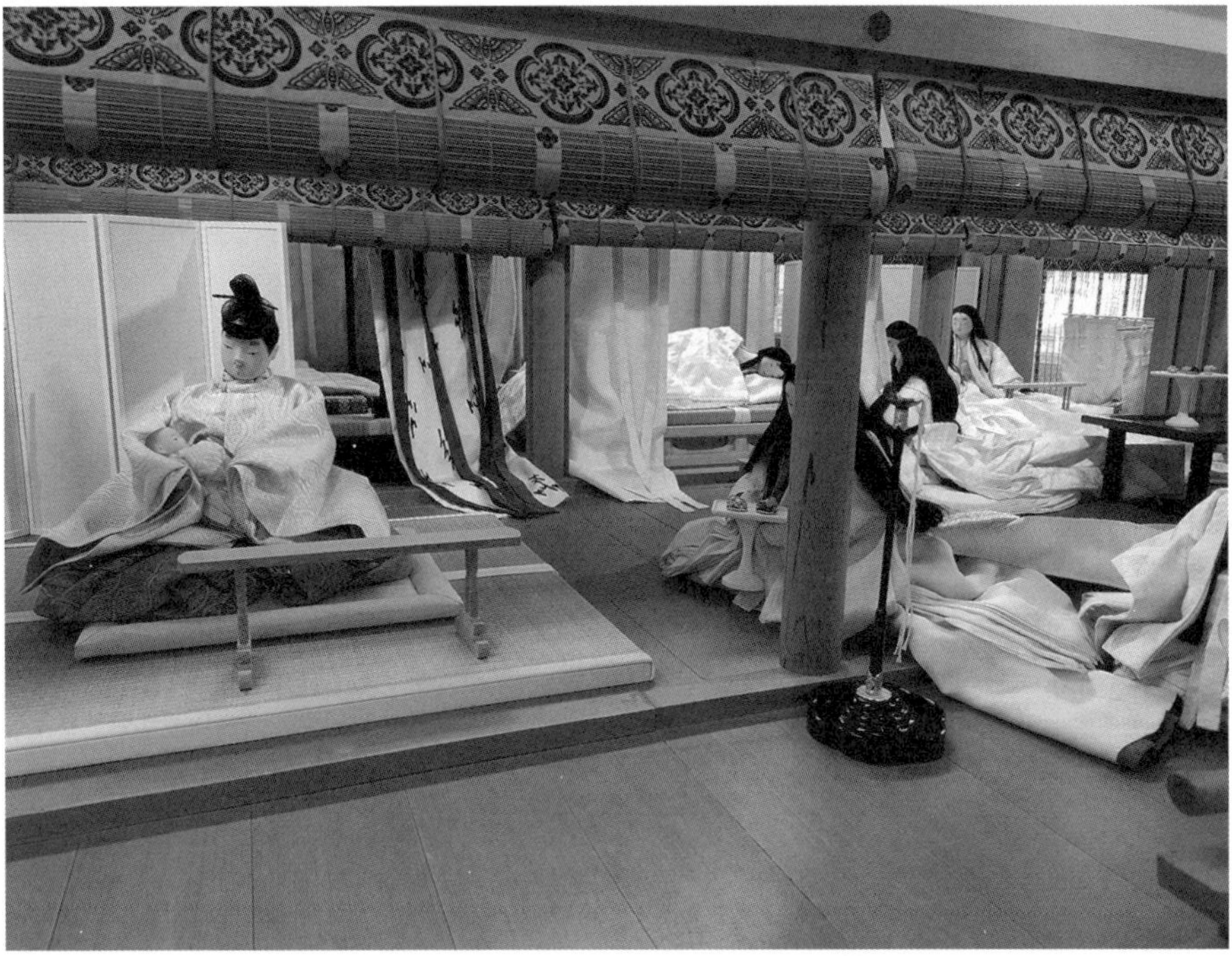

図９の３　明石姫君の出産後の行事「産養」を再現した風俗博物館の展示（京都市下京区）

第十章　拡がる楽しみ その一　芸術に継承された豊かな所産

図 10 の 1　「国宝 源氏物語絵巻」橋姫　八の宮邸の姉妹を薫が垣間見る場面
出典：『源氏物語絵巻』徳川美術館 昭 11　国立国会図書館デジタルコレクション

第一節　源氏絵

源氏物語の内容を絵画化した源氏絵のうち、現存する最も古いものは、源氏物語が書かれてからおよそ百年後、院政時代の十二世紀に描かれたと見られる「国宝 源氏物語絵巻」です。制作された当時は源氏物語の各帖から三場面以内を選んで絵と詞書《ことばがき》が描かれたと考えられています。屋根などを描かず高い所からのぞき込むような「吹抜《ふきぬけ》屋台」と呼ばれる構図や、人物の顔を抽象的に描く「引目《ひきめ》鉤鼻《かぎはな》」の手法が特徴です。現在残っているのはこのうち、絵が十九面と詞書が三十七面で、名古屋の徳川美術館と東京の五島美術館が所蔵しています。保存のために巻いた状態ではなく額装されています。

絵が現存している源氏物語の帖は以下の通りです。

第一部　蓬生《よもぎう》　関屋
第二部　柏木（一、二、三）　横笛　鈴虫（一、二）　夕霧　御法《みのり》
第三部　竹河（一、二）　橋姫　早蕨《さわらび》　宿木（一、二、三）　東屋（一、二）

私はこのうち、源氏が実の子でない生まれたばかりの薫を抱く場面の「柏木三」を二〇二四年夏に東京のサントリー美

術館で観ましたが、精巧に描かれた色彩の鮮やかさと、絵の長さが五十センチに満たない意外な小ささに強い印象を受けました。（167頁図）

　このほかよく知られる物語の場面を描いているのは、女三の宮が父親の朱雀院に出家を願う「柏木一」（口絵図12）、紫の上が亡くなる前に源氏や明石中宮と対面している「御法」、薫が宇治の八の宮邸で二人の姫君を垣間見ている「橋姫」（図10の1）などです。たとえば「柏木一」の絵では、出家を望む女三の宮、その願いを聞いて涙をぬぐっているように見える朱雀院、柏木事件のことを朱雀院には言えず女三の宮への愛情が十分でないことを朱雀院に対し申し訳なく思う源氏、の三者の姿が描かれ、物語の本文と合わせてこれらの人物の心理を実感的に読み解く手がかりになります。

「国宝　源氏物語絵巻」は、所蔵している美術館や他館で毎年のように特別展示が行われているようですので、機会があったらぜひ参観をお奨めします。現存するそれぞれの場面についての解説は、新潮日本古典集成の『源氏物語』などで図版と共に読むことができます。二〇二四年春には、国文学者の倉田実氏の『源氏物語絵巻の世界　図鑑　モノから読み解く王朝絵巻』（花鳥社）が出版されました。「国宝　源氏物語絵巻」の十九の場面についての詳細な解説がわかりやすく参考になります。（口絵図13）

　また、『紫式部日記』の場面を描いた「紫式部日記絵巻」も鎌倉時代に制作されたものが部分的に残っていて、五島美術館や大阪の藤田美術館などに所蔵されています。

「国宝　源氏物語絵巻」から時代が下ると、室町時代から江戸時代にかけて古来の純日本的な大和絵を発展させた土佐派の源氏絵が多く残されています。色紙絵などの形で物語本文の一節を能書家が記した詞書とセットで画帖として、あるいは屏風に貼り付けるなどの形で制作されました。大きな屏風に一つあるいは複数の場面を描いた作品もありました。源氏物語各帖を題材に描かれる場面は次第に定型化されていったようです。

代表的な作品としては、土佐光吉・長次郎が桃山時代に描いたとされる重要文化財の「源氏物語絵色紙帖」（京都国立博物館所蔵）が、「国立文化財機構所蔵品統合検索システム（ColBase）でホームページ検索によって見ることができます（口絵図7など）。こうした土佐派などの源氏絵は、大名家の嫁入り道具などとして上流階級が親しむ貴重品だったと見られます。

中国の漢画と大和絵を融合させたと言われる狩野派も多くの源氏絵を残しました。本書口絵の冒頭に掲載した「源氏物語図屏風」は、桃山時代に狩野永徳と一門の絵師が描き、皇室に代々受け継がれてきました。二〇二四年春に、皇居三の丸尚蔵館で開催された開館記念展でこの屏風を鑑賞し、極彩色の美しさと迫力に感動しました。狩野派による源氏物語図屏風は東京富士美術館などにも収蔵されています。

江戸時代中ごろになって源氏物語が次第に町人など広い層に親しまれるようになるのと並行して、浮世絵を美しく多色刷りの版画にした「錦絵」でも源氏物語が多く描かれて人気を博しました。歌川国貞（三世歌川豊国）の作品が有名で、物語の各帖の和歌と共に描いた「源氏香の図」などを制作しました（図10の2、口絵図15）。国文学者の岩坪健氏による『錦絵で楽しむ源氏絵物語』（和泉書院）には歌川国貞による錦絵がカラーで掲載され、あらすじと共に鑑賞できます。人物の顔の表現も平安時代などの「引目鉤鼻」とはずいぶん様変わりしています。

源氏絵について調べる際は、国立国会図書館が運営する「ジャパンサーチ（JAPAN SEARCH）」という文化財などの検索・閲覧システムも便利です。「源氏物語　絵」というキーワードによる検索をすると、多くのコンテンツをネット上で見ることができます。

第二節　能

源氏物語は能にも大きな影響をもたらしました。源氏物語を題材にした謡曲で現在も上演されているものは十曲前後あります。必ずしも多いとは言えませんが、それぞれもとになった物語の人物の心情や名場面の情景が、作品の詞章や舞に反映されています。

人気があるのは六条御息所の霊を主人公の「シテ」にした「葵上《あおいのうえ》」と「野宮《ののみや》」です。「葵上」は生霊と化した御息所が、能舞台の上に小袖だけで表現された葵の上を打ち据える鬼のような激しい情念が強調されます。一方の「野宮」は、源氏との別れの場面を思わせる秋の寂しい情景の中、御息所の霊が源氏を愛したかつての日々を回想する様子がしっとりと語られます。対照的な描き方ですが、どちらも六条御息所の人間性を表現する舞と謡《うたい》が見どころ・聴きどころです。

　十九歳の若さで急死した夕顔の謡曲も二種類あります。「半蔀《はじとみ》」では源氏と夕顔の出会いの思い出が優美に語られますが、「夕顔」では荒れた邸で物の怪に取りつかれて急死した夕顔の不幸な運命が強調されます。

　このほか「浮舟」では、二人の男性との恋に悩んで入水自殺を図った浮舟の妄執と、成仏が主題となっています。また、新作能として瀬戸内寂聴氏が作った「夢浮橋《ゆめのうきはし》」は、浮舟のものがたりから創作した『髪』という小説をもとにした

図10の2　歌川国貞の錦絵「源氏香の図」夢浮橋
浮舟が薫の手紙を読む源氏物語最後の場面
出典：国立国会図書館デジタルコレクション

作品です。横川の僧都が浮舟を出家させたときに浮舟の髪を切った阿闍梨という僧が、煩悩にとらわれて苦しんだ末に、手元に残していた浮舟の髪のひと房を師だった横川の僧都の墓に納めて悟りを得るという内容です。二〇〇〇年の初演のあと、新作能としては異例の再演がときどきあるとのことで、一度鑑賞したいと思います。
　しかし、源氏物語の筋の核心をなす人物の藤壺や紫の上、女三の宮、さらには朧月夜の君を題材にした能は演じられていないようです。女三の宮の能が作りにくいのは何となくわかりますが、藤壺や紫の上を能だといったいどのように描くのか、見たい気がします。
　能では物語とはかなり違う描き方をされている登場人物もいます。「玉鬘」（流派によっては「玉葛」）です。源氏物語では前半生の地方生活の苦労を経て、聡明な人間力で幸せをつかむ女性として描かれています。能では玉鬘の霊が、亡き母親に仕えた右近と運命的な再会をした長谷寺の「二本《ふたもと》の杉」の前で旅の僧に自分の過去を語るなど、前半は源氏物語の内容を踏まえた詞章になっていますが、後半では玉鬘が生前、多くの男性から愛されたことが宿業とされ、狂乱の舞を舞います。（口絵図11）
　このほか、上演は稀なようですが「落葉《おちば》」という曲もあることを知りました。第三章第七節で登場人物として取り上げ

た朱雀院の娘の女二の宮の霊が主人公です。もともとは柏木の妻で、女三の宮に夢中になっていた柏木が生前、「落葉の方を拾ってしまった」と侮辱的な表現をしたことから落葉の宮というかわいそうな通称名が付けられました。柏木の死後、今度は夕霧がこの皇女に愛をつのらせ、愚直に迫るのを強く拒み続けましたが結局、夕霧と結ばれました。それが幸せだったのかどうか、源氏物語には落葉の宮の気持ちがはっきりとは記されていません。

能の「落葉」は、落葉の宮を名乗る女性が山裾の小野の里に登場して夕霧の思い出を語り、憂愁に包まれた舞を舞います。謡曲の中でもこれほど寂しいものはないという評価もあるそうです。源氏物語でも夕霧と結ばれたあとの落葉の宮の本心を推し量るのが難しいのですが、この能についても彼女自身の夕霧への愛執を描いたものなのか、それとも死後も夕霧の愛執から逃れられない苦しさを表現したものなのか、専門家の間でも見方が分かれています。機会があればぜひ、能の舞台を鑑賞して曲の趣旨を考えてみたいと思います。

題材が源氏物語の内容そのものではない、やや変わった演目としては「源氏供養」という謡曲があります。これは、作者の紫式部の霊がシテになります。仏教の考え方から、紫式部は虚構の愛の物語を書いたことで罪を負い、地獄に堕ちなければならないとされました。これを救うために、実は源氏物語は世の無常を描いており、供養をすることによって来世で救われる、という内容になっています。この曲を謡《うたい》の実演で鑑賞する機会がありましたが、源氏物語の各帖を織り込んだ詞章は美しい名文でした。

源氏物語を題材にした能の上演については、能楽師でつくる能楽協会または各流派や能楽堂のホームページなどで公演予定を調べるのがよいと思います。実際に鑑賞する機会がありましたら、必ず事前に演目の詳しい内容を調べて理解してから会場に行かれることをお勧めします。演目の内容はネット検索で調べることができますが、能の詞章は表現が古文で難しいため、できれば注釈付きの詞章そのものを事前に入手し、読み込んでおきたいところです。そうすると舞台では能楽師の舞を見るのに集中できるからです。詞章はインターネットで得られる場合もありますが、古典文学の全集本の謡曲集だと注釈がゆきとどいていて理解しやすいと思います。

第三節　源氏香

「源氏香」という優雅な香道も源氏物語による文化の拡がりの一つです。

源氏香は五つの香りを順に嗅ぐ「聞香《もんこう》」によってそれぞれの香りが同じか違うかを判断するもので、江戸時代に完成したと言われます。具体的な方法は、香木の五種類を五つずつの包みにして、合計二十五の包みから任意に五つを選び、聞香の対象にします。たとえば二番目と四番目だけが同じでほかはそれぞれ異なる、といった正解を縦の五本の線を使って表現します。同じ香の縦線は横線でつなげ、図10の3のように合わせて五十二通りの源氏香の図ができます。源氏物語の帖は五十四ありますので、冒頭の「桐壺」と最後の「夢浮橋」を除いて五十二の帖名を源氏香の五十二種類の香図に当てはめた趣向です。

たとえば五種類とも違う場合は縦線だけが五本並び「帚木」と名付けられ、五種類とも同じ場合は五本の縦線が横線でつながる「手習《てならい》」になります。物語の各帖の内容に合わせて、「帚木」なら女性のタイプについて談義した「雨夜の品定め」で五人の女性がいる形を表し、「手習」の場合は浮舟が出家を遂げて安定した境地に達した状態を表す、といった見方もあるそうです。

こうした源氏香の図は、絵画や建築、工芸品などに、源氏物語の雅《みやび》を感じることのできるデザインとして広く使われるようになりました。また源氏香は、宇治市源氏物語ミュージアムで体験できるほか、有料の場合もありますがお香の専門店や寺などが開催する香道教室でその機会を楽しめることが、インターネット検索によってわかります。

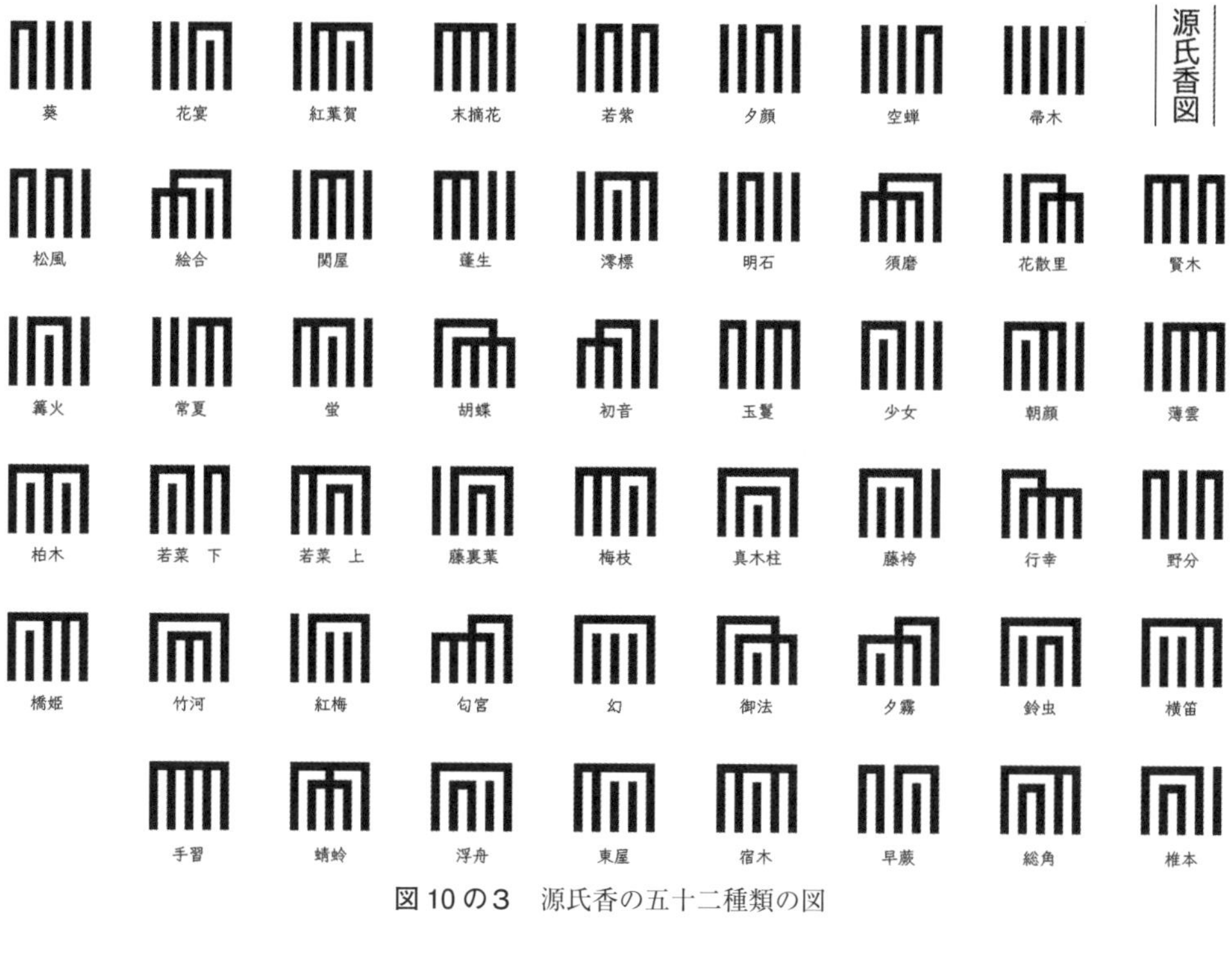

図10の3　源氏香の五十二種類の図

第十一章　拡がる楽しみ　その二　日本文学の系譜と源氏物語

第一節　伊勢物語――先行文学の存在の大きさ

源氏物語は、日本文学史上、空前絶後とも言いたい作品ですが、作者の紫式部は先行する国内の文学作品や中国の漢詩・歴史書から多くの着想を得ています。言い方を変えると、国内外の先行文学が無ければ今の内容での源氏物語は存在していないことになります。その中で、日本文学としては源氏物語に最も大きな影響を与えたと考える伊勢物語を中心に取り上げます。

伊勢物語は源氏物語より前の十世紀前半に書かれた「歌物語」で、色好みで知られる実在の在原業平が主人公とされています。業平も源氏物語の主人公と同様に皇室出身で、平城天皇の孫に当たり、母親も内親王です。

光源氏が終生の伴侶として愛した紫の上を発見した「若紫」の帖の場面は、伊勢物語冒頭の初段で、元服したばかりの男が奈良の春日野で通りがかった家に住む美しい姉妹を垣間見た話から着想したと考えられています。「若紫」という帖名も、伊勢物語初段で男が詠んだ次の和歌から付けられました。

春日野の若紫のすりごろも
しのぶの乱れかぎり知られず

（春日野の若紫のようなあなたがたの姿に、この狩衣の模様どおり、私のこころは千々に乱れています）

（和歌・現代語訳とも石田穣二訳注『新版 伊勢物語』角川ソフィア文庫より）

さらに、十世紀初めに成立した初の勅撰集・古今和歌集にも、紫草をモチーフにした和歌があります。

紫の一本《ひともと》ゆゑに武蔵野の草はみながらあはれとぞ見る

（紫草の一本ゆえに武蔵野の草はすべてなつかしく思われる）

（和歌・現代語訳とも新潮「若紫」頭注より）

これらの和歌を踏まえて、源氏は「若紫」の帖で次の歌を詠み、恋慕する藤壺のゆかりの幼い紫の上を自分のものにしたい、という気持ちを表しました。

手に摘みていつしかも見む紫の
根にかよひける野辺の若草

（新潮「若紫」）

源氏物語の正編（第一部と第二部）を貫くストーリーの核

心は、源氏と藤壺との禁断の恋ですが、これも伊勢物語から着想された可能性があります。伊勢物語には、清和天皇の后となって陽成天皇を産んだ二条后《にじょうのきさき》が、入内する前に業平と比定される主人公の男の恋の相手になる挿話が繰り返し書かれています。第三・四・五・六段や六十五段などです。また、男が斎宮（天皇に代わって伊勢神宮に奉仕する皇室出身の未婚女性）になった女性と恋をする話も伊勢物語六十九段にあります。これらの伊勢物語の許されぬ恋は、源氏物語では、天皇に入内した後の藤壺と源氏が密通し、男の子が生まれてのちに即位する、という、さらに過激な筋書きとなっています。また、伊勢物語のこうした本来タブーとも言える恋愛は、源氏物語での桐壺帝の次の朱雀帝に尚侍として愛された朧月夜の君と源氏との秘密の恋にも大きく影響したことが考えられます。このような伊勢物語と源氏物語との関係について、両方の作品に詳しい国文学者の河地修東洋大学名誉教授は次のように記しています。少し長くなりますが抜粋します。

図11の1　「伊勢物語図色紙」俵屋宗達筆
出典：ColBase (https://colbase.nich.go.jp)

> ……特に禁忌性を有するもの（禁忌を犯す恋）として、「二条后物語」と「斎宮物語」とが特筆できるであろう。こういったテーマは、恋物語としては最高のエンターテイメント性を有するもので、たとえば、『源氏物語』に見られる光源氏と藤壺との話は、その最たるものの一つと言っていい。……
>
> ……こういった「隠された真相を暴露する面白さ」こそ、『伊勢物語』という物語が獲得した enteatainment-story の一典型であったと言えるのである。……
>
> ……その「深き心」への共感から、紫式部は、『源氏物語』という作品を創造したものと思われる。『伊勢物語』と『源氏物語』との関係は、この国の文学史の深層にお

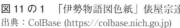

ける共鳴体とでも言うべき関係、と言うことができるのである。

伊勢物語の影響として最後に紹介したいのは、源氏物語の宇治十帖の「総角《あげまき》」に記された場面です。匂宮が、実の姉である明石中宮と帝の長女の女一の宮とやりとりする際に、伊勢物語の第四十九段が翻案された形で記されています。

伊勢物語の方は、男が美しい女のきょうだいを見て「寝心地のよい若草のようなあなたを将来、どこかの男が自分のものにするのが残念だ」という意味の和歌を冗談で詠みかけ、それを聞いた姫君は「お兄さんがそんな変な気持ちで自分を見ているとは思わなかった」という意味の返歌をします。

源氏物語の方は、二十五歳の匂宮が、同腹の姉の女一の宮の部屋を訪ねたところ、伊勢物語の四十九段の場面を描いた絵が置いてあったため、几帳を隔てて姉に対し、「一緒に寝ようとまでは思わないけれど美しい姉君を見ると悩ましい気持ちです」という意味の和歌をたわむれに詠みかけました。これに対し、女一の宮は弟なのに変なことを言うと困惑しましたが、慎み深いので伊勢物語の姫君のように和歌で返すことはせず、返事をしなかった、と書かれています。

このような挿話にまで伊勢物語を反映させているという発見から、伊勢物語のこの段を調べたとき、私は不思議な感覚を抱きました。作者の紫式部に一歩近づけたと感じただけでなく、源氏物語が書かれた当時の多くの読者が、やはり伊勢物語も読んでいて同じような興味を味わったのではないかと思い、昔の読者との間で、源氏物語や伊勢物語を読む楽しみを共有できるような喜びを実感したのです。そればかりか、源氏物語に登場する匂宮や女一の宮といった実在しない架空の人物まで、身近に感じられる気がしました。

こうした感覚は、古典を読むことで得られる醍醐味かもしれません。

ちょうど源氏物語が書かれたことが明らかな寛弘五（一〇〇八）年に生まれた菅原孝標女《すがわらのたかすえのむすめ》は、五十歳過ぎの晩年に『更級日記』を書きました。その中で十四歳のとき（一〇二一年）のできごととして、自分のおばから源氏物語五十余巻を受け取って夢中で読んだことを記しています。早くもこの時期に、皇族や上級貴族だけでなく受領階級の子女にも源氏物語が読まれていたことがわかります。その後、菅原孝標女は三十九歳になったときに奈良の長谷寺に参詣する途中に宇治に立ち寄り、「源氏物語の作者はなぜ宇治の姫君たちをそこに住まわせたのだろうと現地の風景を見た」と日記に書き残しています。この感覚も、私たちが今、宇治のような源氏物語のゆかりの地を訪れたときの気持ちと同じで、千年前の読者と共感できる喜びです。ゆかりの地を訪れる楽しみについては次の第十二章で記します。『伊勢物語』『更級日記』共に、角川ソフィア文庫版が現代語訳も付いていて便利です。

第二節　和歌——歌詠みの必修科目

鎌倉幕府の成立によって武士が貴族の上に立つ体制が確立され、日本の文化をめぐる状況が様変わりしてからも、源氏物語は読まれつづけました。源氏物語の五十四帖が欠けることなく今に伝えられたことの最大の功労者は、この時期に和歌の第一人者だった藤原定家です。源氏物語が書かれてからおよそ二百年が経って、写本によってかなり本文が不統一になっていたのを定家が校訂し、もともとは平仮名だけで書かれた本文を読みやすくするために漢字仮名まじりにしました。これによって整理された源氏物語が現代に残っています。定家は源氏物語など物語の中の和歌ばかりを撰《えら》んだ架空の歌合せとして「物語二百番歌合」というユニークな試みまで残しています。

歌人としても、源氏物語に想を得た和歌を多く詠んでいます。定家の和歌の中でも有名な次の歌も、源氏物語最後の帖「夢浮橋」の情趣を活かしています。

春の夜の夢の浮橋《うきはし》とだえして峰に別るる横雲の空

（新古今和歌集 巻第一 春歌上）

定家の父親で平安末期の院政時代から鎌倉初期の歌壇をリードした藤原俊成《ふじわらのしゅんぜい》も、貴族たちによる歌合せで「源氏見ざる歌詠《うたよ》みは遺恨のことなり」という名言を残し、これが和歌を詠むときに源氏物語に出てくる言葉を重視する伝統を形づくったとされています。

定家と同時代の歌人で新古今和歌集に採られた和歌の数が最も多いのが、武士から出家して僧になった西行です。西行に次の和歌があります。

仏にはさくらの花をたてまつれわが後の世を人とぶらはば

（千載和歌集　巻第十七 雑歌中）

一方、源氏物語の「御法」の帖には、病で死期が近いことを悟っていた紫の上が、可愛がっていた当時五歳の匂宮に対し、「大人になったらここ二条院に咲く紅梅と桜を（私を偲んで）仏にお供えしてね」と言い残したという名場面があります。（21頁、口絵図15）

十五世紀の公家で源氏物語研究でも第一人者だった三条《さんじょう》西実隆《にしさねたか》は、源氏物語の注釈書のなかで、西行の和歌は源氏物語の紫の上の言葉から着想を得たと記しているというのです。実隆の読み方を、国文学者の島内景二氏は次のように紹介しています。

「紫の上が、紅梅と桜の花が綺麗に咲いたら、仏様に差し上げてくださいね、と匂宮に頼んだのは、本当は、私の霊前に供えてくださいと言い残したかったのである。それを、仏様に差し上げてねと言った紫の上の心は奥ゆかしく、すばらしい。西行法師が、『仏には桜の花を奉れわが後の世を人とぶらはば』という和歌を詠んだのは、この紫の上の言葉の本歌取りに違いない。西行は、源氏物語のこの場面を読んで、心から感動したのだ」

（島内景二『源氏物語ものがたり』新潮新書より）

図10の2 「西行法師立像」江戸時代
出典：ColBase (https://colbase.nich.go.jp)

第三節　俳諧——芭蕉が好んだ場面

松尾芭蕉が俳諧の師としたのは北村季吟だとされています。季吟は源氏物語の注釈書として歴史に残る『湖月抄《こげつしょう》』を世に出したことで知られる国文学者でもあります。芭蕉ももちろん、源氏物語を熟読し、俳人として座右の書としたと見られます。

芭蕉が元禄二（一六八九）年の旅の記録を文学作品にした『おくのほそ道』には、源氏物語の一節を引用したり着想をとりいれたりした表現がところどころにあります。

春の終わりの旧暦三月二十七日、江戸を旅立つ場面が次のように記されています。

弥生《やよひ》も末の七日、あけぼのの空朧《ろう》々として、月は有明《ありあけ》にて光をさまれるものから、富士の峰幽《かす》かに見えて、上野・谷中の花の梢《こずえ》、またいつかはと心細し。

（穎原退蔵・尾形仂訳注『新版　おくのほそ道』角川ソフィア文

庫より）

この文章は、源氏物語で源氏が人妻の空蝉と契った夜の明け方を描いた「帚木」の次の文章を引いたものと見られています。

月は有明《ありあけ》にて、光をさまれるものから、かほけざやかに見えて、なかなかをかしき曙《あけぼの》なり。（新潮「帚木」）

また、『おくのほそ道』の旅が終わる直前、福井県の敦賀湾沿いの種《いろ》の浜では、夕暮れの寂しさを次の句に込めました。

寂しさや須磨《すま》に勝ちたる浜の秋

（『新版 おくのほそ道』より）

源氏物語で光源氏が流謫の日々を送った場面から、夕暮れの寂しさは須磨の浦に極まるというとらえ方が受け継がれていました。芭蕉は旅も終わりに近い種の浜での深い旅愁を、源氏物語の場面をおそらく思い返しながらこのように表現しています。

『おくのほそ道』より二年前の旅を記した俳諧紀行文『笈《おい》の小文《こぶみ》』に、奈良県桜井市の長谷寺を訪れた時の次の句があります。

春の夜や籠り人《ど》ゆかし堂の隅

源氏物語では、夕顔の娘の玉鬘が九州を流浪したのちに京に戻り、はるばる長谷寺を徒歩で参詣する道中、亡き母親の女房だった右近と偶然再会し、それがきっかけとなって源氏に養女として引き取られました。縁のある人に出会えたのも長谷寺の観音のおかげだという観音信仰が当時も盛んでした（口絵図9、10）。玉鬘は源氏の養女になってからは華やかな人生を送りますが、不幸な生い立ちや京を離れて辛酸を嘗《な》めた前半生が、芭蕉の心をとらえたのかもしれません。

芭蕉の一門は「連句」という即興の句作イベントをたびたび開催しました。「五七五」の発句に続いて関連のある七七と五七五の付句を順に繰り返すもので、全部で三十六句によるものは「歌仙」とも呼ばれました。この連句で、ときどき源氏物語を題材にした句が詠まれました。即興なので芭蕉と門人はよほど源氏物語に細部まで精通していないと即座に反応できなかったはずで、彼らの傾倒と精通の様子が窺われます。たとえば次のような例が芭蕉一門の俳諧を集めた『俳諧七部集』の「あら野」にあります。芭蕉と越智越人《おちえつじん》の二人による連句の歌仙の中の三句です。日本思想史学者の太田哲男氏の著書『源氏物語十景』によって源氏物語をふまえているという見方を知りました。

あやにくに煩《わづら》ふ妹《いも》が夕ながめ　越人
　あの雲はたがなみだつゝむぞ　芭蕉
行月《ゆくつき》のうはの空にて消さうに　越人

最後の越人の付句は、源氏物語「夕顔」の帖にある、夕顔の次の和歌をふまえていると見られています。

山の端《は》の心も知らでゆく月は
　うはの空にて影や絶えなむ　（新潮「夕顔」）

和歌は、新潮日本古典集成の頭注によると「行く先がどこかも知らず、お気持も分らないのに、あなたをお頼りしてついて来た私は、途中で消えてしまうのではないでしょうか」という意味で、このあと源氏と過ごした廃墟の院で急死した自分の運命を予感したかのような寂しく不吉な内容です。

三つの連句のうち前の二句は、源氏物語の影響が定説にまではなっていないようですが、太田氏は著書で、いずれも夕顔の俤《おもかげ》を詠んだものではないかという解釈を示しています。

このうち「あの雲は」については、夕顔が急死したあと源氏が火葬した際に詠んだ次の和歌とイメージが通じるというのです。

見し人の煙《けぶり》を雲とながむれば
　ゆふべの空もむつましきかな　（同）

また、その前の付句の言葉「夕ながめ」については、源氏物語の「夕顔」に、源氏が彼女を廃院に移したあと語り合う場面に次の文章があることを指摘しています。

たとしへなく静かなる夕《ゆふべ》の空をながめたまひて、奥のかたは暗うものむつかしと、女は思ひたれば、端《はし》の簾《すだれ》を上げて添ひ臥したまへり。　（同）

越人の句の「妹は夕ながめ」の「妹《いも》」は夕顔のことで、源氏物語の「夕《ゆふべ》の空をながめたまひて」とイメージを重ねているのではないか、という読み方です。

このように芭蕉が引用したと考えられる源氏物語の和歌や文章は、夕顔とその娘の玉鬘、そして源氏の流謫先の須磨の場面がめだちます。これについて太田氏は「芭蕉の詠んだ俳諧の世界とその深部で共鳴することがあった」という解釈を記しています。（太田哲男『源氏物語十景』論創社より）

第十二章　拡がる楽しみ その三　ゆかりの地めぐり

源氏物語には、千年経った今も残る寺や神社が数多く記されています。現地の風景で当時を偲べる場所もあります。中には作者の紫式部が実際に足を運んだ所もあるかもしれません。物語に具体的な名称や地名が書かれていなくても、後世に源氏物語の遺跡とされて現代まで受け継がれている場合もあります。これらの地を訪れると、作者や当時の読者と気持ちを共有できる気がして楽しいものです。その一部を訪ねた取材旅行記を記します。

その際のガイドとなる書籍としては、特に歴史学者の倉本一宏氏による『紫式部と平安の都』（吉川弘文館）が、信頼度も高く貴重な一冊だと思いました。

第一節　京の都——物語と作者の発祥地

京都市上京区の廬山寺《ろざんじ》がある地域は、紫式部が住んでいた所だとされています。寺を拝観すると、夏から初秋にかけてキキョウの花が咲く庭の美しさに癒やされます。周辺は「中川のわたり」と呼ばれ、物語で源氏と空蝉が逢った紀伊守《きいのかみ》邸はここにあったと記されています。花散里が姉の麗景殿女御と住んでいたとされるのもこのあたりです。廬山寺の隣には梨木《なしのき》神社があり、その西側の京都御苑との境の散策路を含め、静寂で落ち着いた雰囲気が昔のまま残されているように感じられます。（口絵図3）

図12の1　廬山寺にある「源氏庭」（京都市上京区）

「賢木」の帖には、若き源氏が藤壺への想いを断ち切れず煩悶する様子が繰り返し記されています。不義の子を産んだ藤壺は、源氏との密会リスクを回避するために出家を断行しました。やり場のない想いを抱えた二十四歳の源氏は、寺に参籠して心を静めようとします。その場として書かれているのが京都市北区に今もある雲林院です。紅葉の美しい中で源氏は世の無常を感じながら天台六十巻の経典を読んだり勤行をしたりして過ごしました。

現地の案内板には、かつては今の寺の東側に広大な寺域を持っていたことが記されています。ここから三百五十メートルほど東の堀川通り西側には紫式部と小野篁《たかむら》の墓と記された遺跡があります。伝承の根拠は定かではありませんが、今も式部ゆかりの地となっています。

図12の2　雲林院（京都市北区）　物語で源氏が参籠した寺

観光名所として一年を通じてにぎわう嵯峨野も源氏物語でたびたび舞台になりました。

嵐山のJRと嵐電の駅から歩いて行ける野宮《ののみや》神社は、伊勢神宮で神に仕える斎宮が潔斎のために住んだ場所でした。源氏が六条御息所に別れを告げるために会いに行く「野宮の別れ」の場面もこの地が想定されています。今は鬱蒼と茂る竹林の小径が外国人観光客で賑わっていて、「賢木」の帖冒頭で源氏が訪ねたときの枯れ枯れの秋草の寂しい風情からは様

図12の3　野宮神社（京都市右京区）

変わりしています。

　野宮神社からＪＲの踏切を北へ越えて十分ほど歩くと清凉寺があります。清凉寺は源氏物語に名前は出てきませんが、源氏が三十一歳のときに造営したと「絵合《えあわせ》」の帖の最後に記された「嵯峨の御堂」が、次の「松風」で「大覚寺の南にあたりて」と書かれていることから、清凉寺ではないかと見られています。近くには明石の君が移り住んできた山荘もあったと物語に記され、源氏は嵯峨の御堂を明石の君を訪ねる口実にしたこともありました。のちに紫の上が病気で世を去ったあと、源氏は最後の二、三年を出家して過ごしたことが、死後の「宿木《やどりぎ》」の帖で薫の回想として記されます。その場所として書かれている「嵯峨の院」も今の清凉寺が想定されているという見方があります。清凉寺にはもともと、嵯峨天皇の子の源融《みなもとのとおる》が造った「棲霞観《せいかかん》」という山荘があったということで、源融が源氏のモデルの一人とされることとのつながりも実感できる場所です。

図12の４　清凉寺（京都市右京区）

　清凉寺から一キロ近く北西の田園地帯には、瀬戸内寂聴さんが開いて住まいにもしていたお寺「寂庵」があります。通常は拝観できませんが、私は二〇二一年に九十九歳で亡くなった寂聴さんの三回忌の秋の日にお参りしました。

　源氏が六条京極付近に造った大邸宅・六条院も、モデルの一人とされる源融の河原院《かわらのいん》をもとに構想されたのではないかと指摘されます。鴨川にかかる五条大橋の西詰めから南へ高瀬川沿いに木屋町通りを二、三分歩くと「此《この》附近　源融河原院址《あと》」という石碑が立っていて、物語の六条院はこのあたりに想定されたのかと実感できます。（口絵図６）

第二節　越前――若き日の地方暮らし

　紫式部は独身だった二十代の二年近い月日を越前守になった父親と共に現地で暮らしました。源氏物語では越前は舞台にはなっていませんが、宇治十帖の「浮舟」の帖で浮舟が母親との別れを惜しむ場面で、母親が「あなたがたとえ武生《たけふ》の国府のような遠くに行ったとしても会いに行くでしょう」と言うやりとりで地名が記されています。

平安時代に越前の国府があった場所は確定されていませんが、越前市役所に近い本興寺の境内で、候補地の一つとして発掘調査が進められています。そこから南西へ二キロほどのところに紫式部公園と「紫ゆかりの館」があります。公園には寝殿造りの庭園が再現され、釣殿に腰をおろして源氏物語の時代の貴族の邸宅の雰囲気を味わうことができます。金色の紫式部像は京の都の方角を見ており、その視線の先には当時紫式部が越前で和歌に詠んだ「日野山」の美しい山稜も望むことができます（口絵図2）。京から求愛の手紙を送ってき

図12の5　越前市の紫式部公園

図12の6　紫ゆかりの館（越前市）　紫式部と父親が京から越前に向かった行列の展示

た藤原宣孝に対し「白山の雪のように私の心もいつ溶けるかわからない」と詠んだ和歌の碑もあります。

公園の隣にある「紫ゆかりの館」では、紫式部や父為時の一行が越前に赴任するときの行列が特産の和紙で再現されていたほか、式部の越前での暮らしやその一生がわかりやすく展示されています。これらの施設は新しい北陸新幹線の駅「越前たけふ」からはかなり離れていますが、二〇二四年七月に訪れたときはＮＨＫ大河ドラマの展示館と新幹線駅を結ぶシャトルバスを利用することができました。

第三節　須磨・明石――不遇から新たな出発《たびだち》へ

源氏の流謫生活の地の須磨と明石には、物語に名称が出てくるお寺や神社ではありませんが江戸時代の明石藩主で文学が好きだった松平忠国が定めたゆかりの場所などがあります。

ＪＲ須磨駅から四百メートルほどの所にある現光寺は、源氏が須磨でわび住まいをした場所だと語り継がれ、源氏寺とも呼ばれました。閑雅な境内には「光源氏月見の松」や、ここを訪れた松尾芭蕉の歌碑もあります。現光寺から須磨の海岸までは四百メートルほどで、きれいな砂浜の海水浴場が梅雨明け前からにぎわっていました。

明石には明石入道の「浜辺の館」とされる善楽寺戒光院が山陽電鉄の西新町駅から徒歩十分程度の所にあります。隣の無量光寺は源氏が月見をしたと言い伝えられ、その山門前の小径は明石の君の住む山寄りの「岡辺の館」に源氏が通った「蔦の細道」と名付けられています。

第四節　長谷寺と住吉大社――出会いと幸運の願い

平安時代中期、京の女性たちに特に人気があったのが奈良の長谷寺の観音に参詣する「初瀬詣で」でした。本尊の十一面観世音菩薩に願いを掛ける霊場信仰として多くの古典文学に取り上げられています。源氏物語で母親（夕顔）と死別した後、筑紫で育った玉鬘は二十一歳のときに京都に戻り、あらたかなご利益《りやく》が中国にまで知られていた長谷寺に歩いて参詣することになりました。一行は京を出て四日目、長谷寺の手前の椿市《つばいち》という所に着いたところ、夕顔の死後女房として源氏に仕えていた右近も偶然、同じ部屋で休んでいて、玉鬘と右近は運命的な再会をします。共に長谷寺に参籠した様子も詳しく記されています。

出会いの場となった椿市は現在は地名も残っていませんが、長谷寺詣でで栄えた名残りとして「海柘榴市《つばいち》観音堂」という小さなお堂が桜井市金屋にあり、天理方面からの山の辺の道の散策路が整備されています。源氏物語には、椿市では玉鬘が歩けないほど疲れていたと記されています。徒歩での参詣のつらさを体感するため、私も桜井駅から海柘榴市観音堂を通って昔の伊勢街道沿いに長谷寺まで八キロの道を歩いてみました。

急斜面に建つ長谷寺は四百段近い登廊《のぼりろう》を経て本堂で身の丈十メートルを超える十一面観音菩薩立像を拝むことができます。思っていた以上に荘厳な観音像に感動しました。堂内を何周も歩いてめぐりながら観音の前に来ると膝まずいて祈りを捧げる人たちがいて、今も観音信仰が受け継がれていることを知りました。境内の東端には「二本《ふたもと》の杉」と呼ばれる根元がつながった杉の木があります。源氏物語では、再会を

図 12 の 7　須磨海岸（神戸市須磨区）

図 12 の 8　善楽寺戒光院（兵庫県明石市）　物語での明石入道邸の旧蹟として親しまれている

喜び合う右近と玉鬘がこの地で和歌を詠み交わしたと記されています。右近が詠んだ「ふたもとの杉のたちどを尋ねずは古川のべに君を見ましや」、つまり杉の立つ長谷寺に参詣しなかったら初瀬川のほとりでめぐり会えなかったでしょう、という歌から、この杉は互いに想う相手との結びつきを強める霊木として語り継がれ、謡曲「玉鬘（玉葛）」でもこの二本の杉の前で玉鬘の霊が旅の僧に昔の話をします。（口絵図9、10、11）

長谷寺は宇治十帖のヒロイン・浮舟のゆかりの地でもあります。薫が初めて浮舟の美しさを見たのは彼女が長谷寺詣でをして帰る途中の宇治でした。また、のちに入水自殺をしようとした浮舟が救出されて蘇生した後、取りついていた物の

図 12 の 9　海柘榴市観音堂（奈良県桜井市）　玉鬘が右近と再会した椿市を偲ぶことができる

図 12 の 10　長谷寺の本堂（奈良県桜井市）

怪が「長谷寺の観音に守られていたので退散する」と話す場面が「手習」の帖にあります。

現地を訪れてみたことで、作者の紫式部自身も長谷寺に足を運び、その見聞を物語の構想や本文の記述に活かしたのではないかと考えました。

図12の11　住吉大社の門前（大阪市住吉区）

大阪の住吉大社も、長谷寺や石山寺などと並んで源氏物語の時代に「物詣で」の参詣場所として人気がありました。源氏物語では特に、光源氏と明石の君の出会いとその後の一族の繁栄に住吉の神の功徳が不可欠だったように描かれています。須磨に退居していた源氏の夢に故桐壺帝が現れて「住吉の神に導かれてこの浦を去れ」というお告げをし、一方で明石入道は娘の明石の君が生まれたときに見た夢を信じて住吉の神を信奉していました。源氏と明石の君が結ばれ、二人の間に生まれた明石姫君が皇子を産んだことで一族の夢が達成されます。源氏は二十九歳と四十六歳のときに住吉大社に参詣したことが物語に記され、このうち「澪標」の帖に記された一度目は、たまたま同じ日に船で海から住吉参りに来た明石の君が、源氏の一行を見てあまりの身分差を実感しました。住吉大社を今訪れると海岸線までは四、五キロ離れていますが、当時は海岸が近かったことが物語の記述やその場面を描いた源氏絵でわかります。境内は、国宝に指定されている第一本宮から第四本宮までの四つの本殿や住吉大社を象徴する太鼓橋（反《そり》橋）などが自由に参詣できます。

第五節　宇治と比叡山――最後の祈りの地へ

源氏物語第三部の宇治十帖のゆかりの地としては、宇治川にかかる宇治橋周辺の散策がお奨めです。宇治川の両岸には平等院と宇治上神社という二つの世界遺産の寺社があり、いずれもＪＲや京阪電鉄の宇治駅から歩いて行けます。私は二〇二三年秋と二〇二四年夏に訪れました。

平等院は、藤原頼通が父親の道長から譲り受けた別荘を、仏教で末法が始まるとされた永承七（一〇五二）年に仏寺として創建したとされています。翌年には今の鳳凰堂に当たる阿弥陀堂が造られました。道長の別荘は、もともとは源氏物語のモデルの一人と言われる源融《とおる》が所有していた建物だったとされています。浄土庭園の阿字池越しに望む鳳凰堂はいつ見ても美しく、心が洗われる思いがしました。境内にある鳳翔館というミュージアムも見応えのある展示を参観できます。源氏物語では匂宮が長谷寺参詣の帰りに、夕霧が源氏から相続した宇治川左岸の山荘に宿泊したことが書かれていますので、今の平等院のあたりではないかと想像しながら歩きました。

一方、八の宮が娘の大君・中の君と暮らしていた宇治の山荘は、夕霧の別荘から見て宇治川の対岸にあったと書かれています。このため、平等院の対岸にある宇治上神社や宇治神社を訪れたときに、八の宮の山荘はこのあたりを想定して物語に書かれているのだろうかと思いました。

宇治上神社の本殿は現存する日本最古の神社建築だとされています。本殿の裏手、一段高い所にある拝殿は平安時代の寝殿造りの様式ですので、源氏物語の当時を想うよすがとなります。

宇治上神社・宇治神社のある右岸から平等院のある左岸へは、宇治川の中州にある塔の島・橘島という二つの島を通って三本の橋を渡り継いで行き来できます。「浮舟」の帖で匂宮が浮舟を小舟に乗せて対岸の隠れ家に向かう途中、船頭が「これが橘の小島」と言う場面があり、匂宮と浮舟の真冬の逢瀬の風景を思い浮かべることができます。

ただ、夏に訪れたときはその前に降った雨による増水で三本の橋が通行禁止になっていました。宇治川の流れが激しいのを見ると、二人の男性の間で悩んだ浮舟が入水へと追い詰められた気持ちが推測できるような気がしました。

すぐ近くの右岸には、浮舟を出家させた横川《よかわ》の僧都のモデルとされる恵心僧都源信《えしんそうずげんしん》ゆかりの「恵心院」という寺もあります。ちょうど源氏物語が書かれたころに源信が再興した寺と言われ、静かな落ち着いた雰囲気の境内でくつろぐことができます。

宇治上神社から「さわらびの道」という散策路を歩くと数分で、「宇治市源氏物語ミュージアム」に着きます。館内では宇治十帖の名場面を立体的に再現した展示や源氏の邸宅・六条院の模型、牛車の実物大の復元模型、源氏香の体験コーナーなど多彩な展示があり、資料室の書籍も大変充実しています。

物語最終盤の舞台としてぜひお奨めしたいのは、比叡山の山麓にある小野の里と比叡山中の横川《よかわ》です。

小野の里は自殺を図った浮舟が救出された後の日々を横川の僧都の妹尼の家で過ごした山里です。この山荘で浮舟は、いったん失われた記憶を取り戻すなど徐々に健康を回復し、薫や匂宮との縁を断ち切るため横川の僧都に頼んで出家したことが、源氏物語の終わりから二つ目の「手習」の帖に記されています。

浮舟が過ごした小野の山荘が想定されている場所を訪ねま

図 12の12　平等院鳳凰堂（京都府宇治市）

図 12の13　宇治上神社拝殿（京都府宇治市）

図12の14　宇治市源氏物語ミュージアム　薫が大君・中の君を垣間見る場面の展示

図12の15　八瀬から比叡山の横川に登る入口（京都市左京区）浮舟が救出後過ごした小野の里はこの辺りか

した。「手習」の記述から、この山荘は山の急斜面にあり、僧都が比叡山上の横川から下山してくるときに通る場所で、黒谷という比叡山中の地にも通じていることが手がかりになり、京都市街から大原を通って若狭へ通じる街道沿い、左京区八瀬秋元町の「長谷出《はせだし》」という地名の場所だと判断できます。「登山口」というバス停のそばに古い石柱が二本あり、左は「横川　元三大師道」、右は「黒谷　青龍寺」と読めます（図12の15）。ここを入るとすぐに急な山道になり、三分ほど登ると道が分かれ、右は青龍寺に向かうという標識がありますが、横川に通じる左は落葉が積もったけもの道のような状態でした。バス道路からこの分かれ道に至る山裾を、源氏物語で浮舟が過ごした山荘の場所として想定してよいのではないかと感じました。なお、近くには熊の出没に注意を呼び掛ける看板があり、私が訪れた二〇二四年七月にも五日前に熊が出たと書かれていました。比叡山でも熊の出没は増えているようです。

この後、八瀬からケーブルカーとロープウエーを乗り継ぎ、比叡山頂からはシャトルバスを利用して、京都側から見ると最奥に当たる横川まで行きました。横川のバス停から深い森の中を歩くこと二十分弱で、目的地の「恵心院」に着きました。恵心堂とも呼ばれるここは、直接源氏物語に出てくる場所ではありませんが、横川の僧都のモデルとされる恵心僧都源信が、『往生要集』を書いた所だということです。源信は源氏物語の中では唯一、同時代の実在のモデルとされています。蝉しぐれの中、美しい木々の緑に囲まれた小さなお堂を目の当たりにして、世俗の名利を避けて山奥の静寂の中で修行に打ち込んだ源信に思いを馳せました。

源信に興味を持たれた方の参考としては、いずれも講談社学術文庫の『往生要集入門 悲しき者の救い』、『往生要集 全現代語訳』などがあります。

図12の16 比叡山横川にある恵心院 物語の横川の僧都のモデルと言われ『往生要集』を著した恵心僧都源信ゆかりのお堂

登場人物の系図

○物語の第一部、第二部、第三部で系図を分けました。
○主要な人物のみ記載しています。
○四人の天皇には、即位した順番を第一部の系図で、①～④により記しました。
○名前（通称）の上の●は既に故人であることを示します。
○男女の関係のうち、正式な結婚の場合は横二重線にしました。
○縦の実線は「実の親子」の関係、縦の破線は「世間が認識する親子関係」を表します。

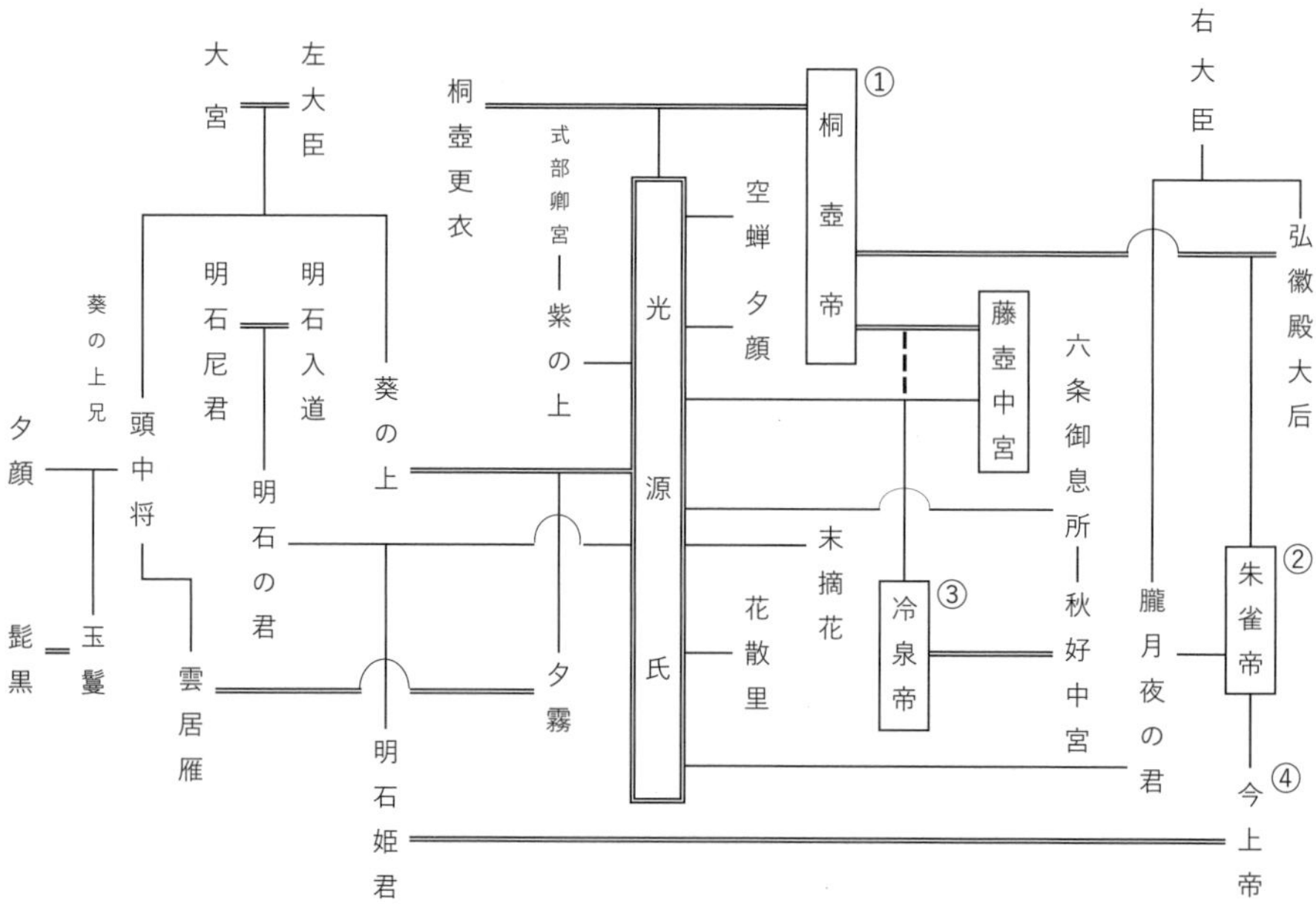

第一部

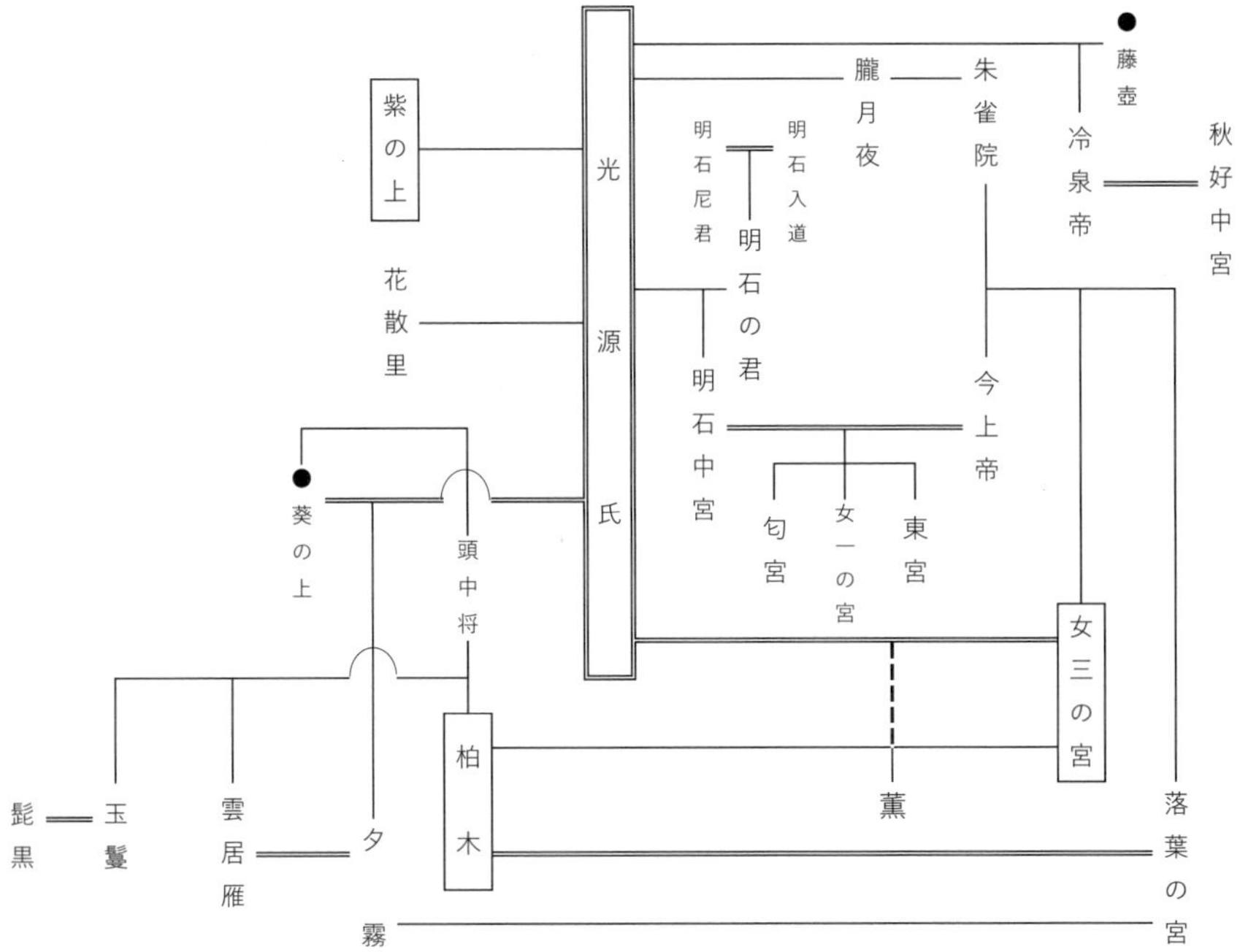
藤壺
朱雀院
朧月夜
冷泉帝
秋好中宮
紫の上
光源氏
明石尼君
明石入道
明石の君
花散里
明石中宮
今上帝
葵の上
頭中将
匂宮
女一の宮
東宮
女三の宮
柏木
薫
髭黒
玉鬘
雲居雁
夕霧
落葉の宮

第二部

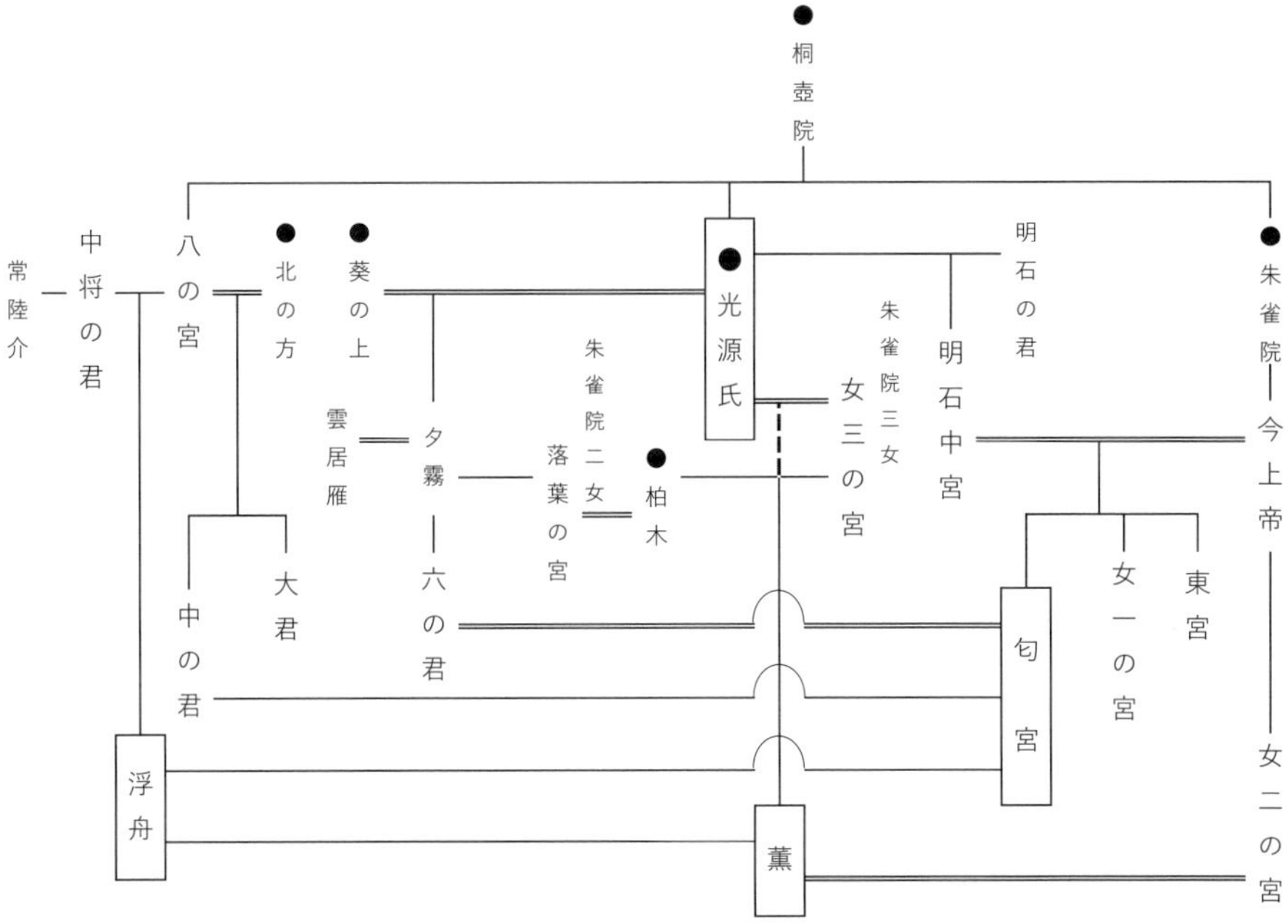
桐壺院
常陸介
中将の君
八の宮
北の方
葵の上
光源氏
明石の君
朱雀院
朱雀院三女
女三の宮
明石中宮
今上帝
雲居雁
夕霧
朱雀院二女
落葉の宮
柏木
大君
中の君
六の君
匂宮
女一の宮
東宮
浮舟
薫
女二の宮

第三部

平安中期歴史年表（源氏物語が書かれた時代を中心に関連する主な歴史的事実をまとめました。）

西暦 年号	主なできごと
八九五 寛平七年	源融没
八九七 寛平九年	醍醐天皇即位（九三〇年まで在位）
九〇一 昌泰四年	菅原道真左遷（九〇三年没）
九〇五 延喜五年	『古今和歌集』成立
九三三 承平三年	紫式部の曽祖父・藤原兼輔没
九四六 天慶九年	村上天皇即位（九六七年まで在位）
九六六 康保三年	藤原道長生まれる
九七三 天延元年	紫式部生まれる？（九七〇・九七四・九七八年の説も）
九八五 寛和元年	恵心僧都源信『往生要集』著す
九八六 寛和二年	一条天皇即位（七歳） 紫式部の父為時、官職を失う（～十年間）
九八八 永延二年	藤原彰子生まれる
九九〇 正暦元年	定子、一条天皇の中宮に
九九三 正暦四年	清少納言、定子のもとへ出仕
九九五 長徳元年	疫病流行 藤原道隆・道兼死亡（道隆は別の病の可能性も）
九九六 長徳二年	為時、紫式部を連れて越前守として赴任 長徳の変 藤原伊周・隆家左遷 定子、出家 道長、左大臣に
九九七 長徳三年	紫式部、初冬に帰京
九九八 長徳四年	紫式部、藤原宣孝と結ばれる（九七三年生まれだと二十六歳）
九九九 長保元年	紫式部の娘賢子生まれる（翌年の説も） 彰子、一条天皇の女御として入内 定子、敦康親王を出産
一〇〇〇 長保二年	彰子、一条天皇の中宮に 定子没
一〇〇一 長保三年	宣孝没

一〇〇五 寛弘二年	紫式部、彰子のもとに出仕か（三十三歳？）（翌一〇〇六年の説も）
一〇〇八 寛弘五年	彰子、敦成親王を出産（のちの後一条天皇）源氏物語が流布していたとの記録あり
一〇一〇 寛弘七年	伊周没（三十七歳）『紫式部日記』記事終了
一〇一一 寛弘八年	一条天皇没（三十二歳） 三条天皇即位
一〇一三 長和二年	紫式部、藤原実資来訪を彰子に取り次ぎか（『小右記』）
一〇一六 長和五年	三条天皇退位 後一条天皇即位 道長、摂政に
一〇一七 寛仁元年	恵心僧都源信没
一〇一八 寛仁二年	道長、三人目の娘も中宮になり「一家三后」を達成。「望月の歌」を詠む
一〇一九 寛仁三年	実資来訪を彰子に取り次いだ女房（『小右記』）が紫式部との説あり（没年不明）
一〇二一 治安元年	菅原孝標女、源氏物語の五十余巻を読みふける（『更級日記』の記述）
一〇二七 万寿四年	道長没（六十二歳）
一〇五二 永承七年	末法の世に入ったとされる年（異説も）
一〇五三 天喜元年	平等院鳳凰堂落成
一〇七四 承保元年	藤原彰子（上東門院）没（八十七歳）

年立

○本物語のできごとや主な登場人物の年齢を年表の形に整理しました。
○第一部と第二部は源氏の年齢、第三部は薫の年齢を一番上に記してあります。
○五十四ある帖に通し番号を付けました。
○年齢は「数え年」です。生まれた翌年の正月に二歳になります。

光源氏年齢	帖名	主なできごと	人物年齢
1	1 桐壺	桐壺更衣、源氏を出産	
3		桐壺更衣、死去	
8–11		源氏、観相を受ける。父帝、臣籍降下を決断 藤壺、入内	藤壺16 （入内）
12		源氏、元服し葵の上と結婚	葵の上16
13–16		（四年間の空白）	
17	2 帚木	「雨夜の品定め」の女性談義 源氏、空蝉と契る	
	3 空蝉	源氏、空蝉と誤り軒端荻と契る	
	4 夕顔	源氏、夕顔と逢う 廃院で夕顔は物の怪により急死	夕顔19
18	5 若紫	源氏、若紫発見（紫の上） 源氏、藤壺と契る 藤壺は懐妊 源氏、紫の上を引き取る	紫の上10 藤壺23
	6 末摘花	源氏 末摘花と 契る	
19	7 紅葉賀	藤壺、皇子出産 中宮になる	藤壺24
20	8 花宴	源氏、朧月夜と契る	
21		桐壺帝譲位、朱雀帝即位、のちの冷泉帝東宮に	朱雀帝24
22	9 葵	葵の上、六条御息所の従者が車争い 物の怪出現、葵の上、男児出産後急死 源氏、紫の上と新枕	六条御息所29 葵の上26 紫の上14
23	10 賢木	源氏、六条御息所訪問（野宮の別れ） 御息所、娘斎宮と伊勢へ 桐壺帝崩御	六条御息所30 斎宮14
24		源氏再び藤壺と密会　雲林院参籠 藤壺、出家	藤壺29
25		源氏と朧月夜の 密会　右大臣に 見つかる	
	11 花散里	源氏、花散里訪問	
26	12 須磨	源氏、須磨に退居	紫の上18
27	13 明石	源氏、暴風雨に襲われる 故桐壺帝、源氏の夢に現れる 源氏、明石入道に迎えられる 源氏、明石の君と結ばれる	明石入道60前後 明石の君18

28	29	29	29	30	31	31	31	32	32	33
	14 澪標	15 蓬生	16 関屋		17 絵合	18 松風	19 薄雲	19 薄雲	20 朝顔	
源氏召還の宣旨 明石の君、懐妊 源氏、帰京	朱雀帝譲位 冷泉帝即位 源氏、内大臣に 明石の君 姫君出産 源氏、住吉参詣 六条御息所帰京 出家後死去 源氏、前斎宮の入内を藤壺と図る（秋好中宮）	源氏 末摘花訪問	源氏 逢坂の関で空蝉と再会 空蝉 夫と死別後に出家		前斎宮、冷泉帝に入内（梅壺女御） 絵合で梅壺女御方が勝利	明石の君・姫君が大堰山荘へ転居 源氏の嵯峨の御堂完成	明石姫君、紫の上の養女として二条院に引き取られる	摂政太政大臣（源氏義父）死去 藤壺中宮、崩御 冷泉帝、出生の秘密を知る 源氏、帝から譲位ほのめかされ固辞	源氏、朝顔姫君に恋情訴え拒否される 源氏の夢に藤壺現れる	夕霧元服し大学寮に入学 梅壺女御立后（秋好中宮に） 源氏、太政大臣になる
明石の君 19 紫の上 20	朱雀帝 32 冷泉帝 11 六条御息所 36 藤壺 34 前斎宮 20				冷泉帝 13 梅壺女御 22	明石の君 22 明石姫君 3	紫の上 23	藤壺 37 冷泉帝 14		夕霧 12 秋好中宮 24

34	35	35	36	36	36	36	36	36	37	37	37	38	39	39	39
	21 少女（乙女）	22 玉鬘	23 初音	24 胡蝶	25 蛍	26 常夏	27 篝火	28 野分	29 行幸	30 藤袴	31 真木柱	31 真木柱	32 梅枝	33 藤裏葉	
	六条院落成 人々入居 明石の君 冬に入居	玉鬘、筑紫から上京 玉鬘、初瀬詣でで右近と再会し六条院へ 年末、衣裳配り	源氏、新春に六条院の女君訪問	玉鬘、貴公子達から求婚される 源氏も恋情を訴える	源氏、玉鬘に物語論を語る			野分の後夕霧、紫の上を垣間見	源氏、玉鬘の存在を実父に告白	玉鬘の尚侍出仕決まる	髭黒、玉鬘との結婚を果たす	玉鬘、髭黒との男児出産	明石姫君、裳着 東宮、元服	夕霧、雲居雁と結婚 明石姫君、東宮に入内 源氏、准太上天皇 冷泉帝・朱雀院、六条院へ行幸	朱雀院、女三の宮降嫁を源氏に希望 女三の宮、裳着
	玉鬘 21 紫の上 27 明石の君 26		玉鬘 22					夕霧 15 紫の上 28	玉鬘 23		髭黒 32-33	玉鬘 24	明石姫君 11 東宮 13	夕霧 18 雲居雁 20 紫の上 31 明石の君 30 朱雀院 42 女三の宮 13-14	

40	34 若菜上	玉鬘、源氏の四十の賀を主催 女三の宮降嫁 朱雀院は寺に入る 明石姫君懐妊 紫の上、源氏四十の賀を主催 秋好中宮、源氏四十の賀を主催 夕霧、冷泉帝勅命で賀を主催	女三の宮 14-15 明石姫君 12 紫の上 32
41		明石姫君、皇子出産　入道は山へ 柏木、蹴鞠で女三の宮を垣間見	明石姫君 13 柏木 25-26
42-45	35 若菜下	（四年間の空白）	
46		冷泉帝譲位、今上帝即位 明石姫君の皇子、東宮に 源氏、住吉参詣	冷泉院 28 今上帝 20 明石姫君 18
47		六条院で女楽の催し 紫の上発病 柏木、女三の宮の寝所に侵入、契る 紫の上重篤　六条御息所の死霊出現 女三の宮懐妊 源氏、柏木の手紙を発見 明石姫君、匂宮を出産 朱雀院の五十の賀の試楽で 柏木、源氏に睨まれ発病	紫の上 39（本文は37） 女三の宮 21-22 柏木 31-32 明石姫君 19
48	36 柏木	女三の宮、薫を出産　その後出家 柏木、死去 薫、五十日の祝い	女三の宮 22-23 柏木 32-33
49	37 横笛	夕霧、落葉の宮を訪ね 柏木の笛を贈られる	夕霧 28

50	38 鈴虫 39 夕霧	夕霧、落葉の宮に恋情訴える 夕霧、落葉の宮と契る			夕霧 29 雲居雁 31
51	40 御法	三月、紫の上法華経千部供養 八月、紫の上死去			明石中宮 23 紫の上 43
52	41 幻	源氏、喪に服す傷心の一年 年末、手紙処分・ 形見分けなど出家準備			
53-55?	（雲隠）	（帖名のみで本文なし　八年空白） 源氏出家し二、三年後に死去			
薫年齢 14	42 匂宮（匂兵部卿）	薫、元服	44 竹河		
15		薫、出自に疑い抱く		玉鬘の娘大君 冷泉院に出仕	玉鬘 48
16				玉鬘の大君出産	冷泉院 45
17					
18					
19					
20	45 橋姫	薫、八の宮を 初めて訪問			
21					
22		薫、大君と 中の君を垣間見る 八の宮、薫に 姫達の後見を託す			大君 24 中の君 22

	（45）	薫、弁の尼から出生秘密を聞かされる	
23	46 椎本	匂宮 初瀬詣での帰りに宇治宿泊 匂宮、姫君へ手紙送る 八の宮、遺言し死去	匂宮 24 八の宮 60前後
24	46 椎本 47 総角 49 宿木 43 紅梅	薫、大君を思慕 薫、大君に求婚し拒まれる 匂宮 薫の導きで中の君と結ばれる 大君、死去	匂宮 25 中の君 24 大君 26
25	48 早蕨 49 宿木	中の君 匂宮の二条院へ転居 中の君、懐妊 匂宮、六の君と結婚 中の君、薫に浮舟の存在を話す	中の君 25 六の君 21-22 匂宮 26 浮舟 20前後
26	50 東屋 49 宿木	浮舟、左近少将との婚約を破棄される 中将の君、娘浮舟を二条院の中の君に託す 匂宮、浮舟に接近し果たせず 浮舟は三条の小家に移される 薫、浮舟と契り宇治に移す 中の君、男児出産 薫、女二の宮と結婚 薫、浮舟を垣間見る	中の君 26 女二の宮 16 浮舟 21前後 匂宮 27

27	51 浮舟 52 蜻蛉 53 手習	匂宮、浮舟の家を突き止め薫を装い契る 薫、匂宮と浮舟の件を知る 浮舟、悩みを深め入水を決意 三月 浮舟失踪 未発見で葬儀 薫 女一の宮を垣間見し恋慕 横川の僧都 浮舟を発見 妹尼と介抱 浮舟、次第に回復 浮舟に中将が懸想 九月、浮舟出家	匂宮 28 浮舟 22前後 横川の僧都 60余 中将 27-28
28	53 手習 54 夢浮橋	薫、浮舟の生存を知る 薫、横川の僧都を訪ね浮舟のことを訊く 薫、浮舟弟の小君を派遣し手紙 僧都からも還俗を勧める手紙 浮舟、薫と会うのを拒む	浮舟 23前後

文献ガイド

○本書冒頭の凡例でも記したように、書籍として購入可能か品切れか・電子書籍があるかどうかの情報は記載していません。おそれいりますがご自身で最新の状況を出版社などに確認してください。
○頁数を記した文献は本書の本文で触れたもので、該当頁を示しました。
○原則として出版社名を記載しましたが、文庫・新書・選書などの名称で出版社名が明らかな場合は省略しました。
○それぞれのテーマの最後に、〈参考図書〉として専門的な研究書も含め本書執筆の参考にした文献を記載しました。

一　源氏物語全般について

丸谷才一・大野晋『光る源氏の物語 上・下』中央公論社 一九八九／中公文庫 一九九四（6、40、89頁）
三田村雅子『源氏物語 物語空間を読む』ちくま新書 一九九七（6頁）
中村真一郎『源氏物語の世界』新潮選書 二〇二三（6頁）
大塚ひかり『嫉妬と階級の「源氏物語」』新潮選書 二〇二三（33、122頁）
今井源衛『源氏物語への招待』小学館ライブラリー 一九九七
秋山虔・三田村雅子『源氏物語を読み解く』小学館 二〇〇三
三田誠広『源氏物語を反体制文学として読んでみる』集英社新書 二〇一八
山本淳子『平安人の心で「源氏物語」を読む』朝日選書 二〇一四
日向一雅『源氏物語の世界』岩波新書 二〇〇四
山中裕『源氏物語を読む』吉川弘文館 一九九三
吉本隆明『源氏物語論』大和書房 一九八五（22頁）
木村朗子『女子大で「源氏物語」を読む』青土社 二〇一六
林真理子・山本淳子『誰も教えてくれなかった「源氏物語」本当の面白さ』小学館１０１新書 二〇〇八
秋山虔監修『批評集成・源氏物語 第三巻（近代の批評）』ゆまに書房 一九九九（5、41、71頁）
［新しい読み方を知ることができる本］
奥山景布子『フェミニスト紫式部の生活と意見』集英社 二〇二三
山崎ナオコーラ『ミライの源氏物語』淡交社 二〇二三

酒井順子『紫式部の欲望』集英社　二〇一一

〈参考図書〉

加藤昌嘉『揺れ動く「源氏物語」』勉誠出版　二〇一一

加藤昌嘉『「源氏物語」前後左右』勉誠出版　二〇一四

荒木浩『かくして「源氏物語」が誕生する』笠間書院　二〇一四

望月郁子『源氏物語は読めているのか　末世における皇統の血の堅持と女人往生』笠間書院　二〇〇二

田辺聖子・瀬戸内寂聴『小説一途　ふたりの「源氏物語」』角川学芸出版　二〇一〇

藤井貞和『源氏物語入門』講談社学術文庫　一九九六

玉上琢彌『源氏物語音読論』岩波現代文庫　二〇〇三

池田亀鑑『源氏物語入門（新版）』現代教養文庫　社会思想社　二〇〇一

瀬戸内寂聴『寂聴対談集　わかれば「源氏」はおもしろい』講談社文庫　二〇〇一

今井源衛『今井源衛著作集　全十四巻』笠間書院　二〇〇三〜二〇一九

西郷信綱『源氏物語を読むために』平凡社ライブラリー　二〇〇五

鈴木日出男『源氏物語への道』小学館　一九九八

二　登場人物について（第二章・第三章関連）

川端康成「浮舟」『川端康成全集　第二十四巻』新潮社　一九八二

◇浮舟のものがたりを中心に宇治十帖全体を香り高い文章で抄訳した傑作です。

瀬戸内寂聴『源氏物語の脇役たち』岩波書店　二〇〇〇

石村きみ子『光源氏と女君たち　十人十色の終活』国書刊行会　二〇一九

林真理子『六条御息所　源氏がたり上・下』小学館文庫　二〇一六（32頁）

［源氏物語の「続編」などの創作］

丸谷才一『輝く日の宮』講談社文庫　二〇〇六（27頁）

瀬戸内寂聴『藤壺』講談社文庫　二〇〇八／『瀬戸内寂聴全集　第二十三巻』新潮社　二〇〇二にも所収（27、132頁）

マルグリット・ユルスナール「源氏の君の最後の恋」『東方綺譚』白水Uブックス69所収　一九八四（53頁）

ライザ・ダルビー『紫式部物語　その恋と生涯　上・下』光文社文庫　二〇〇五（67頁）

◇作品の最後で、宇治十帖「夢浮橋」の続編として創作した「稲妻（「源氏物語」の失われた終章）」が読めます。

今西祐一郎編注『源氏物語補作　山路の露・雲隠六帖　他二篇』岩波文庫　二〇二二

◇鎌倉時代以降江戸時代に書かれたと見られる続編の試みで、薫と浮舟のその後を創作した「山路の露」、源氏の出家や死を描く「雲隠」、源氏と六条御息所のなれそめを題材にした本居宣長創作の「手枕」などが収められています。古文です。

〈参考図書〉

室伏信助監修・上原作和編集『人物で読む「源氏物語」』全二十巻　勉誠出版　二〇〇五～二〇〇六

◇源氏物語の主な登場人物三十一人を選んでその人物像などをくわしく解説しています。

清水好子『源氏の女君』塙新書　塙書房　一九六七

山口仲美『「源氏物語」を楽しむ　恋のかけひき』丸善ライブラリー　一九九七

池田和臣『逢瀬で読む源氏物語』アスキー新書　二〇〇八

高木和子『源氏物語を読む』岩波新書　二〇二一

三　現代語訳と原文の関連書籍（第四章関連）

※現代語訳と原文そのものの書籍については第四章に記したので参照願います。

［訳者などによる書籍］

角田光代・山本淳子『いま読む「源氏物語」』河出新書　二〇二四

◇全訳をした角田氏と国文学者の山本氏の対談で、示唆に富んだわかりやすい内容です。

林望『源氏物語の楽しみかた』祥伝社新書　二〇二〇（81頁）

瀬戸内寂聴訳『寂聴　源氏物語』講談社　二〇二三（79頁）

瀬戸内寂聴『寂聴源氏塾』集英社インターナショナル　二〇〇七（5、75、78、98頁）

円地文子『源氏物語私見』新潮文庫　一九八五（47、75頁）

田辺聖子『源氏紙風船』新潮文庫　一九八五（76頁）

毬矢まりえ・森山恵『レディ・ムラサキのティーパーティ　らせん訳「源氏物語」』講談社　二〇二四（4頁）

阿部秋生ほか校訂・訳『日本の古典をよむ⑨・⑩　源氏物語上・下』小学館　二〇〇八

◇名場面の現代語訳とその原文を掲載しており、両方を味わうことができます。

秋山虔監修『批評集成・源氏物語　第五巻（戦時下篇）』ゆまに書房　一九九九（73頁）

〈参考図書〉

竹内紀子編集『寂聴』Vol. 2　瀬戸内寂聴記念会　二〇二三

◇瀬戸内寂聴氏が全訳に取り組む前や後に自ら書き残した源氏物語関連の文章・対談・インタビューを時系列で抜粋

した資料が掲載されています。

神野藤昭夫『よみがえる与謝野晶子の源氏物語』 花鳥社 二〇二二

小西甚一『古文研究法』 洛陽社 一九六五／ちくま学芸文庫 二〇一五（89頁）

四 紫式部・藤原道長について（第五章関連）

山本淳子訳注『紫式部日記 現代語訳付き』 角川ソフィア文庫 二〇一〇（94、109頁ほか）

山本淳子『道長ものがたり』 朝日選書 二〇二三（97、100頁）

山本淳子『源氏物語の時代 一条天皇と后たちのものがたり』 朝日選書 二〇〇七

倉本一宏『紫式部と藤原道長』 講談社現代新書 二〇二三（96頁）

倉本一宏『増補版 藤原道長の権力と欲望 紫式部の時代』 文春新書 二〇二三（97頁）

三田村雅子『紫式部 源氏物語』 NHK「100分de名著」ブックス NHK出版 二〇一五（109、133頁）

大野晋『古典を読む 源氏物語』 同時代ライブラリー 岩波書店 一九九六／岩波現代文庫 二〇〇八（97頁）

杉本苑子『散華 紫式部の生涯 上・下』 中公文庫 一九九四（108頁）

南波浩校注『紫式部集 付 大弐三位集・藤原惟規集』 岩波文庫 一九七三（147頁）

駒尺喜美『紫式部のメッセージ』 朝日選書 一九九一（106頁）

清水婦久子『源氏物語の真相』 角川選書 二〇一〇（96頁）

山本淳子『紫式部ひとり語り』 角川ソフィア文庫 二〇二〇（109頁）

◇日記・家集などの研究をもとに、紫式部が自分の人生を語る形で創作した「自伝小説」です。

〈参考図書〉

木村朗子『紫式部と男たち』 文春新書 二〇二三（99頁）

今井源衛『紫式部』 人物叢書 吉川弘文館 一九八五

笹川博司『紫式部集全釈』 私家集全釈叢書39 風間書房 二〇一四

後藤幸良『日本の作家100人 紫式部 人と文学』 勉誠出版 二〇〇三

中野幸一『深掘り！ 紫式部と源氏物語』 勉誠社 二〇二三

増田繁夫『評伝 紫式部 世俗執着と出家願望』 和泉書院 二〇一四

〈データベース〉
「摂関期古記録データベース」　国際日本文化研究センター
◇平安中期の重要史料である藤原実資の『小右記』、道長の『御堂関白記』など多数の原文がデータベース化され、人物名などで検索できます。
(https://rakusai.nichibun.ac.jp/kokiroku/)

五　源氏物語の謎について（第六章関連）

今西祐一郎「物語と歴史の間　不義の子冷泉帝のこと」岩波文庫・柳井滋ほか校注『源氏物語（三）』解説として所収　二〇一八（27、112頁）
〈参考図書〉
今西祐一郎「『源氏物語』はなぜ帝妃の密通を書くことができたか」『国文学年次別論文集　中古2　平成二十一年』朋文出版　二〇一一

六　「式部マジック」などについて（主に第七章関連）

三田村雅子・河添房江編集『源氏物語をいま読み解く4　天変地異と源氏物語』翰林書房　二〇一三
藤本勝義『源氏物語の〈物の怪〉文学と記録の狭間』古典ライブラリー4　笠間書院　一九九五

〈参考図書〉
田村隆『省筆論「書かず」と書くこと』東京大学出版会　二〇一七

七　和歌について（主に第八章関連）

小島ゆかり『和歌で楽しむ源氏物語　女はいかに生きたのか』ＫＡＤＯＫＡＷＡ　二〇一五
俵万智『愛する源氏物語』文藝春秋　二〇〇三（38頁）
鈴木日出男『源氏物語引歌綜覧』風間書房　二〇一三（148頁）
〈参考図書〉
片桐洋一『歌枕歌ことば辞典　増訂版』笠間書院　一九九九

八　平安時代を知るために（主に第九章関連）

［事典類など］
林田孝和ほか編集『源氏物語事典』大和書房　二〇〇二（121、168頁）
倉田実編『ビジュアルワイド　平安大事典　図解でわかる「源氏物語」の世界』朝日新聞出版　二〇一五（168頁）
八條忠基『詳解「源氏物語」文物図典』平凡社　二〇二四
清水好子ほか『源氏物語手鏡』新潮社　一九七三

◇当初、円地文子訳の源氏物語全巻の付録として非売品でしたが、その後新潮選書で出版されました。源氏物語を理解するための知識が網羅されており、入手できれば大変便利です。

［個別テーマについて］

＊結婚制度

工藤重矩『源氏物語の結婚 平安朝の婚姻制度と恋愛譚』中公新書 二〇一二（152頁）

＊建物、調度

「源氏物語」『季刊大林』No.34 大林組広報室 一九九一（154頁）

池浩三『源氏物語 その住まいの世界』中央公論美術出版 一九八九（155頁）

＊仏教

鈴木宏昌『源氏物語と平安朝の信仰』新典社 二〇〇八（161頁）

川尻秋生『平安時代 揺れ動く貴族社会』全集 日本の歴史四 小学館 二〇〇八

速水侑『地獄と極楽「往生要集」と貴族社会』吉川弘文館 一九九八

大角修編『基本史料でよむ 日本仏教全史』角川選書 二〇二三

石田瑞麿『往生要集入門 悲しき者の救い』講談社学術文庫 二〇二四（199頁）

川崎庸之ほか訳『往生要集 全現代語訳』講談社学術文庫 二〇一八（199頁）

阿満利麿『「往生要集」入門 人間の悲惨と絶望を超える道』筑摩選書 二〇二一

＊衣裳、かさねの色目

長崎盛輝『新版 かさねの色目 平安の配彩美』青幻舎 二〇〇六（164頁、口絵図8）

近藤富枝『服装から見た源氏物語』文化出版局 一九八二／朝日文庫 一九八七（164頁）

＊漢詩

石川忠久『漢詩をよむ 白楽天一〇〇選』NHKライブラリー 二〇〇一

山本淳子「光源氏の「自嘲」」『源氏物語』柏木巻の白詩引用」『中古文学』92巻 二〇一三（167頁）

〈参考図書〉

中西進『源氏物語と白楽天』岩波書店 一九九七

川口久雄『和漢朗詠集 全訳注』講談社学術文庫 一九八二

九　芸術への継承（第十章関連）

［個別テーマについて］

＊源氏絵

倉田実『源氏物語絵巻の世界 図鑑 モノから読み解く王朝絵巻 第一巻』花鳥社　二〇二四（173頁、口絵図13）

「源氏物語 天皇になれなかった皇子のものがたり」『芸術新潮』二〇〇八年二月号

石井正己『図説 源氏物語』ふくろうの本　河出書房新社　二〇〇四

岩坪健『錦絵で楽しむ源氏絵物語』和泉書院　二〇一二（174頁）

徳川美術館編『源氏物語絵巻』昭和十一（一九三六）年（本文140、167、172頁、口絵図12）

今西祐一郎ほか解説『京都国立博物館所蔵 源氏物語画帖』勉誠社　一九九七

和泉市久保惣記念美術館編『和泉市久保惣記念美術館源氏物語手鑑研究』同美術館　一九九二

斎宮歴史博物館編『絵巻を創る 絵師の目で見る源氏物語のおもしろさ』同博物館　二〇〇一

立石和弘・安藤徹編『源氏文化の時空』叢書・〈知〉の森5　森話社　二〇〇〇

＊能と歌舞伎

馬場あき子『源氏物語と能 雅びから幽玄の世界へ』婦人画報社　一九九五

瀬戸内寂聴『瀬戸内寂聴全集』二十四巻　新潮社　二〇〇二

◇瀬戸内氏が創作した源氏物語の歌舞伎脚本二編と、新作の謡曲「夢浮橋」が所収されています。歌舞伎脚本は読み物としても大変おもしろく、一気に読めます。

西野春雄校注『謡曲百番』新日本古典文学大系　岩波書店　二〇一七

十　文学の系譜（第十一章関連）

石田穣二訳注『新版 伊勢物語』角川ソフィア文庫　一九七九（180頁）

太田哲男『源氏物語十景』論創社　二〇二四（186頁）

潁原退蔵・尾形仂訳注『新版 おくのほそ道』角川ソフィア文庫　二〇〇三（184頁）

島内景二『源氏物語ものがたり』新潮新書　二〇〇八（184頁）

田村隆編・解説『源氏愛憎 源氏物語論アンソロジー』角川ソフィア文庫　二〇二三（148頁）

〈参考図書〉
島内景二『文豪の古典力』文春新書 二〇〇二
白石悌三・上野洋三校注『芭蕉七部集』新日本古典文学大系 岩波書店 二〇一七
中村俊定監修・松尾靖秋ほか編『芭蕉事典』春秋社 一九七八

十一 ゆかりの地めぐりについて（第十二章関連）
倉本一宏『紫式部と平安の都』人をあるく 吉川弘文館 二〇一四（188頁）
秋山虔・中田昭『源氏物語を行く』小学館 一九九八
〈参考図書〉
角田文衞・加納重文『源氏物語の地理』思文閣出版 一九九九
若城希伊子『光源氏の舞台』朝日新聞出版 一九九二

あとがき

本書は、二〇二三年秋から月刊誌『ＦＡＣＴＡ』に六回連載した記事「『源氏物語』を楽しみ尽くす方法」に大幅な加筆・修正を加えたものです。

古来、源氏物語に熱中した多くの識者が「何度読んでも新しい発見がある」と記しています。私も全く同じ感想を抱いています。

私の読み方で最近比重が増した点が二つあります。一つは、物語終盤の宇治十帖、特に浮舟の人生の描き方に、作者のたどりついた人生観が反映されているという感想です。もう一つは、物語での順番が逆になりますが、紫の上の生涯、とりわけ晩年の悲しみについて、作者が力を込めて書いた気持ちが伝わってくることです。どちらも、仏教に救いを求めざるをえない女性の苦しみ、生きづらさをテーマにしたのだと思います。

物語の〝外側〟で得られたものもあります。伊勢物語からの影響の大きさの実感、更級日記の作者や定家・芭蕉の「源氏愛」を知ったこと、あるいは長谷寺や比叡山の横川《よかわ》といったゆかりの地を訪ねたことによって、紫式部自身を含め先人たちと、文学を心の糧《かて》にする喜びを共有できる気がしました。

一方で本書には自分の関心と好みを記した結果、紹介できていないことも多くあります。登場人物で言えば末摘花のほか源典侍《げんのないしのすけ》・近江の君などの人物をめぐるコミカルな挿話についてはほとんど触れていません。読者の皆さんそれぞれに、新しい読みどころを見つけていただければ幸いです。

限られた時間で源氏物語とその周辺のテーマを調べるにあたり、これまでに蓄積された研究者や作家などの多くの文献に助けられました。特に、大学の二人の研究者にたびたび対面取材をお願いし、源氏物語の読み方について貴重な助言をいただきました。東洋大学の河地修名誉教授には専門の伊勢物語との関係やゆかりの地の訪ね方についてまでご教示を受け、法政大学の加藤昌嘉教授からは数多くの最適な文献情報をいただいた上、古典文学に向き合う基本姿勢についても教えられました。深く感謝申し上げます。

本書でどんなことを読みたいかについて事前に意見を寄せてもらった多くの知人、執筆を側で応援してくれた家族にも謝意を記します。

二〇二四年 晩秋

柳 辰哉

歴史上の人物　※紫式部は省略

文学・寺社・その他

索　引

※口絵と本文を対象に、主な該当箇所を記します。系図、年立、歴史年表、文献ガイドは索引の対象にしていません。

源氏物語の登場人物　※光源氏は省略

柳 辰哉（やなぎ たつや）
1957年生まれ。NHKで裁判取材や首都圏の放送等を担当後、国際医療福祉大学に勤務し医学部新設や病院・キャンパス運営に携わる。現職はフリーの校正業と古典文学中心に文筆業。好きな作家は永井荷風、小林多喜二、車谷長吉。

源氏物語——生涯たのしむための十二章

2025年1月10日　初版第1刷印刷
2025年1月15日　初版第1刷発行

著　者　柳　辰哉
発行者　森下紀夫
発行所　論 創 社
東京都千代田区神田神保町2-23　北井ビル
tel. 03（3264）5254　fax. 03（3264）5232　https://ronso.co.jp
振替口座　00160-1-155266
装幀／菅原和男
印刷・製本／丸井工文社　組版／フレックスアート
ISBN978-4-8460-2489-5